KB234640

구천과 부차가 살던 땅

오월문화기행

吳越文化

구천과 부차가
살던 땅

오월문화
기행

상명대학교 한중문화정보연구소 편

한국학술정보㈜

이 책은 정부재원(교육인적자원부 학술연구조성사업비)으로 한국연구재단의 지원을 받아 연구되었음(KRF-2007-362-A00032).

총서 서문

우리는 이미지의 시대에 살고 있다. 그 이미지 연구의 핵심은 각 지역과 집단이 그들의 정체성 형성과 표출을 위해 이미지를 이용한다는 점이다. 그렇다면 우리는 역으로 이미지를 분석, 연구함으로써 지역과 집단의 정체성 본질을 파악할 수 있다.

우리가 일반적으로 말하는 이미지image는 도상圖像이미지와 심상心像이미지를 의미한다. 이미지가 표상하는 의미가 무엇인지를 읽어내기 위해서는 심상에 대한 파악이 무엇보다 중요하다. 한 지역과 집단의 구성원들이 갖고 있는 심상은 그들의 텍스트 전통을 통해 형성되기에 본 연구팀은 중국문화권의 디지털 아카이브 구축을 시도했다. 이 같은 정보과학(informatics)과 인문학의 접목을 통해 인문학 지식자산을 디지털화하는 중국문화권 디지털 아카이브의 구축은 기존의 아날로그 아카이브와는 달리 정보의 단순한 축적뿐 아니라 다양한 방법으로 이들 정보를 효율적으로 이용할 수 있도록 체계화하여 축적하는 데 그 의미와 가치가 있다. 다시 말해 이러한 작업은 중국과 중국문화권의 이미지 자료를 수집·분류하고 그 이미지들과 관련된 인문학적 지식자산(텍스트 전통)을 접목시킴으로써 '중국지역문화'의 정체성을 이해하는 데 필요한 디지털 아카이브를 구축한다는 의미이기도 하다.

본 연구팀은 이러한 의미를 모두 집약하고 있는 용어로 '이마고로지Imagology'를 사용하고자 한다. '이마고로지imagology'는 image와 ideology의 합성어로, 유럽, 특히 프랑스를 중심으로 형성되었다. 본래 이 학문은 비교문학과 사회심리학에서 파생된 학문으로, 이미지를 통해 타자와 차별화되는 지역과 집단 정체성을 탐색하기 위한 이미지 연구, 즉 이미지학이다.

이마고로지는 자아를 특징지어 주는 자상自像(self-image)과 타자를 특정지어 주는 이상異像(hetero-image) 간의 역학관계에 주목한다. 그래서 이 이미지 연구는 문화 간의 이미지 비교 연구에 중점을 둔다. 특정 문화권이 타 문화권에 대해 어떤 표상들을 제안, 형성하며 변화시켜 가는지를 그 고유의 방향성에 의거해 분석하는 것이다.

우리는 각각의 장소와 공간, 지리에 담겨 있는 상징들을 문학적으로 탐구하는 이미지학 연구를 통해 문화와 문화 간의 접촉 시 제기되는 다양한 문제와 그 상징적 의미들을 현대의 지정학적 맥락 속에서 이해할 수 있다. 또한 이마고로지는 민족, 지역, 젠더 그리고 언어와 같은 범주와 관련하여 지배적인 사회담론과 심상이 정체성을 어떻게 형성해 가는지를 분석한다. 차이, 타자화, 탈중심화, 변경과 같은 개념들을 이러한 담론과 그에 부수적인 심상들에 적용시킨다. 또한 이미지학은 텍스트전통을 통해 형성된 고정관념(stereotype)적인 심상의 역사적 콘텍스트화(contextualization)에 주목한다.

따라서 본 연구팀은 중국 지역 문화의 정체성 본질을 연구하기 위해 위 이론을 적용하여 한국연구재단에서 지원하는 인문한국지원사업 해외지역분야 유망연구소(2007년 11월~2009년 8월) 사업인 '중국 지역 문화코드 탐색 및 이미지DB 구축 사업'을 수행했다. 그 결과,

본 연구팀은 현재까지 약 10,316매의 이미지 자료(북경 3,067매, 사천성 1,552매, 하남성 1,287매, 호남성 954매, 섬서성 870매, 강소성 842매, 호북성 753매, 안휘성 640매, 절강성 351매 등)와 관련 자료를 수집해 디지털 아카이브(www.eaimagebank.com)를 구축하여 연구자는 물론, 일반인들에게 제공해 오고 있다. 이와 동시에 앞서 제시한 이미지학 이론을 통해 중국 각 지역의 문화 정체성을 분석·시도한 연구 결과물인 논문 110여 편가량을 연구소 홈페이지(www.kcinsmu.com)에 공개하고 있다.

이 중국지역문화 연구총서 시리즈 역시 그동안 본 연구팀이 '중국 지역 문화코드 탐색 및 이미지DB 구축 사업'을 수행하면서 수집하고 연구한 결과물을 문화지역별로 정리해서 단행본으로 엮은 것이다. 여기에 실린 이미지는 대부분 본 연구팀이 직접 답사를 가서 촬영하고 수집한 것이며, 실린 글은 본 사업에 참여했던 연구자들이 국내 학술지에 실었던 학술논문을 단행본의 형식에 맞게 풀어서 정리한 것이다.

이 연구총서는 중국문화에 관심 있는 일반 독자들에게 본 연구팀이 구축한 중국 지역문화 이미지 디지털 아카이브와 새롭게 시도한 중국 지역문화 연구 방법을 소개하기 위해 기획된 것이다. 이 책을 통해 많은 이들이 중국 지역문화에 대해 좀 더 깊이 이해할 수 있는 데 도움이 되길 바란다.

연구책임자 심우영

들어가는 말

오월문화 지역은 오늘날 중국의 강소성江蘇省, 절강성浙江省, 안휘성安徽省 동부에 해당되며, 옛 오나라와 월나라 땅이다. 이 지역은 대대로 문화 경관이 아름답고 물산이 풍부하여 상업경제는 물론 문화 예술이 매우 발달하였다. 이러한 맥락에서 본 연구팀은 오월문화 지역 연구의 핵심을 '물질문화와 아비투스'와 '시각문화와 경계 짓기'에 초점을 두었다.

'물질문화와 아비투스'

물질문화material culture는 물질적 생산물을 통해 문화를 표현한다. 물질에 대한 연구를 통해 어떤 한 시기 특정 지역사회의 가치관, 사상, 관습 등을 발견할 수 있다. 물질문화 연구의 토대가 되는 전제는 인간이 만든 사물은 의식적이든 무의식적이든, 또는 직접적이든 간접적이든 그것을 주문, 제조, 판매하거나 사용한 사람들 더 나아가 그들이 속한 사회의 생각을 반영한다는 것이다.

이러한 취지에서 본 연구팀은 오월문화 지역의 물질문화를 텍스트로 하여 중국인들의 물상物象에 대한 인식을 살펴보았다. 프랑스 사회학자 피에르 부르디외Pierre Bourdieu가 주장하는 '아비투스habitus'는 서로 다른 사회집단들이 세계를 분류하고 바라보는 방법이다. 각

계급과 계급분파마다 특이하게 나타나는 성향의 체계를 말한다. 집단들이 세계를 바라보는 방법이나 그 세계를 분류하는 성향을 관습화하는 방법, 세계를 바라보고 분석할 수 있는 심미안을 소유하는 것은 다른 집단과 차별화되는 문화권력 또는 문화자본이 될 수 있기 때문이다.

이러한 연구는 물질이 다른 집단들과 차별화되는 특정 집단의 정체성을 건설하고 공유하기 위해 사용되었다는 점에 주목하는 것이다. 즉, 물질이 특정 시대와 지역의 사회·문화 집단의 '정체성 자본identity capital'이라는 것이다. 한 사회 집단은 다른 집단들과 구별되는 심미 가치와 의미를 물질에 부여한다. 물질에는 그것을 소유하고 감상, 유통시키는 개인과 집단의 감성이 표현되어 있다. 물질을 통해 자아 정체성을 표현하는 것이다. 한 집단은 그들 나름의 정체성을 형성하기 위해 그들 집단의 생각이 반영된 물질을 분류하고 무엇을 어떻게 수집하고 감상해야 할 것인가에 관해 담론한다. 따라서 본 연구팀은 오월문화 지역 문화주체인 사대부 문인 지식인을 중심으로 형성된 물질문화 양상을 살펴보았다.

'시각문화와 경계 짓기'
이미지학에서 다루는 지역과 집단 정체성에 대한 연구의 핵심은 상호 간의 '다름'이다. 이러한 측면에서 프랑스 사회학자 피에르 부르디외Pierre Bourdieu가 말하는 다른 계층 집단과의 '구별 짓기distinction'를 이미지 연구를 위한 하위 연구방법의 틀로 적용할 수 있다.

남들로부터 자신을 구별하여 두드러지게 하는 것이 계급 분화와 계급 구조를 유지하는 기본 원리 가운데 하나이다. 다양한 계층 간의 구별 짓기는 각 계층이 갖고 있는 자본의 차이에 토대를 둔다. 즉, 문화자본은 경제자본과 마찬가지로 권력을 추구하기 위한 수단이다. 다른 집단과 구별되는 문화자본을 유통시킴으로써 하위문화집단은 지배문화에 저항하거나 융합되는 문화 권력을 형성하려고 한다.

그는 특정한 계급이 특정한 이데올로기를 갖고 있다고 주장하기보다는 집단들이 세계를 바라보는 방법이나 그 세계를 분류하는 성향을 관습화하는 방법에 주목한다. 그는 '세계'를 바라보고 분석할 수 있는 심미안을 소유하는 것은 상류층의 자긍심을 선전하는 효과를 가진다고 주장한다. 즉, 심미적 세계관은 지배의 도구가 되기 때문에 심미안을 갖는다는 것은 지위나 권력의 획득에 작용되는 중요한 문화 권력이 된다는 것이다.

따라서 중국의 국가 정체성이 형성되는 16세기 후반 이후 오월문화 지역의 문화의 핵심은 시각성이며, 문화 트렌드는 시각문화와 물질문화이다. 이 시기에 와서 문화의 중심이 읽는 문화에서 보는 문화로 전환된다. 이 시기에는 사물을 바라보며 감상하는 쾌락 그리고 사물, 특히 골동품에 대한 광적인 집착이 지배적인 문화현상이다. 사물에 대한 집착과 관상觀賞은 예술품과 골동품의 수집과 감상으로 이어졌다. 무엇을 어떻게 수집하고 감상해야 하는가. 심미안을 가지는 것은 교양인이 갖추어야 할 문화적 소양의 척도가 되었다.

이전까지 극소수의 남성 지식층 문인사회에서 독점했던 이미지의 감상과 그에 관한 지식이 출판이란 매체를 통해 재생산되어 폭넓게 유통되었다. 부의 축적을 교육에 투자했던 상인계층은 기존의 문인사회에서 독점했던 문화지식을 공유하기를 갈망했다. 이들의 수요를 충

족시켜 주기 위해 등장한 매체가 화보畵譜, 묵보墨譜, 시의도詩意圖, 연화年畵 그리고 문학작품 삽화 등의 시각매체이다. 이러한 책들은 문인사회로의 진입을 희망했던 상인들에게 고급문화를 습득하여 교양인이 되기 위한 안내서 역할을 했다.

16세기 이후 오월문화 지역 시각매체의 출판과 공연은 이 시기에 발생한 지식의 상품화와 이미지의 대량 재생산 및 유통 그리고 더 나아가 문예부흥이 다른 집단들과 차별화하려는 기존 문인사회의 경계 짓기와 이들 문인사회로 진입하고자 노력했던 상인계층들의 다른 집단과의 경계 짓기에 의해 촉진되었다. 이러한 연구는 궁극적으로 오월문화 지역의 문화 정체성 형성에 미친 영향을 심도 있게 파악하는 데 일조할 것이다.

목차

제1부

물질문화와 아비투스

I

춘추시대 오월의 원림문화와 특징

이행렬

오월문화는 중국의 유구한 역사와 함께한 여러 지역문화 중 하나로 그 특징을 갖고 있으며, 주로 장강長江 하류 지역의 문화로 신석기시대부터 시작되어 발전되어 온 문화다.[1] 그러므로 이 지역의 예술, 문학, 고어 등의 방면에서 그 이름을 널리 알리고 있으며 특히 한어漢語 방언 중에서 오어吳語가 차지하는 위치는 아주 높다. 또한 오성가곡吳聲歌曲, 백화소설白話小說, 희극 등의 문학과 음악, 무용, 회화, 원림 등의 예술분야에서 뛰어난 면모를 보여주었다. 또한 오월문화가 발생한 지역의 지리적 특징이 풍부한 수리자원으로 인해 예로부터 '수향水鄕'으로 불리어 온 지역으로 독특한 향토성을 강하게 지니고 있다. 이러

---

1) 權錫煥 主編, 『中國地域文化研究』, 岳麓書社, 2007. 12~13쪽.

한 오월문화는 사실 오문화와 월문화의 복합명사라 할 수 있다. 두 문화가 발생한 시기는 역사적으로 춘추전국시대이며, 이 시기는 중국역사상 사상사적, 문화사적으로 큰 획을 그은 시기라 할 수 있다.

오월문화에 대하여 장신張新2)은 중국 시인 대망서戴望舒가 오월문화에 대해 쓴 작품을 통하여 밝힌 것이 있다. 즉, 오월문화의 특징 중에 '귀鬼', '망령亡靈', '영혼靈魂'의 관념과 제사의식이 밀접하게 관계를 맺고 있다고 제시하고 있다. 이러한 관계는 오월지역의 문화에 밀착되어서 나타나는 것으로 이들 귀신은 현실적인 모습, 즉 주인이 없어 제사를 못 받는 걸신 등의 표현에서 당시 백성들의 애환을 표현한 것으로 여겨진다.

주원일調源一3)은 선진시대의 사상 흐름에 대하여 연구하였는데 중국철학에서는 천天과 인간과의 관계를 '천인합일天人合一'의 개념으로 풀이하고 있으며, 특히 은주시대의 천인관계에서 춘추시대의 공자를 중심으로 한 '천인합일' 사상과 순자를 중심으로 한 전국시대의 '천인지분天人之分, 천생인성天生人成'을 중심으로 설명하였다. 공자는 춘추시대의 도덕이 상실되는 점을 들어서 '천'과의 관계를 회복하기 위해서는 '인'과 '예'를 통하여 도덕적 가치를 회복해야 된다고 풀이하였으며, 순자의 경우 '천'을 자연계 법칙을 포함하는 것으로 인간과 자연의 관계에 있어서 인간 자신의 적극성을 다해야 한다고 풀이했다. 이러한 점은 춘추전국시대 오월쟁패의 관계에서 무너진 도덕과 군신관계가 어떻게 회복되는지를 잘 보여주고 있으며, 이러한 점들이 도시와 원림에서 어떻게 나타나는가를 밝히는 것이 중요한 과제로 생각된다.

---

2) 張新, 「戴望舒與吳越文化情愫」, 『현대중국연구』 제4집, 1997.

3) 調源一, 「先秦儒學의 天人關係 연구」, 『한중인문학연구』, vol. 9, 2002.

박양진4)은 중국 초기 도시 그 중에서도 춘추 전국 시기의 도성의 특징으로는 대규모 축성운동의 전개에 있다고 보았다. 이것은 제후 간의 전쟁, 경대부 간의 경쟁이 확대되면서 자연스레 발생한 현상으로 볼 수 있다. 또한 철기의 사용과 농업의 발전에 기인하여 인구의 증가현상도 중요한 요인 중의 하나로 지적하고 있다. 또한 포국 면에서 볼 때 중앙에 제후와 귀족이 거주하는 '회자형回字形' 구조를 보이며, 3개의 소성小城이 서로 연결, 배치되는 '품자형品字形' 배치 또한 흔히 나타나는 유형으로 보고 있다. 더욱이 '서성동곽西城東郭'과 같이 기능이 분화되는 현상도 나타났다.

이상의 검토에서 오월문화에 대한 연구는 희소한 반면 주로 춘추 전국시대를 중심으로 한 열국들의 사상사적, 문학사적, 도시사적인 면에서 연구가 진행되어 왔다. 따라서 오월지역에 국한하여 이들 양 문화가 어떻게 특징지어지고, 다양한 표출과정 중에서 도성과 원림에서 그 문화경관의 특징이 어떻게 나타나는지를 밝히는 것은 오월문화의 비교를 가능하게 할 것이며, 향후 중국의 문화에서 강남지역의 문화가 어떻게 위치하는지를 밝히는 토대가 될 것이다.

1. 춘추시기의 오나라와 월나라 문화

오월지역은 문화적으로 허무두河姆渡문화(약 7천~6천 년 전), 마가병馬家浜문화(약 6천~5천5백 년 전), 양저良渚문화(약 5천8백~5천2백 년 전)로 이어지는 지역이다. 원래 이곳은 구오句吳와 우월于越 두 부

---

4) 박양진, 「中國 初期 都市의 考古學的 一考察」, 『지방사와 지방문화』, vol. 6 no. 1, 2003.

족이 농업을 주 생산으로 하며 공동의 문화를 형성해 온 지역으로 이 지역에 부족국가가 등장하기 시작하면서 이질적인 문화가 섞이기 시작하였다. 상商 왕조시기(기원전 17세기~기원전 11세기)에 항주杭州 서남쪽에 월나라가 등장했고, 서주西周 시기(기원전 11세기~770년)에 이르러서는 지금의 소주 북쪽과 태호 동쪽 사이에 오나라가 등장하였다. 두 제후국은 춘추시대(기원전 770년~기원전 477년)에 원수 사이였으나 전국시대(기원전 350년경)에 이르러서 월나라가 오나라 지역을 포함하여 복건성과 광동성 일대를 모두 차지하게 되면서 오월 강남문화가 형성되었다.5)

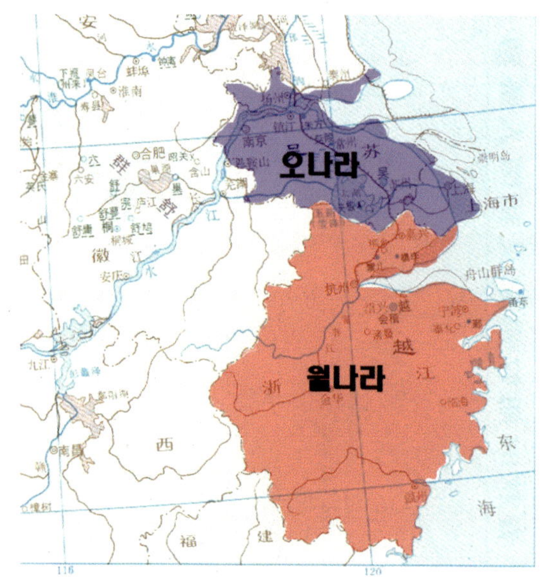

출처: 중국사고지도집中國史稿地圖集 상책上册 15쪽

〈그림 1〉 오나라와 월나라 강역

---

5) 이행렬 외 5인, 『중국문화답사기』 1: 오월지역의 수향을 찾아서, 다락원, 2002.

오월을 하나의 문화권으로 부르게 된 것은 『오월춘추吳越春秋6)』의 「부차내전夫差內傳」에서 "오나라와 월나라는 같은 언어를 사용하며, 위로는 하늘의 질서에 합치하고, 아래로는 같은 풍속을 지니고 있다"는 구절에서 그 연원을 알 수 있다. 즉, 이 지역을 두 개의 별도의 문화권역으로 보지 않고 하나의 동질적인 문화권역으로 보았다. 이들 지역은 자연환경이 유사하며, 신석기시대부터 벼농사가 발달해 식량이 풍부했으며, 물 또한 풍부한 조건을 갖추어 물길을 이용한 수상교통이 예로부터 발달해 왔다. 따라서 이러한 경제적인 기반 위에서 오래전부터 문화가 발달해 왔으니 이른바 강남문화의 중심지 역할을 해 온 것이다.

오월문화는 강남지방을 동서로 장악했던 초문화와의 경쟁 속에서 독립적인 문화로 유지 발달해 왔다. 즉, 초 문화의 핵심을 '환상'으로 본다면 오월 문화는 '현실'의 문화로 볼 수 있다.

1) 오나라 문화의 특징

유불초兪佛超7)는 오문화란 오나라가 세워져서 멸망할 때까지의 오나라 청동문화를 지칭한다고 하였다. 『사기·오태백세가史記·吳泰伯世家』 등의 기록을 통해 보면 오나라는 주周나라 사람이 남하하여 강남의 토착민족(야만족 만이지국蠻夷之國으로 불렸던)과 공동체로 건설한 나라임을 알 수 있다. 그 후 춘추시대 전기까지는 이들 토착민족과의 결합에 힘쓰다가 춘추시대 중기 이후부터 국가의 힘이 점차 강대해져서 스스로 '왕'이라 칭하게 되고, 주변의 초나라, 북쪽의

---

6) 趙曄 저, 이명화 역, 『오월춘추』, 일조각, 2009, 199쪽.
7) 兪佛超, 『長江下遊的徐舒与吳越』, 湖北敎育出版社, 2005, 128쪽.

제나라, 진나라와 남쪽의 월나라 등을 복속시키는 등 춘추오패春秋五霸 중의 하나로 등장하게 된다. 그러나 오왕 부차에 와서 월나라 구천을 복속시켰으나 그로 인해 오히려 나라가 망하게 되는 지경에 이르게 되는데, 시간적으로 보면 상나라 말엽에서 기원전 473년에 월나라에 의해 멸망할 때까지 700여 년의 기간에 존속했던 문화라고 하겠다. 그러나 그 후에도 장구하게 존속되어 명나라에 와서는 '우리 오[我吳]'라는 의식으로 유지되어 왔으며, 명청대의 화려했던 '강남원림문화'를 꽃 피우게 한 본질적인 요소가 된다.

오나라 지역에 대한 고고학적 발굴에 따르면 신석기시대에서 청동기시대에까지 이르는 문화 특징을 보이고 있다. 특히 당시의 물질문화로 남아있는 것 중에는 대형臺型 유지, 토곽묘, 성지城址 등이 있는데 이들 유지遺址에서 오나라 문화의 특징들을 살펴볼 수 있다.

오문화의 주된 분포지역은 크게 3개 지역으로 나누는데 영진지구, 완남구릉산지와 태호지구의 서쪽 구역이다. 이들 지역에 대하여 영향을 미친 문화요소로는 '호숙문화湖熟文化'를 들 수 있다. 호숙문화는 강남지구에 나타났던 선사시대 문화로서 주요 분포지는 남경南京, 진강鎭江 및 태호太湖 유역 일대로 존속기간은 상왕조, 주왕조까지였다.

고고학적인 발굴은 1951년 강소성 강녕현江寧縣 호숙진湖熟鎭에서 최초로 발굴되었는데 이후 이러한 명칭을 얻게 되었다. 호숙문화 유지는 대부분 강이나 호수 연안의 토돈土墩이나 구릉지에서 발견되었기 때문에 대형 유지라고 불리기도 한다. 이들이 사용한 도구의 특징으로는 주로 신석기, 청동기 및 도자기 등이 있으며 농업과 목축업이 일정 수준 이상을 유지한 것으로 보인다.

그 외에도 마교문화와 중원문화 등도 영향을 주었다. 따라서 오문

화는 단일의 문화로 발전된 것이 아
니라 주변의 문화와 서로 영향을 주
고받으면서 발전해 온 다원적인 문화
라고 하겠다. 고문헌상에 나타나는 이
미지를 보면『오월춘추』에서 오왕 부
차는 월나라를 복속시킨 승전의 기쁨
에 오자서의 충언에도 불구하고 부국
강병의 길을 가기보다는 고소대와 같
은 화려한 고대건축과 서시와 같은
미녀를 곁에 두고서 나라를 패망의

〈그림 2〉 오왕 부차

길고 가게 만드는 역할을 보여주고 있다. 이런 점에서 볼 때 월나라
와는 차이가 있는 점을 엿볼 수 있다.

2) 월나라 문화의 특징

월문화 지역은 대체로 태호와 전당錢塘 유역의 청동기문화를 지칭
하며 독특한 특색을 가지고 발전해 왔기 때문에 주변의 지역과는 구
별되는 문화라고 하겠다. 고고학 연구에 따르면 크게 7개의 지구에
기하학 문양의 도자기 유적이 나타나는데 이 중에 태호지구는 보다
독립적인 특색을 나타내기 때문에 별도의 고고학적인 문화를 가진
지구로 구분하고 있다. 태호지구는 환環태호지구라고 하는 것이 타당
한데 그 범위는 황산黃山에서 천목산天目山 이남의 전당강錢塘江 유
역을 거쳐 절서浙西 남쪽의 진취金衢지구까지 아우른다.8)

---

8) 兪佛超, 앞의 책, 2005, 263~264쪽.

월문화는 크게 선월先越문화와 월문화로 나눈다. 선월문화란 고고학에서 지칭하는 것으로 태호지구의 청동기 시대에 나타난 문화로서 역사적으로는 월왕 윤상이 개국한 춘추시기, 고고학적으로는 하나라와 상나라의 '마교문화馬橋文化'를 말한다. 반면 월문화란 서주시기에 나타난 '후마교문화後馬橋文化'와 춘추시기의 월국문화를 말하지만 일반적으로는 두 문화를 통칭해서 월문화로 보고 있다. 그러므로 월문화라고 하면 고고학적으로 월나라가 세워지고 우월于越부족이 만든 청동기문화와 그에 대응하는 국가를 월국越國이라고 하고 그 월국이 초나라에 의해 멸망하기까지의 시기로 오문화와 월문화가 흡수, 통합되어서 하나의 문화로 보게 된다.

『오월춘추』, 『월절서越絶書9)』 등과 같은 문헌에 나타난 월문화의 특징을 간추려보면 "단발문신斷髮紋身, 경사역발輕死易發, 습우주즙習于舟楫, 천우도자擅于陶瓷, 장우검과長于劍戈, 정우건축精于建築의 민족", "와신상담臥薪嘗膽, 이굴구신以屈求伸, 광납현재廣納賢才, 설치보국雪恥報國의 군주", "이농위본以農爲本, 흥수수리興修水利, 자강불식自强不息, 최후에 군웅을 제패하는 국가"의 이미지로 나타난다. 이러한 이미지 바탕에는 범려范蠡, 문종文種, 계연計然 등과 같은 뛰어난 정치가들이 있었으며, 그들의 월사상이 중국의 철학사상, 군사사상, 경제이론 등에 크게 기여하였으며, 월가越歌, 월어越語, 월무越舞, 월무越巫 등의 형태로 중국 고유의 예술방면에 기여하였다.10)

---

9) 越絶書, http://tieba.baidu.com/f?kz=492731306

10) 兪佛超, 앞의 책, 2005, 266쪽.

2. 오나라와 월나라의 도성都城 문화경관

　역사상 성城이 나타나는 것은 사회가 발전하여 문명사회로 진입하는 것을 의미한다. 그것은 성이 담과 참호를 가진 형태로 나타나며 그 기능은 기본적으로 방어에 있다. 따라서 외적으로부터 보호받을 수 있는 성곽은 인구의 도시 집중화를 초래하게 되며, 자연히 경제의 중심, 정치의 중심으로 발전하게 되는 것이다. 그러므로 성곽의 형태와 위치, 기능을 통하여 그 시대의 문화경관을 엿볼 수 있다.

　춘추시대 주나라 천자는 그 힘이 약해져서 당시 새롭게 발호하는 신흥역량을 가진 각 제후국의 힘에 주왕조의 제어력이 상실되게 되었다. 뿐만 아니라 도시규모상에서나 도시의 계획방식상에 있어서 점차 서주의 법도를 따르지 않게 되었다. 대표적으로 각종 사회역량을 가진 제자백가諸子百家가 일어났으며, 학술상으로 전대미문의 백가쟁명百家爭鳴이 출현하게 되었으며, 제후들의 정치적인 역량과 경제적인 부를 과시하기 위해 도시와 궁전을 건설하는 풍조도 그러한 주장을 하게 되었다. 이와 같은 '참월僭越' 현상이 허다하게 발생하였으니 특히 건축규모상에 표현되고 있다. 도성의 계획방식도 각국이 서로 계략을 세워서 서주의 제도에 반드시 합치될 필요가 없었으며, 질서정연하거나 그렇지 않거나, 또는 그것을 따르는 자들이 많았으니 이것은 공자가 개탄한 '예가 무너지고 음악이 사악해졌다[예붕악괴禮崩樂壞]'는 지경에 이르렀다. 이러한 종류의 현상은 여러 측면에서 계속되어서 진한시대에까지 이르게 된다. 서한 이후 국가가 통일되고, 중앙집권화되면서 『고공기考工記』의 재등장과 질서정연한 도성계획 사상이 다시 복구되자 이러한 현상은 수정되어 수당시대에까지 미치게 되었다.

다시 말해 춘추시대 각국의 도성은 많은 수에 있어서 질서정연한 형태를 따르고 있었으며, 왕궁은 성내 중앙에 위치하는데 이러한 예로는 노나라 곡부曲阜와 오나라 엄성奄城 등을 들 수 있다. 부정형의 도성은 전국시대에 다수 출현하였는데 곽郭이 성城의 한쪽에 부수되거나 또는 서로 인접하여 양쪽에 설치되는 등 전체 성곽은 지형지세에 따라서 변화되는 부정형의 형태를 취하였는데 월나라 소흥, 정나라 신정新鄭, 제나라 임치臨淄, 연나라 하도下都, 월나라 한단邯鄲 등을 들 수 있다.

중국 고대건축사상 춘추전국시대에 출현한 대표적인 양식이 고대高臺 건축이다.11) 고대 건축은 풍경이 아름다운 곳에 높은 건축물을 세워서 사방의 조망을 감상하면서 자연과 긴밀한 관계를 가질 수 있는 매개공간 성격을 갖는다. 따라서 대원臺苑 원림을 용이하게 형성하게 되는 것이다. 당시 이러한 대원이 발달하게 된 배경에는 크게 3가지로 들 수 있다. 첫째는 주 왕실의 세력이 약해지면서 제후국들의 쟁패와 함께 열국의 제후들이 자주적으로 그들의 위상을 높이기 위해 이러한 대원 원림을 창발적으로 조성한 정치적 환경에 기인한다. 둘째는 공전제公田制를 폐지하고 무수세畝收稅를 채택하면서 철광업이 발전하고 농업생산력이 향상되니 모든 산업이 발전하게 되면서 각 도시의 상업활동도 활발하게 되었다. 따라서 사회적으로 재력을 가진 제후국들의 늘어나면서 그들이 향유할 수 있는 대원 원림이 발전하게 된 경제적 환경을 들 수 있다. 세 번째로는 사람들의 가치와 관념이 욕망을 추구하는 방향으로 나가면서 자연을 숭배하는 관념과

---

11) 王鐸, 『中國古代苑園与文化』, 湖北敎育出版社, 2003, 63쪽.

부합되어져서 대원 원림이 발전하게 되는 사회문화적 환경이 조성되었기 때문이다.

건축적인 측면에서 고대 양식은 건축물이 공중으로 발전하는 것을 의미한다.[12] 이것은 건축의 평면적인 확대와는 다른 의미를 갖는다. 하늘과 인간의 교감을 위해 공중으로 솟은 건물은 성경 속의 바벨탑과 같은 의미를 갖고 있다. 그래서 서양에서는 지구라트, 피라미드, 공중정원과 같은 양식의 건물이 등장하는가 하면 동양에서는 고대와 같이 높이 솟은 건물을 조성하게 된다. 중국의 고대 건축이 가지고 있는 의미는 크게 3가지로 해석된다. 첫째, 건축물의 기단 역할을 한다는 점, 둘째 흙을 쌓는 방법, 셋째 대 위에 세우거나 대를 이용하여 구성한 모든 건축군을 지칭한다. 따라서 이러한 양식의 건물은 제례의식을 위하거나 종교적인 목적 또는 풍경을 감상하고 교화하기 위한 정치적인 목적 등에 의해 만들어진 것을 알 수 있다. <그림 3>에서와 같이 전국시대에 만들어진 청동기에는 이러한 고대 건축의 형식을 잘 보여주고 있다. 이 그림에서는 음악을 하는 악사와 제사를 올리는 제관의 모습과 제물을 바치는 모습 등을 엿볼 수 있는데 이로 미루어 고대에서는 주로 이러한 활동들이 이루어졌음을 알 수 있다. 『오월춘추』에 "오왕 부차가 고소대姑蘇臺를 세웠으니 3년 동안 목재를 모으고 5년에 걸쳐서 완성했으니 높은 곳에서 볼 수 있는 거리가 200리(80km)에 달한다"[13]는 기록에서처럼 오나라 소주성에는 여러 고대를 두었으며, 이것은 평지에 조성한 고대로 구천이 부차에게 계책으로 바친 목재를 이용하여 건립한 유흥목적의 고대 건립의 예로 보여진다.

---

12) 이상해 외 4인 공역, 李允鉌 저, 『중국 고전건축의 원리』, 시공사, 2000. 95~98쪽.

13) 이명화, 앞의 책, 2009, 340쪽.

〈그림 3〉 전국시대 청동기에 그려진 고대高臺 건축

　　오나라와 월나라에는 크고 작은 성곽이 여럿 있었는데『월절서·월절외전기오지전제삼越絶書·越絶外傳記吳地傳第三』에는 오나라의 성곽으로 오대성吳大城, 오소성吳小城, 오자서성伍子胥城 등을 소개하고 있다. 월나라의 성곽에 대해 같은 책「월절권제팔월절외전기지전제십越絶卷第八越絶外傳記地傳第十」에서는 구천소성句踐小城(또는 산음성山陰城), 산음대성山陰大城, 동곽외남소성東郭外南小城 등을 소개하고 있다. 이 중에서 중요한 것을 <그림 4>에 나타내 보면 엄성과 합려성은 오나라 합려가 북서쪽의 초나라와 싸우는 과정에서 축성한 것으로 보이며, 소주성은 오자서가 월나라와의 긴장관계에 대비해 남서쪽에 세운 것임을 알 수 있다.

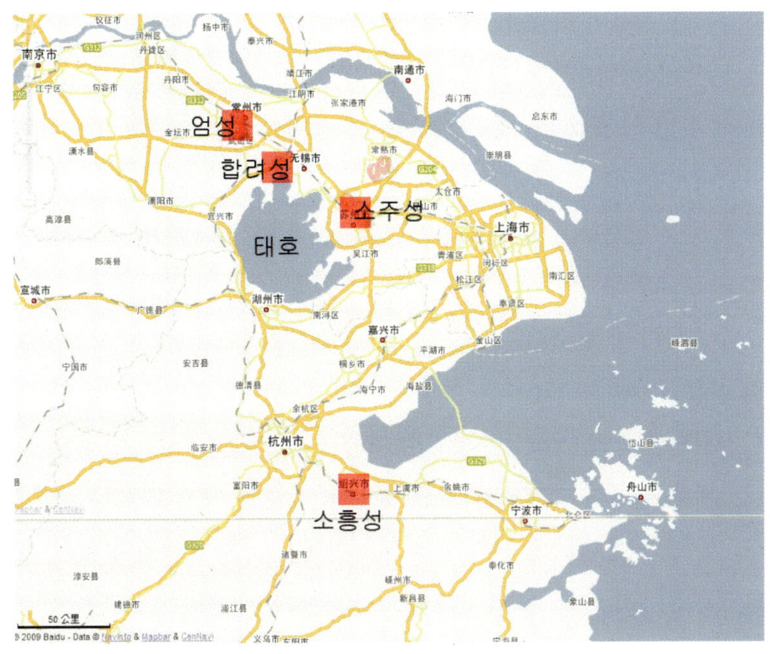

출처: http://map.baidu.com/

<그림 4> 오월의 도성 위치도

1) 오나라 소주성蘇州城

소주성은 합려성闔閭城이라고도 한다. 소주성을 만들도록 명한 이
는 오왕 합려이지만 실제로 성을 설계하고 만든 사람은 오자서(伍子
胥, ?~기원전 484년)였다. 그는 오나라 왕 합려闔閭로부터 '군주를 편
안하게 하고 백성을 다스리는 패왕의 업을 위해서는 어떤 일을 해야
하는가' 하는 질문에 대하여 답하기를 '먼저 성곽을 세우고 수비 시
설을 갖추며, 곡식 창고를 채우고 무기고를 잘 관리하는 데 있다'고
하였다. 따라서 합려의 지시에 따라서 그는 곧 소주성 건설에 착수하
게 된다. 그가 먼저 한 일은 성곽을 세울 곳의 토지를 살피고, 물의

흐름을 관측하여 하늘을 본뜨고 땅을 본받아[상천법지象天法地] 대성大城을 짓는 일이었다.

오자서가 먼저 한 것은 땅을 살펴보고, 물을 살펴보는 일이었다. 그 결과 가장 조건에 부합되는 땅을 찾았으니 그곳이 바로 소주였다. 그가 택한 이유를 살펴보면 소주는 첫째 배

〈그림 5〉 오자서

산임수의 땅으로 서고동저의 지형 조건을 갖추었다. 따라서 적을 방비하기에 편리한 이점을 가지고 있었다. 둘째는 평원지대라는 점이다. 소주지역은 태호평원에 위치하여 지세가 낮고 평탄하며 평균 해발고는 3 내지 4미터에 불과한 곳이다. 셋째는 수문과 기상조건이 아주 우수하다는 점이다. 지역 내에는 호수와 하천이 풍부하며 태호太湖, 양청후陽澄湖, 곤승호昆承湖 등과 같은 크고 작은 호수가 여럿 위치하고 있다. 따라서 이러한 천혜의 조건 탓으로 소주지역은 기후가 열대 및 아열대 습윤성 계절풍 기후가 발달하였으며 사계절이 분명하고, 기후가 온난하고 우량이 풍부하다. 넷째로는 토지가 비옥하다는 점이다. 지역 내 토양 조건이 좋으며, 숲에도 나무가 울창하며, 토지의 생산력도 높아서 재물이 풍부하게 축적될 수 있다. 다섯째로는 석재가 풍부하다는 점이다. 지역 내에 풍부한 화강암과 석영사암은 건축을 하는 데 있어서 유리한 조건이 되기 때문에 오자서는 소주를 천혜의 요새로 점지한 것이다[14]. 즉, 소주는 실로 배산임수의 자연환

---

14) 居閱時, 『弦外之音』, 四川出版集團, 2005, 17쪽.

경을 충분히 활용한 입지가 되는 것이다.

　오자서는 소주성을 건설하면서 제齊나라 재상 관중管仲의 사상을 이어받았다. 관중(기원전 약 725년~기원전 645년)은 제 환공桓公을 도와 제나라를 일약 패자로 등장시킨 시대의 경세가였다. 그는 사회 발전을 저해하는 기존 제도들을 개혁하여 부강한 나라를 만들고자 하였으며 그 첫 단추로 토지제도의 개혁을 선택하였다. 즉, 당시 춘추시대 각 제후국들은 주나라를 대체하여 천하의 패권을 잡기 위해서는 우선 부국강병책을 사용하여 국가의 부를 증대시키는 것이 무엇보다 시급한 일이라고 생각하였다. 부국을 위해서는 농업, 수공업, 상업을 발전시켜야 하며, 사농공상을 국가의 주춧돌이라고 선언하였다. 따라서 천하의 패자가 되기 위해서는 먼저 국가의 생산력을 증대시켜 그 기반을 굳건히 세우는 데 있다고 믿었다. 그러므로 황제가 되려는 자는 먼저 그 나라를 평탄한 곳에 자리 잡아야 하며, 지형이 비옥한 곳을 선택하여 산의 좌우에 마을을 두고 물의 피해가 없는 곳을 택하여 성내에 인공수로를 두어 물을 다스리는데 이것은 큰 하천이 이곳으로 모이기 때문이라고 하였다. 또한 그는 나라의 수도를 세우려면 반드시 큰 산의 아래는 피해야 하며, 넓은 하천 위에 세워야 한다고 했다. 이러한 점은 수리이용의 편리함을 일찍부터 간파하였기 때문이라고 여겨진다. 나중에 오자서는 관중의 이러한 사상을 받아들여 소주성을 건립하는 데 적용하였으니 이러한 점이 소주성을 하늘의 조건과 땅의 조건에 부합되게 만든다는 '상천법지' 사상이라는 점에서 공통점을 가지게 된다.

오자서는 소주성을 쌓을 때 당시의
전통에 따라서 성을 쌓았으니 "땅은
직접 살펴보고 물은 먹어보는 방법
[상토상수相土嘗水]", 그리고 "하늘의
이치를 모방하고 땅의 법칙을 따르는
[상천법지象天法地]" 규례에 의거하
였다. 즉, 3년의 시간 동안에 3중의 성
환城垣을 만들었으며, 대성大城 또는
황성皇城의 둘레를 47리[15](18.21km)
가 되게 하였으며, 육문陸門을 여덟

〈그림 6〉 관중

개 만들어 하늘의 팔풍八風을 상징하도록 했다. 또한 수문水門 여덟
개를 만들어 땅의 팔문八門을 모방하였으니 대성大成은 천지음양의
이치를 따져서 성의 기본 개념을 수립한 것이다. 또한 소성小城 또는
궁성宮城을 건축하였는데 둘레가 10리(3.87km)다. 육문을 세 개 만들
었는데 동쪽으로 문을 내지 않은 것은 월나라의 지혜를 막기 위해서
였다[16]. 그리고 외곽은 68리(26.34km)가 되게 하였다. 또한 성내에는
가로의 폭을 33보(42.6m), 하천의 폭은 29보(937.4m)로 정하였으며, 밀

---

15) 고대 척도단위는 크게 용도별, 국가별 척도로 구분된다. 용도별 척도로는 營造尺, 포백척, 황종척
등이 사용되었다. 국가별 척도에는 周尺, 漢尺, 唐尺 등이 있다. 주척은 주나라 때 사용되었던 척
도단위로 주로 측우기 등 기구를 측정하거나 도로의 거리수, 묘지의 영역, 훈련관 교정의 거리수,
활터의 거리수를 잴 때, 그리고 토지를 재는 데 사용하였다. 영조척은 원래 曲尺, 大尺, 金尺 등으
로 불렸다. 가옥과 성벽, 봉화, 社稷壇 등의 단, 山陵과 궁궐 등을 건축하거나, 되, 말 등의 量器를
만들 때 표준척으로 사용하였다. 따라서『오월춘추』,『월절서』등과 같은 고문헌에서 기록된 치
수는 영조척을 기준으로 보는 것이 타당할 것이다. 영조척의 기준은 주나라 말기에 사용되었던
주척 1尺 = 20.158cm를 기준으로 하였다(박홍수,「중국상고 도량형고」,『대동문화연구』vol.12,
1978). 따라서 1寸은 1/10자로 2.02cm, 1자는 20.158cm, 1丈은 10자로 2.02m, 1步는 6자4치로 약
1.29m, 1里는 300보로 387.4m로 환산하였다.

16) 이명화, 앞의 책, 2009, 94~95쪽.

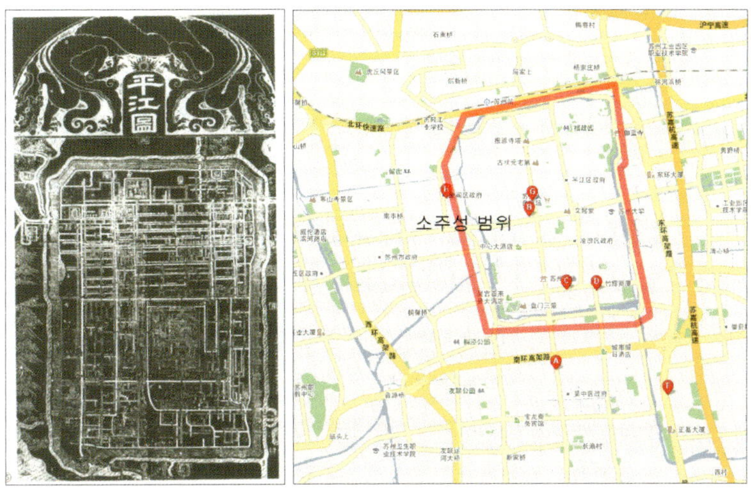

출처: 거열시居閱時(2005), 현외지음弦外 출처: http://map.baidu.com/
之音

〈그림 7〉 평강도　　　　　　〈그림 8〉 현재 소주성 범위

집된 도시형태로 교통이 발달하였으며 그 규모 또한 광대한 크기였다.

오자서가 채택한 이러한 도성계획법은 전통적인 중국의 철학사상에 기반을 두고 있다. 즉, "천인합일天人合一", "천인감응天人感應", "상천법지" 등과 같은 관념들에 의해 인간을 하늘과 땅 그리고 만물과 함께 하나의 유기체적 관계를 형성한다고 보는 것이다. 이들은 서로 대립적인 관계가 아니라 상호 융합되고 감응되는 관계를 갖는다고 보았다. 그러므로 자연환경과 인간과의 관계를 보다 중시하게 되며, 소주성에서 그러한 모습이 보다 구체적으로 표현된 것이다.

2) 오나라 엄성奄城

엄성은 오늘날 엄성淹城이라고 불리는데 지금의 강소성 상주시 남쪽 약 7km에 위치하며 역사유적 공원으로 지정되어 있다. 이곳은 삼성三城 삼하三河의 형태를 가지고 있다. 성시의 규모는 무척 작으며, 외성은 대략 타원형으로 둘레가 약 2,500m, 폭이 약 25~40m에 이른다. 내성은 기본이 방형으로 둘레가 1,500m, 폭이 20m에 이른다. 자성子城은 방형 내지 사다리형을 이루며 둘레가 500m에 이른다. 세 성에는 모두 성을 보호하는 하천이 둘러싸고 있으며, 하천의 폭은 30~50m, 가장 폭이 넓은 곳은 70~80m에 이른다.

세 성은 모두 일차적으로 흙을 쌓아서 축성한 것으로 땅을 다져서 축성한 것은 아니며, 각각에는 성문을 하나씩 가지고 있는데 외성에는 서북쪽에 있으며, 내성에는 서쪽, 자성에는 남쪽에 위치한다.

이곳은 일찍이 춘추 말기의 청동기와 도장문양의 도자기가 출토되었으며, 서주시대의 독목주獨木舟가 출토되기도 하였다. 추측건대 엄성은 이용시기가 그리 오래지 않으며, 춘추 말기에 축성되고 또한 그 시대에 훼손된 것으로 보인다. 엄성 내외에는 많은 수의 흙으로 된 돈대墩臺가 있는데 큰 것은 면적이 10여 무畝[17](6,667㎡)에 이르며, 작은 것은 면적이 1묘에도 못 미친다. 고고학 발굴조사에 의해 묘지가 있었던 것으로 알려졌다. 이 돈대 중에서 외성의 안쪽 서쪽에는 최대 크기의 속칭 '두돈頭墩'이라는 돈대가 있는데 면적이 7묘(4,667㎡)에 달한다. 이것은 엄군奄君의 딸이 묻힌 묘로 전하고 있으며 일찍이 묘실이 발굴되었는데 길이가 20m, 폭이 6m에 장구葬具가 있으며, 부장품이 200여 점 출토되었고 그 중에는 도방윤陶紡輪, 옥주관玉珠串 등 여성용품이 출토되어 이 묘의 주인이 여성임을 알 수 있게 한다.

---

17) 무(畝, 畝)는 중국식 토지 면적의 단위. '10市分'을 '1市畝'로 하고 '100市畝'를 '1頃'으로 함. '1市畝'는 약 666.7㎡임.

출처: http://epaper.yangtse.com/yzwb/ 　　　출처: 구글어스

〈그림 9〉 엄성 전경　　　　〈그림 10〉 오나라 엄성의 위성사진

동한시대 원강袁康의 『월절서』 「제이권 월절외전기오지전제삼第二卷 越絶外傳記吳地傳第三」에 "비능현 남쪽에 성이 있는데, 오래된 엄군奄君의 땅이다. 동남에 대총大冢이 있는데 엄군의 자녀 무덤이다"라고 기재되어 있다. 비능현은 오늘날의 상주常州로 한나라 때 편제상 명칭이다. 고엄古奄, 엄통淹通, 그리고 앞서 말한 '남성南城'과 "옛날 엄군의 땅[고엄군지古奄君地]"도 지금의 엄성을 지칭한다. 같은 책에서 "오나라 땅에는 엄군성이 있는데 그 성은 3중으로 되었으며 둘레가 심오리, 호참濠塹의 깊이가 넓으며…… 또 말하길 고비능성古毗陵城이라" 했으니 이것도 모두 오늘날의 엄성을 말한다.

엄奄은 상대商代 후기의 봉국封國 중의 하나로 원래는 지금의 산동성 곡부의 구성舊城 동쪽에 있었다. 엄군은 주나라 성왕 시기 때 인물로, 상나라 때 후손 무경(武庚)과 연합하여 반란을 일으켰으나 성왕에게 패배하여 산동에서 강남으로 도주하여 이곳에 성을 쌓고 이름을 엄이라 하였으니, 즉 엄성奄城이 된다.

엄성의 세 성은 서로 겹을 이루는 형국으로 수당 이후 명청대에 이르기까지 곽성郭城, 황성皇城, 궁성宮城 삼자가 서로 겹을 이루는 모

습과 닮은꼴이다. 엄성의 왕성은 중앙에 위치하는데 방형의 계획적인
띠로 둘러싸며, 서쪽 둘레에 해자가 설치되어 있으며 노나라 곡부의
영향을 받은 것으로 생각된다. 자성子城이 궁성이라면 내성은 왕성이
되며, 외성은 곽성이 된다. 이것은 가장 오래된 내성을 둘러싼 외곽의
예가 되며, 『순자荀子』의 "내부는 성을 말하며, 외부는 곽을 말한다"
라는 말에 부합된다. 또한 이 왕성과 곽성의 규모에 대해서는 『맹자
孟子』에서 말하는 "성은 3리(1,162m)요, 곽은 7리(2,712m)"라는 말과
도 부합된다. <그림 10>은 위성사진에 나타난 엄성의 모습인데 또렷
이 그 형태를 유지하고 있는 것을 확인할 수 있다.

3) 월나라 소흥성紹興城

소흥성은 월왕 구천7년(기원전 490년)에 지어진 것으로『월절서』「제
팔권 월절외전기오지전 제십第八卷 越絶外傳記吳地傳 第十」에는 구천
소성句踐小城이라 불리는 성이다. 구천이 이곳에 성을 만든 것은 월
나라의 발전 역사와 지역의 자연환경 조
건이라는 토대 때문이다.

『오월춘추』에 기록되기를 월나라 대부
범려는 구천에게 "적국 지역은 내버려두
시고, 평탄한 도시에 거주하지 않으며, 사
방으로 통하는 땅을 점유하지 않으시는데
어떻게 패왕의 업"을 이룰 수 있을지 묻고
있다.18) 이에 구천은 범려의 말에 따라 성

〈그림 11〉 월왕 구천

---

18) 이명화, 앞의 책, 2009, 310쪽.

을 지을 것을 명하였다.

월왕 구천(勾踐, 기원전 520년~기원전 465년)은 웅재雄才하고 대략
大略을 품은 월나라 왕으로 즉위 초년(기원전 496년)에 이웃의 구오
句吳를 멸망시키고, 오나라 합려와의 전쟁에서 그를 부상시켜 결국
죽게 만들었을 만큼 세력을 확대시켰던 인물이다. 그러나 구천3년(기
원전 494년)에 합려의 뒤를 이은 오나라 부차(夫差, 기원전 496년~기
원전 473년)의 강성한 군대에 패하여 회계산會稽山 자락에서 나라가
망할 지경에 처하게 되어 결국 구천5년(기원전 492년) 오나라에 인질
로 잡혀가게 된다. 그러나 와신상담臥薪嘗膽의 각고 끝에 구천7년에
월나라로 돌아오게 되면서 가장 먼저 한 것이 소흥성 또는 구천소성
의 축성이었으며 이듬해(기원전 489년)에 완성하게 된다.『월절서』에
따르면 성의 둘레는 2리223보(1,062.5m), 육문을 4개소 설치하였으며,
수문을 1개소 두었다. 이어서 그 동쪽에 대성(大城 또는 산음대성山陰
大城)을 축조했는데 그 둘레가 20리72보(7,840.9m)요, 역시 육문 3개
소, 수문 3개소를 두었다. 이곳은 장차 월나라가 발전하는 데 기초가
되는 곳으로 오늘날 소흥시의 개략적인 형태를 구성하는 데 기여하
였다고 할 수 있다. <그림 12>는 고대 소흥성내 존재했던 구산九山의
위치를 표시한 지도이다.[19] 지도에서 녹색으로 구획된 구역은 초기
에 구천이 축조했던 소성의 범위를 나타내며 붉은색 지역은 나중에
확대한 대성 지역을 나타낸다. 구천소성과 대성에는 종산(종산種山
또는 와룡산臥龍山, 해발 76m), 즙산(戢山, 해발 52m) 그리고 괴산(怪
山 또는 비래산飛來山, 해발 32m)의 세 산이 삼족정三足鼎 형국으로

---

19) 邱志榮, 『紹興風景園林与水』, 學林出版社, 2008, 69쪽.

구성하고 있었다.[20] 이 지역은 이미 기원전 5세기경에 월족越族의 취락지로 발달할 만큼 크고 작은 언덕과 비옥한 토지가 갖추어진 곳이었다. 따라서 구천 또한 범려의 건의에 따라 이곳에 도성을 정하고

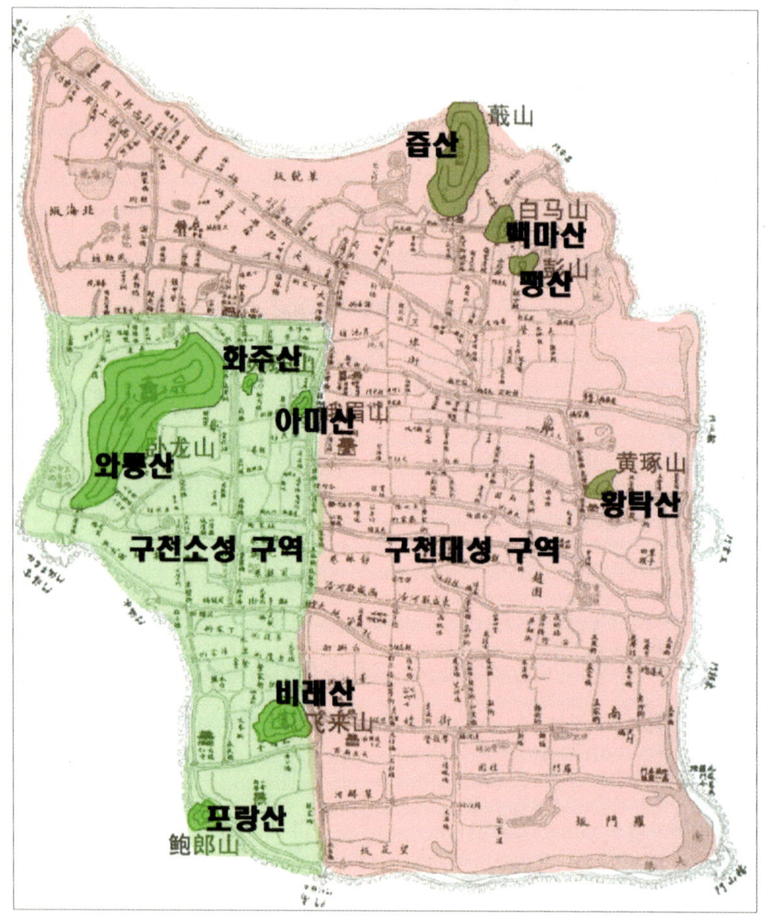

〈그림 21〉 고대 소흥성 내 구산 위치도

20) 陳橋驛, 『吳越文化論叢』, 中華書局, 1999, 357쪽.

국가의 기반을 다져 나갈 수 있었다. 춘추시기 열국의 도성 발전 양상은 월나라에도 영향을 미친 것으로 여겨지며, 그 일례로 범려范蠡가 구천에게 제시한 도읍지 선정조건에는 '관중管仲'의 철학이 담겨 있다. 즉, 『관자·승마管子·乘馬』에 "성인의 나라는 반드시 경사진 곳을 피하며, 지형이 비옥하고 풍요로운 땅을 택한다. 향리는 산 아래 좌우에 두어 물과 습한 곳을 피한다"고 한 것을 성곽과 도읍지를 정하는 데 적용하였음을 볼 수 있다.[21] 고천소성의 경우 와룡산을 중심으로 하여 왕궁을 건설하고 정치 중심으로 삼은 반면 구천대성에는 즙산을 중심으로 하여 농경지와 염전 등과 같은 일반 백성이 거주하며 농업생산을 할 수 있는 토대로 마련하였다. 이러한 점은 대성의 경우 바둑판 모양으로 토지를 구획한 점이라든지, '정자형井字形' 도로체계 등에서 농업생산을 위한 목적의 시가지 구성임을 알 수 있기 때문이다. 특히 성내에는 육문과 수문을 두었다는 점에서 이곳의 지리적 특징이 저습지로서 물의 배수처리가 중요한 문제점이라는 것을 확인시켜 준다.

따라서 이러한 성곽구조는 안으로는 정치적 안정과 밖으로는 대외정책, 특히 오나라와의 긴장관계를 유지하면서 내부를 결속시켜 주는 역할을 한 것으로 보인다. <그림 13>은 오늘날의 소흥시에 고대 구산의 위치를 중첩시켜 본 것으로 지금의 도시 형태가 매립과 도로 건설 등으로 많이 변화되었지만 당시의 골격을 그대로 유지하고 있는 것을 볼 수 있다. 이런 점은 앞의 소주성의 예에서도 확인될 수 있었는데, 도시계획을 수립할 경우 지역의 역사적인 문화경관의 틀을 유지하면서 발전시켜 나갈 당위성이 여기에 있다.

---

21) 이22명화, 앞의 책, 2009, 309~312쪽.

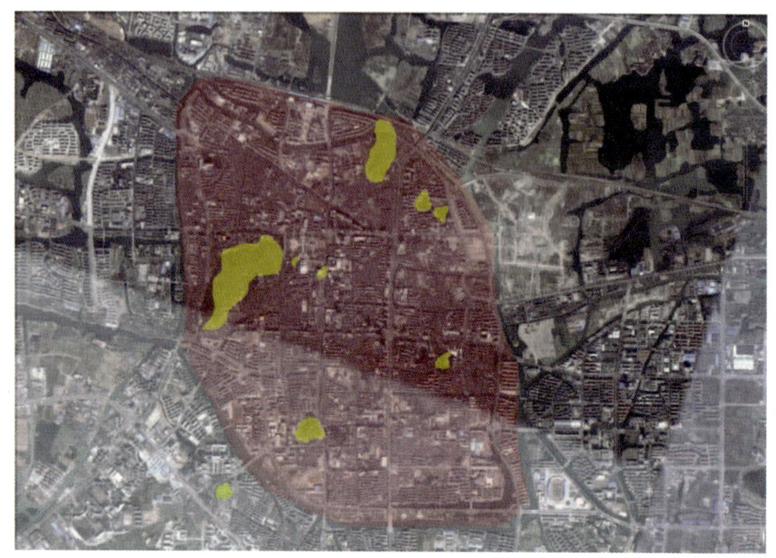

출처: 구글어스

〈그림 13〉 현재 소흥시와 구산 추정도

3. 오나라와 월나라의 원림과 특징

1) 오나라 왕실원림의 특징

주나라 초기 태백泰伯이 오吳, 즉 지금의 강소성 매리梅里에 거하였다. 수몽壽夢에 이르러서 왕이라 칭하였는데 때는 주나라 간왕簡王 원년(기원전 585년)으로 나라를 크게 세웠으며, 도읍을 고소姑蘇, 즉 오늘날의 소주로 정하였다. 그 경계는 회하淮河와 사수泗水 이남에서 절강성 가호嘉湖까지 이른다. 오나라의 자연지리 조건은 우수하며, 장강과 중원과는 서로 떨어져 있으며, 기후는 온화하고 수역은 넓으며, 산물은 풍부하며 오왕의 생활은 방종하고 사치하며 특정의 산수

〈그림 14〉 영암경구靈岩景區에서 바라 본 고소대

조건을 이용하여 대형의 臺와 원림을 건설하였다. 그중에서도 특히 고소대姑蘇臺가 유명하다.

　오나라의 도성원림은 그 특징이 합려성과 같이 한 겹의 성벽을 이룬 구조와, 엄성과 같이 삼중의 성벽에 이르는 다양한 형태로 나타나고 있으며, 평면 또한 방형 내지 장방형에서 삼각형 등 다양한 형태를 이룬다는 점이다. 또한 합려성과 같이 평지에 위치하여 물과 산을 바라보는 형태와 엄성과 같이 사방이 물로 에워싸는 형태를 가지고 있다. 따라서 이처럼 다양한 공간 구조에 의해 조성되는 원림 또한 다양한 형태를 가진 것으로 보인다. 특히 궁궐건축은 화려하고 장대한 모양을 갖추고 있으므로 당연히 수반되는 원림 또한 그와 같은 화려함을 가졌을 것으로 여겨진다.

2) 고소대姑蘇臺

고소대는 소주 서문胥門 밖의 서석호西石湖 서안에 있는 횡산橫山에서 영암靈岩의 칠자산七子山에 걸쳐서 만들어졌으며, 봉우리마다 대를 세웠으며 서대胥臺, 고여姑餘, 고서대姑胥臺 등으로 불린다.

『오월춘추』에 "오왕 부차가 고서대를 세웠으니 3년 동안 목재를 모으고 5년에 걸쳐서 완성했으니 높이 볼 수 있는 거리가 200리(77.4km)에 달한다"고 했으며, 『월절서』에 "부차가 고소대를 세웠는데 3년 동안 목재를 모으고 5년에 걸쳐서 완성했으니 높이 볼 수 있는 거리가 300리(116.2km)라 태사공이 올라서 오호五湖를 바라보았다"고 하였다.

『술이기述異記』에 "오왕 부차가 고소대를 세웠는데 3년에 걸쳐 완성했으며, 둘레가 원형으로 곡절하였으며, 옆으로는 5리(1.94km)까지 뻗쳤고, 토목사업을 정비하는 것을 좋아하고, 인력을 소진하였으니 궁기宮妓의 숫자가 5천을 헤아렸다. 입춘날에는 서궁에서 밤이 새도록 먹고 마시고 하였으며, 쌀 천석으로 술잔을 만들었으며, 큰 못을 파고 못 가운데는 청룡주靑龍舟를 만들어 띄웠으니 배에는 기녀들을 세워놓고 서시西施와 함께 물놀이를 즐겼다. 또 궁중에는 영관靈觀과 관와각館娃閣, 동으로 만든 건물 구조와 옥으로 된 난간 등을 만들어 두었으며 궁의 난간에는 옥구슬로 장식하였다"고 했다.

이와 같이 문헌에 기록된 것을 볼 때 오나라의 궁실은 모두 화려하고 장대한 것으로 추정된다. 오왕 합려 9년(기원전 506년) 초나라 수도 영郢(22)에 쳐들어가서 초를 함락하였으며, 그 다음 해에 고소대를 축조하였는데 5년이 걸렸다(기원전 505년~기원전 500년). 그 뒤(기원전 473년) 월국의 상장군 범려가 사령관이 되어 강을 따라서 오를 공격하였으며, 고소대에서 부차를 포위하여 스스로 목매어 죽게 하여 오나라가 멸망하였다. 고소대가 만들어져서 오나라가 멸망하기까지 모두 28년이 걸렸다.

고소대의 신기로운 점은 산을 둘러싸고 대를 만들었다는 점과 여러 대를 연결해서 궁을 조성했다는 데 있다. 즉, 영암靈岩 관와궁館娃宮은 서시궁西施宮이라고도 하는데 길게 이어져서 그 기세가 매우 드높으며, 이러한 대는 오늘날 칠자산 위에 10여 개소의 유적지로 남아 있는데 주봉에 있는 주대主臺 건축군은 옆으로 이어져서 5리(1.94km)나 뻗었다. 이 궁은 세계 원림사 측면에서 볼 때 유례가 없는 가장 빠른 시기의 산상원림山上園林에 해당된다.[23] 현재 이곳에는 오왕정吳王井, 류화지流花池, 완월지玩月池, 서시동西施洞, 궁담[宮墙], 금대琴台, 사향암思鄉岩, 석사붕石射棚 등의 유적이 남아 있다. 오나라 도성의 서문胥門 밖에는 구곡루九曲路가 산중턱까지 축조되었으며, 굽어진 길이 산위로 구불구불 연결되어 있다. 고소대는 그 폭이 84丈(169.7m), 대 높이가 300장(606m)에 달하며, "높이 300리(116.2km)를 보다[고견삼백리高見三白里]"라는 말은 전망하는 대와 산의 높이를 합해서 말한 것이라 하겠다.

고소대는 자연풍경이 훌륭한 땅에 세운 大弓으로 원내에는 "궁궐 시녀가 수천"에 달하였고, 그 규모가 대단하였던 것을 추정할 수 있다. 또한 건축은 동으로 구조를 만들고 옥난간을 둘렀으며, 그 장식

---

22) 춘추 시대 초(楚)나라의 수도로 지금의 호북(湖北)성 강릉(江陵) 서북방에 있었음.
23) 王鐸(2003), 中國古代苑園与文化, 湖北教育出版社, pp. 62-70.

또한 화려하였던 것을 알 수 있다. 따라서 이곳은 당시의 뛰어난 대
원臺苑 원림의 하나였던 것이다.

오나라는 이처럼 석성대궁石城臺宮[24], 유대遊臺, 문대文臺, 사대射
臺 등 여러 주제의 기능성을 띤 대원臺苑을 조성하였는바, 이는 앞에
서 살펴보았던 춘추전국시기의 고대 건축의 특징이 반영된 것이다.
이 밖에도 오동원梧桐園, 회경원會景園과 장주원長洲苑 등은 모두 당
시의 명원으로 유명했던 곳이다.

3) 월나라 원림의 특징

하夏나라 소강小康이 그 서자庶子를 월나라 땅에 봉토로 주었는데
월나라의 경계는 절강성 항현(杭縣, 지금의 항주) 이남에서 동쪽으로
는 바다와 접하고 있었다. 치소治所는 회계(會稽, 지금의 소흥紹興)에
두었다. 춘추시대 월나라 왕 구천이 오나라를 멸망시켰으며, 그 땅을
흡수통합하여 그 영역을 최대로 확대했을 때에는 지금의 강소성, 절
강성 및 산동성 남부까지 복속시켰다. 구천은 낭아(琅琊, 지금의 산동성
제성현諸城縣 동남)로 천도하였으며 그 뒤에 초나라에 멸망되었다.

미인궁은 토성산 언덕에 건립했는데 위치는 산음현 동남 6리(2,324m)
이며, 둘레가 590보(761m), 육문 2개, 수문을 1개 두었으며, 이곳에서
미녀 서시와 정단을 교육시켰던 궁대(宮台) 건축으로 이곳에는 원유
園囿도 함께 조성하였다. 나중에 오나라 부차에게 보내어 결국에는
'경국지색의 미'로 나라를 망하게 하는 데 일조하였다. 토성산은 서시
산이라고도 하는데 돌과 구름이 많은 곳으로 알려져 있다.

중숙대中宿臺는 고평리高平里 언덕에 세운 대로서 둘레가 600보

---

24) 월나라는 이 궁에서 西施를 오왕 부차에게 바쳤다.

(774m)에 달한다. 그 외에도 문대文臺, 이대離臺, 가대駕臺, 영대靈臺, 연대燕臺, 재대齋臺, 점대漸臺, 관유대觀遊臺, 창토대昌土臺, 랑아대琅玡臺 등의 여러 대를 조성하였으며 그중에서 월왕대越王臺가 유명하다. 또한 구천대궁을 현재 산음성내에 건립하였으니 둘레가 620보(800m)에 달하는 규모였다. 월나라는 산자수명한 지역으로 맑고 깨끗한 봉우리가 첩첩이 쌓였으며, 숲은 무성하고 하천망이 잘 짜였으며, 호수와 못이 서로 이어져 어우러진 곳이다. 따라서 이궁과 대원이 그중에 포치되니 건축과 산천이 서로 어우러지며, 생활과 자연이 서로 만나며 그 원림이 가경佳景을 이루는 곳으로 후세 강남원림의 근원이 된다.

4. 월나라 왕실원림

구천 3년에 오나라가 월나라를 쳐들어와서 항복시키고 구천은 오나라에 인질로 잡혀갔다. 구천 5년에 범려가 월나라로 돌아오게 되었으며, 그 뒤에 월왕 구천도 오왕이 인질에서 3년 만에 해방시켜 월나라로 돌아오게 되었다.[25] 돌아오는 해에 구천은 범려의 건의에 따라 소성小城을 만들었으며, 그 후 2년에 걸쳐서 대성을 소성의 동쪽에 세웠는데 이것은 이미 <그림 8>에서 설명한 바 있다.

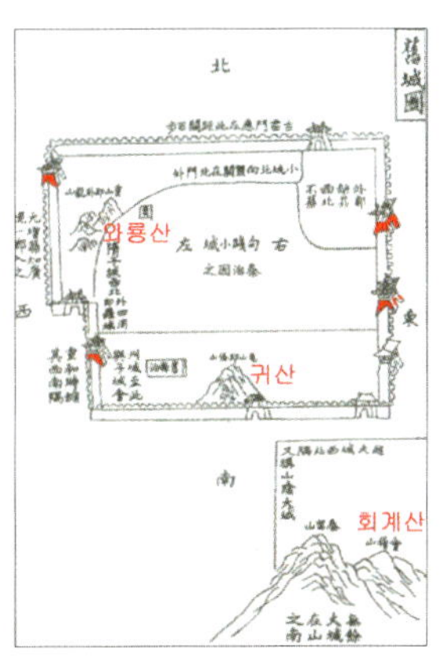

출처: 구지영(2008, p.5)

〈그림 15〉 구천소성과 배치도

---

25) 이명화, 앞의 책, 2009, 169쪽.

궁전 건물은 소성 내의 종산種山 또는 와룡산 동북단에 세웠는데 고대高臺 건축의 일종으로 보이며, 멀리 사방을 바라볼 수 있게 되었을 것으로 추정된다. 건물의 처마를 용 날개 모양으로 만들었는데 천문을 본떠 만들었으며 용마루 또한 용의 뿔 모양으로 만들어 장대함을 이루었다. 대의 둘레는 620보(800m), 기둥의 길이는 3장5척3치(7.12m), 물받이 높이를 1장6척(3.23m)으로 하였으며, 궁내에는 100호(戶)를 두었는데 높이가 1장2척5치(2.52m)였다. 이곳은 월나라의 정치와 군사의 중심처 역할을 하였으며, 황가건축 특유의 모습으로 만들었다.

<그림 15>는 청대 가경(嘉慶, 1796~1821년) 때 만들어진 『산음현지山陰縣志』에 수록된 구천소성의 배치도인데 여기서 서북쪽에 와룡산이 그려져 있고, 동남쪽에는 귀산 또는 괴산이라고 불리는 산이 있는데 여기에는 유대遊臺를 두었다. 그 동남쪽에는 사마문司馬門을 두어 천문과 기후를 관측할 수 있게 하였다. 그 높이는 46장5척2치(93.97m), 둘레가 530보(683.7m)에 달하는 고대 건축물이었다.

월왕대는 구천이 산음(山陰, 현재의 소흥) 회계산 위에 건설한 초현관招賢館으로 사방의 인재들을 널리 모으는 목적으로 건립한 건물이다. 이것은 연燕나라 황금대黃金臺와 같은 성격의 것으로 실제로는 실용 목적의 풍경건축이라고 하겠다. 그 시기는 구천이 월나라로 돌아온 뒤 낭아로 천도하기 전, 즉 기원전 492년에서 472년 사이로 추정된다. 이런 점에서 비추어 볼 때 월나라의 원림은 실용적인 목적으로 건립된 궁궐 건축을 중심으로 하여 실용원림이 주종을 이루었을 것으로 보인다. 그림 16은 절강성浙江省 소흥시구紹興市區 와룡산臥龍山 동남편 산록에 1980년에 복원한 월왕대이다. 현재의 월왕대 복원은 남송 가정嘉定 25년(1223년) 소흥지부紹興知府 왕강汪綱이 복

원하였던 건물의 유지를 토대로 하였다.26)

〈그림 16〉 월왕대와 홍례문

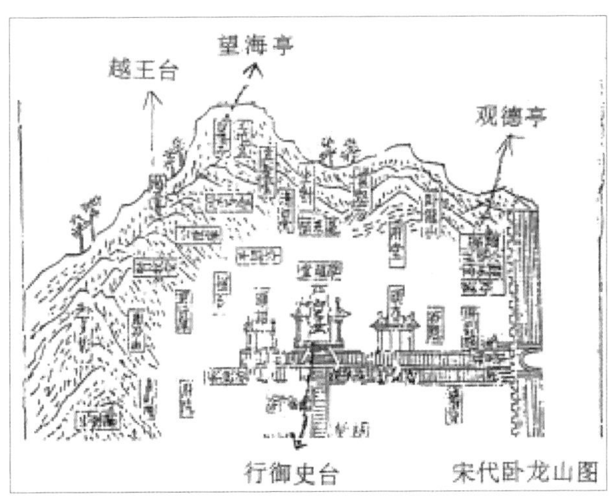

〈그림 17〉 송대 와룡산도

---

26) http://baike.baidu.com/view/58296.htm?fr=ala0_1

오월지역이 하나의 문화로 불리게 된 것은 조엽이 지은 오월춘추에 기원을 두고 있다. 그러나 조엽이 월지역 출신임을 감안하면 오월문화의 차이점을 간과하는 점이 있는 것으로 판단된다. 따라서 본 연구의 결과에서 오문화와 월문화로 구분하여 살펴본 바 다음과 같은 것을 구분해 볼 수 있다.

오문화의 특징으로는 청동기문화를 기반으로 중앙문화와 지역의 토착문화가 서로 습합되어서 이루어낸 다원적인 문화라는 점이다. 특히 태호를 중심으로 하는 호숙문화의 영향을 많이 받았던 것으로 여겨진다. 월문화는 태호와 전당을 중심으로 하는 청동기문화를 기반으로 하며 우월족을 중심으로 하는 지역토착의 문화를 기반으로 한다는 점에서 차이가 있다. 특히 고문헌상에 나타나는 월문화 이미지는 강인함과 불굴의 의지, 투철한 국가관 등을 들 수 있는 반면 오문화에서는 이러한 점을 발견하기 어렵다.

오문화와 월문화가 구체적으로 표현되는 문화경관을 도성과 원림 측면에서 살펴보면 역시 차이가 있는 점을 볼 수 있다. 먼저 춘추시기에 도성이 등장하게 되는 배경에는 당시의 정치적, 경제적 상황에 기인한다. 즉, 주왕조의 쇠약과 함께 등장한 제후국들의 부국강병책에 의해 각 제후들은 앞 다투어 도성을 건축하였는데 오월지역에서도 이러한 점이 나타나게 되었다. 특히 건축양식 측면에서 볼 때에는 고대건축이 주류를 이루게 되는데 이것은 수직으로의 공간발전관과 함께 천인합일의 사상이 표출해 내는 것이라 여겨진다. 특히 오월지역의 경우 해발고가 낮은 저구릉성 지대와 해안에서 가까운 지리적 위치로 인해 습윤 저지대가 발달하였으므로 치수와 배수의 목적에서 볼 때 이러한 건축 양식이 발달하게 되는 것은 당연하다. 오나라의 경우 오자서가 오왕 합려의 명에 따라 성을 세우는데 먼저 그 목적을 패왕의 위업 달성에 두고서 군사적, 정치적 목적에 두었음을 볼 수 있다. 이러한 점은 월나라의 경우에도 동일하게 작용했는데 월왕 구천은 범려로부터 그러한 건의를 받고 역시 구천소성을 세우게 된다. 이런 관점에서 볼 때 오월 두 나라의 도성계획은 본래부터 동일한 시각에서 출발했다. 그러나 오나라의 경우 도성을 건설하는 단계에 먼저 땅을 살피고 물을 살펴보는 것에서 시작했다는 특징이 있다. 이는 오늘날 단지계획을 진행할 때 거치게 되는 기본적인 과정을 이미 당시에도 거쳤다는 것이다. 이 밖에도 오나라의 성곽은 물을 성내의 주요 시설로 계획한 반면 월나라에서는 그러한 시설을 발견하는 것은 어려웠다. 그러나 두 지역 모두 성에 수문을 설치하여 물을 배수한다는 점에서는 같은 특징으로 보인다.

오나라와 월나라의 원림은 주로 도성과 왕궁을 중심으로 살펴보았는데 도성의 경우 오나라에서는 다양한 공간구조로 나타나고 있음을 알 수 있다. 따라서 이에 수반되는 원림구조 또한 다양한 것으로 생각되며, 반면 월나라의 경우 사각형 형태의 성곽구조에 단순한 형태를 취하고 있다. 반면 월나라에서는 성내에 구산을 두어 경계를 삼으면서 그곳에 고대건축을 두어 풍경을 감상하게 한다는 점에서 오나라의 평지에 두는 고대건축과 비교가 된다.

명청 시기 양주 도시의 발달과
염상문화의 형성

김종박

1. 양주도시의 발달과 구조
2. 양주 염상문화의 형성
3. 양주 도시문화의 특징

중국역사에 있어 소주는 이미 한대에서도 동남지역에서 큰 도시를 이루고 있었다고 알려져 있다.[1] 당대에 이르러 대운하가 개통된 이후 소주는 강남지역에서 지리적 조건이나 위치가 더욱 좋아져 강남지역의 가장 중심적인 도시로 발돋움하기 시작하였다고 한다.[2]

특히 송대로 들어오게 되면 전국의 경제적 재정적인 중심은 강남지역으로 옮겨가고 있었다. 경제권이 강남으로 이동하게 되면서 "소상숙천하족蘇常熟天下足"이라든가, "소주칭위천당蘇州稱爲天堂"이라는 말

---

1) 『史記』 권129, 貨殖列傳69, 「漢武帝, 蘇州, 東南一都會」.

2) 『大學衍義補』 권24, 「漢南財賦之淵藪也, 自唐宋以來, 國計咸仰于蘇州」.

이 나올 정도로 소주는 강남경제문화의 중심지로 자리를 잡게 되었다.[3] 이른바 소주는 강남경제문화의 중심지이면서 전국적인 상품의 집산지이기도 하고 운송과 정보교류의 집산지이기도 하여 명실상부한 중국의 가장 핵심적인 경제문화도시로 자리를 잡았던 것이다. 명대에 들어와서도 여전히 강남지역의 재정적 본산은 소주였다. 명대 사람들도 소주는 당송 이래로 국가재정의 중심도시였음을 자인하고 있었다.[4]

그런데 명 중기 이후 명말에 이르러 강남지역의 양자강 이북에 존재하고 있던 양주揚州라고 불리는 소도시가 거대한 대도시로 발달하기 시작하였다. 특히 만력 연간에는 소주에 버금갈 정도의 거대한 대도시로 발달하고 있었다. 본 논문도 이 점에 관심을 가지고 양주의 발달 과정과 그 내용 그리고 그들의 도시문화가 무엇인지를 살펴보려고 한다.

이미 알고 있듯이 명대의 소금판매는 명초의 개중제도에서 출발하고 있었다. 그런데 명 후기에 이르면 염법제도에 개혁이 일어나 강염법綱鹽法이 등장하고 특히 염세의 은납화를 추진하게 되었는데 이를 양주에서 징수하게 되었다.[5] 이것이 만력 연간의 염정개혁이며, 이로 인하여 수많은 염상들이 양주로 모여들기 시작한 원인이 되었다.

특히 안휘성의 휘주지역 상인들, 즉 휘주상인(신안상인)들이 양주지역으로 많이 모여들게 되면서 그들은 양주에서 염상으로 힘을 발휘하기 시작하였다. 휘주염상들은 순식간에 양주 북쪽의 회염과 양주

---

3) 王振忠, 「明淸徽商與揚州城市文化的特徵和地位」『揚州硏究紀念論叢』, 1980, 490.

4) 朱宗宙, 「徽商與揚州」『揚州師院學報』, 1991-2, 3쪽 ; 薛宗正, 「明代鹽商的歷史演变」『中國史硏究』, 1980-2.

5) 朱宗宙, 「明淸時期鹽業政策的演变與揚州鹽商的興衰」『揚州大學學報』, 1997-5 ; 王思治·金成基「淸代前 期兩淮鹽商的盛衰」『中國史硏究』, 1981-2.

남쪽의 절염을 장악하는 기염을 발휘하게 되었는데 드디어 염상으로서 대자본을 축적하고 양주를 어마어마한 대도시로 발달시키는 계기를 마련하였다. 양주가 휘주의 식민지라고 말하고 있는 이유도 바로 여기에 있었다.6)

또한 휘상들은 소주지역으로도 들어가 위력을 발휘하였는데, 이로써 명말의 휘주상인들, 특히 휘주염상들의 위상은 가히 전국적이라 할 만큼 그 세력이 위력적이라고 알려지게 되었다. 이로부터 휘주상인들의 활동은 강남지역의 경제문화중심지인 소주를 장악할 정도로 그 힘이 막강하게 되어갔다. 드디어 휘주염상들은 양주를 본 근거지로 삼아 소주문화를 기본적으로 수용하면서 양주도시의 발달과 함께 독특한 양주염상문화를 발달시키게 되었다.

이는 곧 휘주와 소주 간의 문화교류, 소주문화의 휘주지역에로의 영향, 그리고 양주지역의 개발 등과 밀접한 관계가 있다는 점을 보여주고 있다.7) 동시에 휘주염상들의 양주문화 개발에 있어서도 소주문화의 수용이 필수적으로 작용하고 있다는 점도 이해할 수 있다. 동시에 휘주염상의 양주로의 대거 진출 속에는 자연히 휘주의 문화가 양주 속으로 들어가고 있었다는 점도 미루어 짐작할 수가 있을 것이다.

휘주상인들이 소주에 진출하게 되면 그만큼 자기 고향의 생활습속과 문화가 소주지역으로 옮겨 들어가게 되었을 것이다. 특히 휘주상인들이 더 많은 상업자본을 축적하게 되면 그만큼 더 많은 자기 고향의 가족들을 소주로 이주시켰을 것이고, 그만큼 더 많은 휘주문화가

---

6) 萬曆, 『嘉定縣志』 권1, 市鎮, 「無徽不成市, 無徽不成鎮」; 陳去病, 『五石脂』, 「揚州之盛, 實徽州商開之, 揚盖徽商植民地也」.

7) 『歙事閑譚』 제18책, 「歙風俗礼教考」, 「大抵由商于蘇揚者啓其漸也」; 唐力行, 「明淸以來蘇州徽州的區域互動與江南社會的變遷」 『明淸史』, 2004-4, 10~11쪽.

소주로 옮겨 들어갔을 것으로 보인다.8) 특히 휘주지역이 강하게 지니고 있었던 종족결속관념도 소주의 생활에서 그대로 강하게 나타나고 있었다. 말하자면 휘주상인이 소주에서 상업활동을 운영하고 있었으나 그들은 여전히 휘주적인 전통적 혈연관계의 상업구조를 운영하고 있었다는 점을 찾아볼 수가 있었다.

그렇다면 양주로 들어가 양주도시를 발전시킬 휘주염상들의 도시발달과 문화구조는 어떤 것이었을까? 휘주상인이 소주로 진출했을 때와 똑같이, 휘주염상이 양주로 들어갔을 때에도 여전히 휘주적 전통적인 혈연관계의 구조를 그대로 운영하면서 상업활동을 하고 있었다는 점을 찾아볼 수 있다.9) 말하자면 양주신도시의 건설에 있어서도 역시 중국전통의 소주문화를 기본적으로 수용하고 동시에 휘주염상 그들 스스로가 가지고 있는 휘주문화도 가지고 들어갔다는 점을 이해할 수가 있다.

소주지역이나 휘주지역은 모두 전통적 유교문화가 매우 발달한 도시이다. 따라서 휘주상인들에 의해 소주문화가 더욱 쉽게 양주지역으로 흘러들어 갔을 것으로 보인다. 그리고 휘주의 종족사회적 구조도 그대로 양주로 들어갔을 것이라고 생각된다. 다시 말하면 양주와 휘주, 그리고 소주와의 사이에는 소주문화를 근본으로 하는 중국의 전통적인 문화양식이 서로 교류되고 있으면서, 한편으로는 각 지역 나름의 문화, 즉 양주의 문화는 양주 나름의 문화를 형성하고 있었던 것이다.

본고는 명말에서 청초기를 지나면서 양주의 도시가 어떤 과정을

---

8) 唐力行, 『明淸이래徽州區域社會經濟研究』, 安徽大出版社, 1999, pp.242~243. 註 7의 논문도 참고.
9) 唐力行, 앞의 책,4~5쪽 註 8); 範金民, 「明代徽州鹽商于兩淮的時間與原因」『明淸史』, 2004-6, 25~26쪽.

거쳐서 그렇게 커지고 있는가에 먼저 주목하려 한다. 그런 연후에 도시가 구조적으로 어떻게 편재되고 상업활동의 시장은 어떤 곳에 설정이 되며 상인들과는 어떤 연관이 있는지를 추적해 보려고 한다.[10] 그리고 양주라는 도시문화는 어떻게 형성되어 어떤 모습으로 나타나고 동시에 양주문화의 특징은 과연 어떤 것인지 살펴보고자 한다.

하나의 예를 들어보자. 사회풍속에 대하여 살펴보면 원래 소주와 휘주 사이에는 생활습속이나 유행에 있어 아주 큰 차이가 있었다고 한다. 그것도 그럴 것이 소주라는 대도시와 향촌의 조그만 도시인 휘주와는 비교가 되지 않았을 것이다. 소주는 대도시로서 이미 생활수준이 사치스럽고 호화로운 모습을 띠고 있었고 유행이라는 바람도 타고 있었다. 반대로 휘주는 검소하고 소박하기를 좋아했고 절약하며 질박한 모습을 보이고 있었다.

그런데 휘주에서도 높은 소주문화가 유행하게 되었고 또한 보편화가 이루어지게 되었다는 것이다. 부인들의 의상도 유행을 따르고 있었고 더욱이 사치스럽고 호화로운 모습까지도 보이고 있었다고 한다.[11] 휘주상인들의 상업활동의 이윤이 휘주로 흘러들어 가면서 부인들의 몸치장이 그렇게 화려해졌다는 것이다.

그러나 그러한 모습이 소주에서 직접 휘주로 흘러들어 갔던 것은 아니었다. 휘주염상들이 양주에서 거대한 자본을 축적하고 양주를 대도시로 발전시킬 때 소주의 높은 문화가 먼저 양주로 많이 흘러들어 갔다. 소주의 큰 문화는 다시 양주라는 도시의 염상문화를 거친 연후

---

10) 王振忠, 「明淸兩淮鹽商與揚州城市的地域結構」, 『歷史地理』 10, 1992 ; 王振忠, 「明淸揚州塩商社區文化及其影響」, 『中國史硏究』, 1992-2.

11) 許堯, 『歙事閑譚』 第18冊, 歙風俗礼敎考, 「女人服飾, 歙休較侈, 今則比比皆是, 而珠翠之飾, 亦頗奢矣」.

에 휘주지역으로 흘러들어 가게 되었다는 것이다.

중국역사에 있어 하나의 조그만 향촌도시에서 상인이 출현하여 소주와 양주지역을 휩쓸고 다니다가 드디어 양주라는 소도시에서 거대한 염상으로의 대자본을 축적하여 양주를 대도시로 발전시켰다는 이야기는 매우 흥미진진한 일이 아닐 수 없다. 더욱이 자기 고향과 소주와 양주를 이어주는 문화적 삼각관계를 이룩하고 나아가 휘주염상들 나름의 양주에서의 특이한 문화를 형성하게 되었다는 점은 더더욱 호기심을 자극하는 부분이다. 양주를 대도시로 만들고 휘주염상들에 의한 염상 나름의 양주염상문화를 형성시켰다는 그 힘과 구조가 과연 무엇인지 흥미로울 뿐만 아니라 연구해 볼 가치가 있는 부분이다.

1. 양주도시의 발달과 구조

1) 명말청초기 양주도시의 발달

(1) 구양주도시[구성舊城]의 발전

양주는 양자강과 남북으로 흐르는 대운하가 만나는 교차지점에 놓여 있는 도시이다. 지리적 위치가 좋아 도시로서 발달할 수 있는 유리한 조건을 갖추고 있다. 특히 명대 중엽 성화홍치 연간에 이르러 염법에 납은제納銀制가 도입되면서 양주가 소금의 총 집결지가 되었고 수많은 염상들이 양주로 모여들게 되는 계기가 되었다. 명대의 염법에서 납은제의 등장은 양주도시를 대도시로 발달시키는 데 지대한 영향을 미치는 하나의 요인이 작용하였다.

원말명 초기에는 많은 병란을 맞이하여 어느 지역 없이 피해를 받았으나, 특히 양주지역의 기록을 보면 겨우 40호 정도가 남아 있었다고 한다.12) 매우 피폐한 지역으로 변해버렸다는 것을 알 수 있다. 양자강을 중심으로 남북을 이어가는 거점지역이었기 때문에 더 많은 타격을 받았을 것으로 짐작이 된다. 그러나 40호 정도가 남았다고 하는 정황은 양주가 하나의 조그마한 마을에 지나지 않을 정도가 되어버렸다는 점을 말해주기도 한다.

여기서 잠시 오늘날의 양주도시를 살펴보기로 하자. 옛날 도시의 발달과정을 감안하여 양주도시의 중심지역을 약도로 그려보면 다음과 같다(<그림 1>). 크게 보아 5개의 지역으로 구획을 지어볼 수 있다.

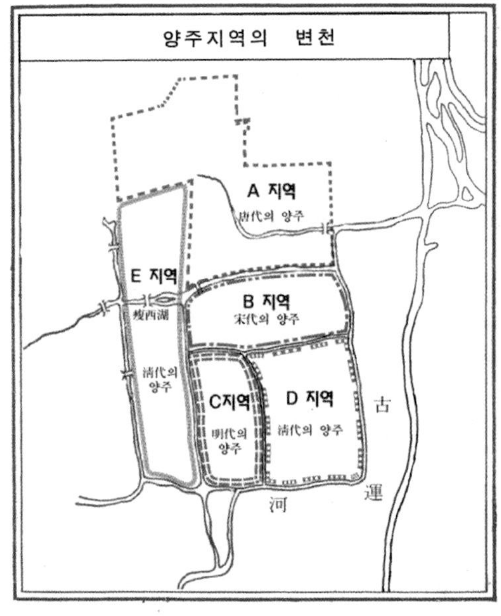

〈그림 1〉 양주지역의 변천

---

12) 『明太祖實錄』권5, 元至正十七年丁酉; 嘉靖 『淮揚志』권8, 戶口志, 「查理戶口, 土著始十八戶, 繼四十餘戶而已」.

수서호瘦西湖 지역은 청초기에 이르러 발달한 지역으로 E지역에 해당한다. 염상들이 자본을 축적하여 수많은 정원을 짓기 시작하면서 발달한 곳이다. A지역은 당 시기의 양주이고, B지역은 송대 시기에 사람들이 성을 쌓고 거주하던 이른바 송 시기의 양주이다. C지역은 조금 전 위에서 말했던 원대에서부터 명초기까지 사람들이 모여 살았던 양주지역이다. 피해가 많았던 지역이었지만 명왕조가 들어서면서 계속해서 이 지역을 재정비하여 양주의 거주지역으로 재구축했던 지역이다. 이 C지역을 구성(舊城)이라 부르고 있다.

그리고 D지역은 명중기 이후 양주가 염생산의 중심지가 되고 염납은제가 시행되면서 염상들이 모여들기 시작하면서 새롭게 도시의 확대에 의하여 만들어진 신도시와 같은 지역이다. 염판매 상업활동을 위하여 만들어진 상업도시인 셈이다. 이 지역은 앞서 말한 바 있는 원말 명초 병란을 피해 살아남았던 40여 호의 사람들이 도망을 가 살았던 곳이 바로 이 D지역의 동남쪽 외진 곳이었다고 한다. 이 D지역이 이른바 양주의 신도시로 성장하였다. 이 D지역을 구양주성에 비하여 새로운 도시 신성新城이라고도 부른다.

명 성조영락제가 등장하여 수도를 북경으로 천도하게 되자, 중국은 정치와 경제가 분리되어 이원화되는 것처럼 보였다. 그러나 명왕조는 강남의 경제중심지를 그대로 중국재정의 중심지로 활용하려 하였다. 그래서 북경을 정치중심지로 삼으면서도 경제는 모두 강남지역에서 조달하는 이중구조를 보이고 있었다. 그러나 관료의 봉록, 군대의 군량미, 일용의 생활품 등등 모두 강남에서 조달하고 있었다.

양주는 남쪽의 모든 물품이 북쪽으로 운송되는 중요한 중간 기착지였다. 관문의 역할로서 모든 운송이 잠시 쉬었다 갈 수 있는 재충

전과 보충을 할 수 있는 일종의 요충지 역할을 할 수 있는 곳이었다. 양주는 원래 남경에서 북경으로 모든 정부관아의 배들이 지나가는 정박장 역할을 했을 뿐만 아니라 정부의 조운이나 염선들이 항상 정비하면서 쉬었다 가는 중요한 경유지였던 것이다.13)

이러한 연유로 인해 명대는 초기를 지나면서 양주의 구성, 즉 C지역(구양주)에 대하여 새로운 구조 변경을 시도하려고 하였다. 초기부터 도시의 확대를 이루고자 한 시도는 당시 인구가 적었기 때문에도 도시를 확대시키려 하였지만 한편으로는 운하의 운용을 원활하게 하기 위해서도 도시의 발달을 더욱 추진하려고 했던 것으로 보인다.14)

특히 <그림 1>에서 보듯이 양주지역과 양주 외곽으로 흘러가고 있는 대운하와는 거리가 많이 떨어져 있다는 것을 볼 수 있다. 이로 인하여 양주의 구도시[구성舊城]가 운하와의 관계에서 지리적으로 좀 떨어져 있기 때문에 운하를 이용하는 거점도시로서는 어느 정도 불편하다는 점을 나타내고 있었다.

원대 말기의 상황을 보면 A지역인 양주성과 외곽의 운하를 연결하기 위한 방안으로 양주성 동편 성곽을 따라서 호성하를 파서 물길을 만들고 있었다. 그리고 이 호성하 물길은 양주성의 북문과 남문에까지 이르도록 하였다. 말하자면 양주성곽의 호성하를 이용하여 외곽의 운하와 연결하여 운하를 따라 들어오는 배가 양주성의 북문과 남문에까지 이르도록 하자는 것이었다. 명중기의 기록을 보면 동란 중에 양주성 안으로 진군해 보았더니 호성하의 기능은 여전히 살아있었고 이를 이용할 수 있었다고 한다.15)

---

13) 『明神宗實錄』 권579, 萬曆四十七年二月丙辰, 「揚州是自南入北之門戶, 留都股肱夾輔要沖之地」.

14) 嘉慶 『重修揚州府志』 권52, 人物, 閻金條.

그런데 명중기를 지나면서 호성하의 물길은 중간중간 물이 마르거나 토사가 쌓여 사용될 수 없게 되었다고 전한다. 특히 양주성 북문 지역은 완전히 물길이 막히고 흙으로 쌓이게 되어 사람이 다니는 인도가 되었다고 한다. 남문 쪽은 그나마 운행이 가능하여 배들의 왕래가 많아 양주성으로 들어오는 모든 일상용품들이 이 남문을 통해 들어왔다고 한다.

다만 문제는 외지에서 들어온 일상용품들을 양주성 안으로 운반할 물길이 없어 양주 북문까지 운송하기에는 매우 어려운 점이 많았다고 전하고 있다. 잘못하면 외곽의 운하통과지점에서 물품이 하역되는 경우에는 그곳에서 직접 양주성까지 마차를 이용해서 물품을 운송해야 하는 아주 어려운 고통을 감수해야 했다고 한다.16)

명중후기에 들면서, 즉 가정11년 1532년에 후질侯秩이라는 자가 양주부의 부사로 임명되어 당시의 상황을 설명하기를 "양주부 산하의 각 지역에 곡식창고가 부족하여 모두 양주부 내로 세량을 싣고 오는 것이 현실이다. 이 세량인 곡식을 마차에 싣거나 등에 지고 양주성으로 들어오니 이 또한 무지한 고통과 시간낭비가 아닐 수 없다. 그리고 남쪽지역은 땅이 습하여 마차가 자주 흙탕에 빠지니 이 또한 고통이 이만저만이 아니다. 따라서 양주성이 안고 있는 결점을 파악하여 하루 빨리 고쳐야 한다"라고17) 말할 정도이었다. 말하자면 운하의 운행이 불가능해지면서 오는 생활상의 고통을 지적하고 운하에 대한 수리와 재건축을 시행할 것을 지적했던 것이다.

---

15) 『揚州畵舫錄』 권6, 城北錄, 권9, 小秦淮錄 ; 嘉靖 『淮揚志』 권10, 軍政志.

16) 擁正 『揚州府志』 권8, 河渠, 市河, 吳秀記, 「日用品不得不以車代舟, 以担易篙」.

17) 嘉靖 『淮揚志』 권18, 秩官列傳, 「谷物單靠車載肩挑搬運入域, 確家勞費滋甚」.

드디어 가정19년 1540년에 양주부사와 감찰어사들이 건의하여 C지역인 구양주성 내에 새로운 물길인 수로를 준설하기로 결정하였다. 즉, 구성의 중심에 남북을 가로지르는 소운하를 건축하기로 하였다. 북쪽의 관문에서 남북으로 남쪽의 관문으로 흘러가는 운하를 준설한다는 것이었다. 구양주성의 중심을 지나는 새로운 운하의 건설이라 하여 이름을 '신하新河'라고 붙이고 있다.

신하의 건설로 인하여 모든 물품들이 양주성 시내로 운하를 통해서 직접 들어올 수 있게 되어 매우 편리하게 되었을 뿐만 아니라 특히 염선이나 세량선이 들어와도 관세를 감면해 주기로 하여 여러 면에서 양주성에 활력을 불러일으키게 되었다. 이 시기부터 양주성은 운하변을 따라서 거주지가 밀집해지고 번화한 도시로서의 모양을 갖추기 시작하였다. 특히 기록에 의하면 사람들이 많이 모여 살다 보니 거리마다에 쓰레기가 쌓이기 시작하고 시장마다 사람이 넘쳐났다고 말하고 있는 걸 보면 명후기 가정기에 들면서 양주성이 서서히 발달하기 시작하고 있음을 찾아볼 수가 있다.18)

그러나 기록이 부족하여 C지역 구양주성이 앞으로 어떻게 발전하여 가는지 구체적으로 더 이상 알 수가 없어 안타까운 여운이 남는다. 그러나 가정35년 1556년에 이르러 C지역 옆에 붙여서 D지역을 개발하기로 한다는 개발계획이 발표되고 있는 기록을 찾아볼 수 있었다.19) 곧 구양주성 내의 운하를 개발한 이후 16년의 기간이 지난 후에 다시 신양주성을 건설하겠다는 발표가 나오게 된 것이었다. 그리고 또 하나의 기록을 보면 만력 19년 1591년에, 즉 구양주성 운하를

---

18) 『揚州畵舫錄』 권9. 小秦淮錄;『淮揚志』 권7 ; 公署志, 「來往雖通, 而比屋而居, 几有對面不能容之象」.
19) 『揚州畵舫錄』 권6, 城北錄, 「因之, 開浚工程從黃金壩開始, 自北而西, 至전而南」.

준설한 이후 51년이 지난 이후에 다시 이를 준설한다는 사실도 찾아볼 수 있게 된다.[20] 바꾸어 말하면 당시의 성내의 수로는 이미 소통이 막힌 지가 오래되었다는 점을 말해주고 있었던 것이다.

가정34년 1555년의 기록에는 왜구들이 양주까지 쳐들어 왔는데 당시에는 외성에도(그림상의 D지역) 사람이 살 정도가 되었는데, 외성에 살고 있었기 때문에 180가구 이상이 왜구의 환란을 당했다고 말하고 있다.[21] 상황으로 보면 가정기 후기에는 양주성에는 이미 많은 사람들이 들어와 포화를 이루었고 동시에 많은 염상들도 들어와 상업활동이 활발하게 이루어지고 있었음을 판단하게 해주고 있다. 이 시기는 이미 염세의 은납화로 인하여 양주는 계속 발전하고 있었을 것으로 예상되기도 하였다.

그리고 가정37년 1558년을 전후하여 북쪽지역의 상인들이 많이 내려와 구양주성 서북쪽 지역에 수백 명씩 모여 살았다고 하는데, 그중에는 산서, 섬서, 휘주염상들이 많았다고 전하고 있다.[22] 그들은 운하를 통한 염의 운반이 절대적으로 중요하기 때문에 운하운행의 편리한 지역과 지점에 모여 살았다고 한다. 이러한 점을 감안하면 외지에서 유입되어 들어오는 사람들은 아마도 구양주성 외곽의 운하의 중심지역인 북문이나 남문, 그리고 호성하 동쪽지역에 모여 살았다고 볼 수가 있을 것이다.

그렇게 보면 양주성은 계속해서 발전과 확대가 일어나고 있었다고 하더라도 도시의 융통성과 효율성은 떨어지고 있었다고 보는 것이

---

20) 『淮揚志』 권7, 吳秀記.

21) 『揚州府新築外城記』; 乾隆『江都縣志』 권3, 疆域. 城池.

22) 嘉慶『重修揚州府志』 권52, 人物. 篤行; 『揚州畫舫錄』 권9. 小秦淮錄.

합리적일 것이라 생각된다. 그래서 새로운 방법으로 양주성을 확대하자는 생각을 가졌을 것이고 이를 위하여 제2의 도성을 건설해서 양주성의 실질적인 기능을 확대 발휘하려는 계획을 가졌을 것이라고 생각한다.

(2) 신양주도시[신성新城]의 건설

앞서 본 바대로 가정기 후반으로 들어가면 양주성의 규모는 포화상태를 이루고 있음을 볼 수 있다. 각지에서 상인들이 모여들고 염운행이 바빠지고 조운의 선박까지 이르게 되어 바쁘고 번화한 모습을 보이고 있었다. 그 번화한 모습이 옛날에 비해 2배 정도로 커졌다고 말하고 있을 정도가 되었고, 거주지가 부족하여 구양주성 외곽에 즐비하게 살고 있는 모습을 보일 정도가 되었다고 한다.23)

그리고 가정기 후반에는 왜구들이 자주 중국을 침입하여 약탈과 살해를 일삼았는데, 가정34년 1555년 왜구들이 양주를 침입하여 외곽에 살고 있는 양주시민을 죽이고 약탈하는 행위를 여러 번 당하였다. 이러한 여러 정황을 고려하여 운하운행의 안전을 확보하고 상인과 주민들의 상업활동을 보호하기 위하여 새로이 제2의 양주성을 건설하자는 분위기가 나오기 시작하였다. 말하자면 구양주성 C지역의 동쪽에 연이어서 제2의 양주성, 즉 D지역을 건설하자는 계획을 세웠던 것이다. 양주성의 외곽에 살고 있었던 염상들이 주동이 되어 구양주성의 구획을 확대하자는 건의를 자주 하였다고 한다. 양주부사였던 석무화石茂華는 곧바로 염상들로부터 은 3만량을 빌려 신양주성을

---

23) 『揚州府新築外城記』; 乾隆 『江都縣志』 권3, 疆域, 城池, 「四方舟車商賈之萃, 生齒聚繁, 數倍于昔」.

구축하려는 계획을 세웠다.[24]

새롭게 건설할 신양주성은 위에서 말한 대로 구양주성 C지역 동쪽에 연이어 붙여서 그림에서 보여주고 있는 D지역을 건설하자는 것이었다. 그들은 먼저 C지역 동쪽에 있는 호성하를 대대적으로 개축하여 양주성 전체를 관통하는 중심적인 운하수로로 만들고자 하였다. 이 호성하를 중심으로 동편에 새로운 성곽도시를 만들겠다는 것이었다. 구양주성의 동쪽지역을 이름하여 '신성新城' 또는 '동성東城'이라 불렀다. 그러나 본 논문에서는 "신양주성"이라고 부르는 것이 편리할 것 같아 그렇게 부르기로 하겠다.

신양주성의 건설은 먼저 주변의 수로를 증축하거나 새로운 수로를 건설하는 일에서부터 시작되었다. 구양주성 북쪽 관문까지 가는, 또는 남쪽 관문까지 가는 수로를 먼저 개축하고 정리하였다. 그리고 D지역 외곽에서 들어오는 구운하와 만날 수 있는 모든 양주성의 수로를 증축하기로 하였다.[25] 명실상부 양주성의 수로와 구운하의 수로가 양주성 시내에서 만날 수 있도록 하자는 것이었다. 그렇게 되면 자연스럽게 D지역이라는 신양주성의 규모는 저절로 만들어지게 마련이었다. 말하자면 양주성의 수로와 외곽의 대운하의 흐름이 저절로 신양주성을 규정짓는 모습이 된다는 것이었다. 그렇게 신양주성은 새롭게 건설될 모양이었다. <그림 2>에서는 양주성과 수로, 그리고 구운하의 모습을 찾아볼 수 있을 것이다.

가정37년 1558년 왜구가 재차 양주성을 침입해 들어왔다. 그러나 양주성의 상황은 크게 달라졌다. 신양주성의 규모가 크게 늠름해 보

---

24) 乾隆, 『江都縣志』 권20, 亮績; 가경 『兩淮鹽法志』 권44, 人物.

25) 『揚州畵舫錄』 권9, 小秦淮錄; 乾隆, 『江都縣志』 권4, 橋梁.

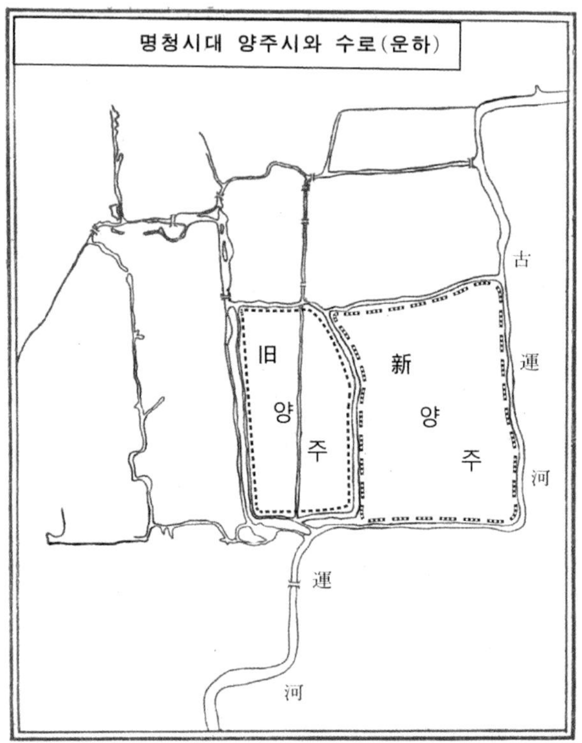

〈그림 2〉 명청시대 양주시와 수로(운하)

였을 뿐만 아니라 주변의 수로 역시 수심이 꽤 깊어 왜구의 침임이 쉽지 않았던 것이다. 동시에 500여 명이나 되는 상병商兵들이 군대를 조직하고 용감하게 저항하여 양주성을 구해낼 정도가 되었다고 한다. 양주성의 새로운 발전을 보여주는 대목이 아닐 수 없다.26)

이후 신양주성은 비약적인 발전을 이루게 되었는데 인구도 계속 늘어나 주민들이 어느 곳이나 만원을 이루고 살았다고 한다. 그로 인

---

26) 嘉慶 『兩淮鹽法志』 권44, 人物 2. 才略, 「鹽商五百名, 名爲商兵, 以備城守」.

하여 그 이전 왜구들이 침입하여 받았던 상처는 완전히 없어지고 상인들의 활발한 상업활동이 번잡하게 벌어지고 있는 모습을 보여주었다. 양주성의 사회는 활기로 넘치고 여유와 즐거움이 가득차고 염상들의 자본이 가득차고 호화로운 주택에서 살 정도가 되었다고 전한다. 더욱이 만력 연간이 되면 양주에는 대자본을 가진 염상들이 수백 명이 넘을 정도가 되고 자본총액수가 3천만 량이 넘을 정도라고 하면서[27] '양주는 천하에서 가장 부자들이 사는 곳'이라 할 정도로 그 명성을 떨치게 되었다고 전하고 있다.[28]

그런데 신양주성을 건설하다 보니 양주성의 지세가 낮아 물이 고이는 곳이 많았다. 그래 서 길을 놓으면서도 곳곳에 교량을 많이 놓을 수밖에 없었다. 심지어는 다리 옆에 또 다리를 놓아야 할 곳도 많았다고 한다. 그러다 보니 주민들이 모여 살아야 하는 곳이 그리 넉넉하지가 못하였다고 한다. 자연히 사람들이 한 곳에 밀집해서 사는 모습을 보일 정도로 번화한 모습을 보였다고 한다.

그래서 도시구획상으로 보아, 구양주성의 거리와 비교해 보면 신양주성의 거리는 도시계획적인 성향을 전혀 갖지 못하고 있었다. 도로도 휘어져 가는 길이 많고 교차로의 개념도 부족하고 특히 도로 안쪽의 골목길은 좁기는 물론이고 얽혀 찾아가기가 그지없이 어려웠다고 한다. 그래서 "양주성은 골목의 천국이다"라는 말까지 생기게 되었다.[29] 그러는 동안에 구양주성의 동편 호성하의 수로를 따라서 그

---

27) 宋應星 『鹽法議』. 특히 乾隆시기 동안에는 상인들이 전성기를 이루어 자본축적이 7~8천만 량에 달했다고 한다.

28) 萬曆 『通州志』 권8, 遺事叙, 「揚州富甲天下」.

29) 王振忠, 「揚州域考古工作簡報」 『考古』, 1990-1; 徐桂卿, 趙節航, 「論旅游業在揚州社會經濟發展中的作用」 『揚州社師院學報』, 1988-4; 「雖本地人亦迷誤, 故而广陵有巷域之稱」.

경계를 이루고 있는 신양주성의 서편지역에서는 말하자면 양주성의 중앙을 가로지르는 수로를 따라서 염상인들의 상업활동지역이 형성되고 있었다.

2) 청초기 양주도시의 구조

그러나 다 알고 있듯이 명말에 청왕조의 중국침입이 일어나고 양주에서는 "양주십일(揚州十日)"이라는 대참사가 일어났다. 청왕조가 강남지역을 장악하기 위하여 양주를 대대적으로 공격하고 파괴시키는 참상이 일어나게 된 것이다. 청조는 양주의 구양주성과 신양주성을 모두 공격하고 저항하는 수많은 사람을 죽이고 말았다. 대참극으로 말미암아 양주성은 완전히 폐허로 변해버리고 말았다고 할 정도로 파괴가 매우 심하였다.

다시 강희, 옹정 시기가 되면서 양주는 다시 서서히 살아나기 시작하였다. 염상의 상업활동이 되살아나기 시작했던 것이다. 염상이 모여들고 상업활동이 일어나고 상업이윤이 다시 커지기 시작하였다. 즉, 소금을 상업활동의 본업으로 삼고 있는 양주성이라는 이름이 다시 알려지고 도시의 분위기도 전처럼 회복되어 가기 시작하였다.30)

더욱이 옹정10년 1732년경에는 인구가 너무 늘어나 드디어 양주성 서북쪽 지역, 지금의 수서호瘦西湖 지역이 개발되기 시작하였다. 결국 현이 늘어나야 할 정도가 되었다. 이후 건륭 시기나 가경 연간에는 말할 필요도 없이 양주의 성내에는 상인들이 너무 많아 발에 채일 정도가 되었고 인구는 거의 수십만 가구가 넘을 정도였다고 한다.31)

---

30) 『揚州畵舫錄』 권6, 城北錄, 鹽商富態.
31) 嘉慶 『兩淮鹽法志』 권36, 職官5, 名官.

아주 번화한 양주도시로 발전해 갔다고 말할 수 있을 것이다.

건륭 시기 건륭황제가 양주를 순행할 때의 기록을 보면 양주에서 황제를 맞이하기 위하여 양주도시를 전체적으로 수리하게 되는데 이 때 부족한 돈은 모두 양주염상들이 부담하였다고 한다.[32] 즉, 수로를 증축하고 도로의 길에 돌을 놓아 새로 깔고 교량을 새로 건축하고 성곽을 수리하는 등, 여기에 필요한 돈을 모두 염상인들이 부담하였다는 것이다. 건륭시기의 양주도시가 얼마나 발달하고 화려했는지를 몇몇의 기록을 통하여 엿볼 수 있는 대목이기도 하다. 그래서 역사의 기록 속에서 일반적으로 청대 건륭시기가 중국경제의 최고의 극치를 이룬 때라고 말하고 있는 것도 그리 틀린 말은 아닌 것 같다.[33]

신양주성이 건설되려 했던 강희제 시기에는 여전히 구양주성의 중앙을 가로지르는 수로인 시하市河가 성 내외를 소통시키는 중요한 소통의 길이었다. 그런데 강희제 후기를 지나면서 신양주성 건설과 함께 많은 사람들이 양주성으로 들어와 거주지가 부족해지게 되었는데 동시에 시하市河의 수로가 중간중간 물이 마르게 되자 사람들이 들어가 집을 짓고 살게 되었다. 구양주성의 중앙수로가 운행이 불가능하게 되는 상황을 맞이하게 된 것이다.[34]

그러나 새로운 신양주성의 개발과 함께 양주성의 발달을 추구하는 새로운 운하를 건설하는 작업이 시작되었다. 앞서 본대로 구양주성의 동편에는 호성하로서의 수로가 흐르고 있었고 그 동쪽 지역에는 신양주성이 개발되는 과정에 놓여 있었다. 그들의 계획은 두 양주성을

---

32) 『金壺浪墨』 권1, 南巡盛典, 「經費不足, 取給于鹽商」.

33) 王振忠, 「明淸兩淮鹽商與揚州城市的地域結構」 『歷史地理』, 1992-7.

34) 『揚州畫舫錄』 권9, 小秦淮錄 ; 乾隆, 『江都縣志』 권4, 山川, 「水門皆設而常關」.

같이 발전시킬 수 있는 호성하로서의 수로를 대대적으로 개발하여 이를 이용하여 이상적인 상업수로의 개발과 도시의 발전을 이루고자 했던 것이었다. 이 수로의 이름을 '신성시하新城市河'라고 하였다.35) 양주성의 중앙을 흐르는 상업적이고 중심적인 운하가 되었다.

이와 동시에 양주성은 양주성 외곽으로 흐르는 운하도 건설하였다. 원래 대운하에서 파생되어 양주성으로 들어오는 조그만 운하들이 양주성 외곽으로 흐르고 있었다. 이번 수로건설에서 고운하와 연결시켜 양주성의 외곽을 둘러쌀 수 있는 운하까지도 모두 건설하려고 하였다. 양주성 전체를 휘감는 운하를 모두 건설했던 것이다. <그림 2>를 보면 양주시의 전체 모습과 그를 둘러싼 수로의 모습을 쉽게 알아 볼 수 있을 것이다. 양주성 북쪽으로 흐르는 외곽운하는 서쪽으로 연결되어 결국 수서호瘦西湖와도 연결되게 되었다. 수서호 지역이 개발될 계기를 맞이하기도 했거니와 드디어 양주성 전체가 쾌속적으로 발달하게 되는 계기를 만나게 된 것이라고 말할 수 있을 것이다.

강희 13년 1674년 신양주성의 호성하로서의 수로[신성시하新城市河]가 증축 개발되면서 특히 북쪽지역의 수로부분은 더욱 넓고 크게 운하를 준설하겠다고 하였다.36) 그 이유는 그 일부는 운하의 운행을 위해서 이용하고 일부는 배를 타고 유람하는 장소로 만들기 위함이었다고 한다.37) 화방畵舫이라 불리는 배를 타고 유람을 즐기며 여흥을 부리는 장소로 일종의 호수로서의 역할을 할 수 있도록 꾸미고자 한 것이었다. 말하자면 명초기 수도인 남경에서 즐겼던 그 모습을 재

---

35) 註 34.

36) 『揚州畵舫錄』 권9, 小秦淮錄, 揚州城門.

37) 註 36, 小秦淮中秋.

현한다는 것이었다. 이 지역을 남경을 본떠 이름하여 소진회小秦淮라
고 불렀다.38) 운하를 증축하고 호수를 정비하고 도로를 고치고 교량
을 놓으며 상인들이 자기의 거주지를 원림으로 꾸미는 양주성의 발
달이 하루가 다르게 발달하고 있었던 점을 쉽게 찾아볼 수가 있다.

앞서 말해왔던 것처럼 명말청초기의 양주는 염상들의 주요 활동지
였다고 말해도 과언이 아니다. 만력시기 가장 성황을 이룰 때의 기록
을 보면 양주에서 운영되고 있는 상업자본의 총액수는 3천만 량 정도
가 되고 매년 이익금만 9백만 량 정도가 발생했다고 한다. 그중에서
백만 량은 황실 내탕금으로 들어가고 3백만 량 정도는 그 사회에 공
적으로 사적으로 충당되었다. 나머지 5백만 량 정도는 각자 염상인들
의 이윤으로 돌아가는 부분이었다.39)

상인들의 이윤은 사실상 너무 많아서 주체를 할 수 없을 정도였다
고 한다. 아무리 사용을 해도 끝이 없을 정도라고 표현하고 있다. 그
렇게 되자 양주의 도시경제는 사치와 번화한 소비생활로 넘쳐나기
시작하였다. 부자인 염상들은 돈을 여유롭고 쉽게 사용하게 되었고
그에 따라 수없이 많은 예술가와 기예자들이 모여들어 생계를 도모
하였는데 염상들이 이들 모두를 마치 식객처럼 거두어 보살펴 주었
다고 한다.40)

양주성 도시 내부의 구조를 잠시 들여다보자. <그림 3>에서처럼 많
은 염상들이 양주로 몰려와 살기 시작한 것은 대체로 명대 홍치 연간이
라고 알려져 있다. 그것은 이 시기에 운사은납제도運司銀納制度가 확립

---

38) 註 36, 小秦淮由來.

39) 宋應星, 『鹽法議』, 「尙有餘五百萬, 各商肥家潤身, 使之不盡, 而用之不竭」.

40) 嘉慶 『揚州府志』 권3, 巡幸志, 「富商大賈出有餘以補不足, 而技藝者流, 藉以謀食」.

되어 변방의 개중제도開中制度가 파괴되면서 상인들이 상둔商屯을 포기하고 양주에 와서 은납을 하고 직접 소금을 수령해야 했기 때문이었다. 자연히 양주에 들어와 살아야 하는 상황이 벌어지게 되었던 것이다.

처음에는 대체로 서북지방의 산서성, 섬서성의 산서상인과 섬서상인이 내려왔었다. 그들은 처음부터 소금과 운하와의 관계를 맺고 있었기 때문에, 그들의 거주지도 운하와 관계가 있는 구양주성의 호성하 가장 남쪽의 남관문에 모여 살고 있었다. 구양주성의 외곽지역이었지만 구운하가 지나가고 있었기 때문에 그곳에 모여 살았다. 뒤이어 휘주상인들도 들어와 이곳에 모여 살았다고 한다.41)

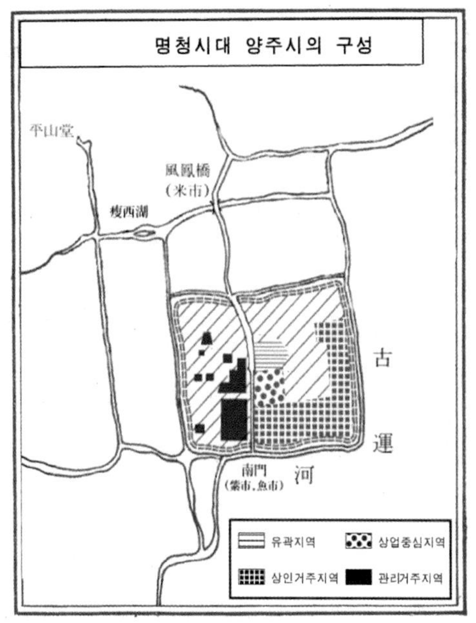

〈그림 3〉 명청시대 양주시의 구성

41) 嘉慶『江都縣續志』 권9, 藝文, 「南河下街, 殷商巨族, 高樓宅第, 通衢來道」.

그런데 청대 강희시기에 이르면 구양주성이 포화가 되고 또 신양주성을 개발하려고 할 즈음 많은 상인들이 들어와 신양주성의 서북쪽에 모여 살기 시작하였다. 말하자면 구운하가 양주로 들어오는 입구이기 때문에 소금의 집산이 용이하다고 하여 그곳에 모여 살았던 것이다.

이후 강희 말기에 이르러 양주성이 개발되고 양주성의 성 내외에 모든 수로가 개통되면서 소금의 집산과 양주성의 시장구성이 신구양주성의 경계지역이었던 호성하의 남단, 즉 남관문 지역을 중심으로 모여들기 시작하였다. 주변에 흩어져 살았던 상인들이 대체로 모두 신양주성의 남관구역으로 모여 살기 시작했던 것이다. 이미 강희제 말기에는 염상인 수천 명의 호구가 모여 살았다고 할 정도로 규모가 엄청나게 확대되고 있었다.

청대 건륭시기 건륭제가 양주를 순시하러 갔을 때, 양주성의 신사들에게 구양주성과 신양주성의 차이가 무엇인지를 물어 보았다고 한다. 그랬더니 신양주에는 염상인들이 많이 살고 구양주에는 독서인과 관리들이 많이 모여 산다고 답했다고 한다.42) 이로 보아 대체로 구양주와 신양주 사이에는 나름대로의 구분이 있었던 듯하다.

그렇다 하더라도 양주염상들이 돈을 벌어 대궐 같은 정원을 짓고 살았던 곳이 단지 신양주성의 상인거주지 안에만 존재했던 것은 아니었다. 구양주성 내에서도 보이고, 소진회 호반의 부근에도 보이고 있었다. 이로 보아 양주성의 발전 과정에서 초기에는 염상들이 여러 곳에 흩어져 살고 있었던 것으로 판단된다.

---

42) 『履園叢詡』 권20, 園林, 「新城鹽商居住, 舊城讀書人居住」.

신양주성의 동남부 지역은 그야말로 유명한 대자본가의 염상인들이 대거 모여 살았다고 한다. 높은 저택에다 정원을 꾸며 놓고 살았다. 도로를 잘 정비하고 항상 교량을 건축하여 수로와도 잘 연결되어 교통을 원활하게 하였다고 한다. 청대 대염상들 중에 건륭 시기 염상인의 대표를 맡았던 유명한 총상總商 강춘江春이라고 하는 자도 여기에서 살고 있었다.43)

그렇게 염상이 많다 보니 비록 염상이라고는 하나 실제로 소금을 수령하여 판매할 수 있는 기회를 얻지 못하는 염상들도 많이 나타나게 되었다. 그러다 보니 그들은 자연히 염인을 사고사는 염인매매업에 종사하는 상인들도 많이 나타나게 되었다. 염인의 판매는 금융업과도 관련이 있어 매우 규모가 큰 사업으로 발전하고 있었다. 오늘날 신양주성의 남부지역에 가면 거리의 이름이 '인시가引市街'라는 거리를 만날 수 있다. 이 거리가 당시 상인거주지 내에 있었던 염인매매업이 흥행되었던 거리임을 이해할 수 있게 해준다.44)

시장거리의 상점들 명칭이 주로 무슨 무슨 점店으로 되어 있는 것이 대부분이었다고 한다. 기록에서 보면 양주에서의 전통적인 상점명칭이 무슨 무슨 점店이라는 명칭을 썼는데 이는 바로 염상들의 소금을 파는 상점과 관련이 있다는 것이었다. 말하자면 예부터 사용해 오던 상점명칭을 양주의 염업의 발달과 함께 변함없이 그대로 사용해 왔다는 것이다. 이와 더불어서 '~점店'이라는 이름 속에는 그 옛날 운하를 따라 내려온 소금을 하역하고 이를 창고에 쌓아두었던 곳이라는 의미도 포함되고 있다고 볼 수 있다.45)

---

43) 『揚州畵舫錄』 권12, 橋車錄 ; 권14, 網東錄 ; 『履園叢話』 권20, 園林.

44) 『高宗實錄』 권739, 乾隆 三十年六日癸酉, 「專門屯積引窩, 日望江廣之賣價增昂」.

상인들 그들의 가족에 대해서 보면, 특히 휘주에서 들어온 염상인들의 가족을 보면, 대체로 양주에서 돈을 벌면 상점의 운영을 위하여 휘주에 있는 가족들을 다 불러 모아 양주에서 몇 세대 같이 살고 있는 모습을 찾아볼 수 있다. 이른바 휘주에서 보였던 형태 그대로 '취족이거聚族而居'의 모습을 보여 주고 있었다.

한 가문에 4대가 같이 산다거나 5대가 같이 사는 것이 예사로운 일이었다고 전한다. 하나의 예로서 휘주의 흡현의 정씨가문, 오씨가문, 왕씨가문 등은 휘주에서 자본가 가문이 되어 4대, 5대 가문을 이루며 살았다고 전하는 기록을 찾아볼 수 있다. 염업이라는 상업활동의 경영에 여전히 가족중심의 전통적인 경영방식을 도입하면서 상업을 운영하고 있다는 점을 여실히 보여주고 있는 대목이기도 하다.46)

양주의 원림에 대해서 보면, 청대시기의 양주원림은 거대하고 화려하여 천하에서 양주보다 더 좋은 곳은 없다고 할 정도로 이름을 날리고 있었다. 양주성 내에 뿐만 아니라 성 바깥에도 많은 원림을 가지고 있었다. 주로 신양주성의 염상들의 거주지인 동남부 지역에 많이 존재하였다. 이후 양주성 외곽으로는 수서호瘦西湖 주변이 발달하면서 호수 주변에 정원이 많이 발달하기 시작하였다고 전해지고 있다.47)

---

45) 『邗江三百吟』 권3, 俗尙通行, 「運鹽之家稱店」 ; 王振忠, 「明淸兩淮鹽商與揚州城市的地域結構」 『歷史地理』 제10집, 1992, 111~113쪽.

46) 『揚州畫舫錄』 권13, 橋西錄, 五亭橋, 「一門五世, 同居共爨無閒言」.

47) 王振忠, 上記論文, 112~113쪽.

2. 양주 염상문화의 형성

1) 소주와 휘주 문화의 유입

양주염상 중에는 휘주상인이 가장 많았다고 하는 점은 주지의 사실이다. 양주가 그렇게 번성하게 된 배경에는 실제로 신안상인이 존재했기 때문이라고 알려져 있다. 그래서 일반적으로 말하기를 "양주는 곧 휘주의 식민지"라고 할 정도가 된 것이다. 그만큼 양주의 발달은 휘주상인과 밀접한 관계가 있다고 말해진다.

휘주의 성씨에는 왕씨, 정씨, 강씨, 홍씨, 반씨, 정씨, 황씨, 허씨 등이 있었는데 양주에는 이들 성씨가 모두 있었다고 한다. 이들은 모두 휘주에서 양주로 흘러들어 가 양주에서 호적을 이루고 살았던 사람들이었다.

이런 상황을 감안하면 양주염상의 문화 속에는 다분히 휘주의 향토적 문화가 스며들어 왔다는 점을 부인하기는 어려울 것이다. 그래서 기록을 보면 양주의 문화 속에는 휘주 흡현의 사회적 풍속과 문화가 많이 흘러들어와 양주문화는 휘주문화와 많이 닮아 있었다고[48] 전하고 있다. 말하자면 양주문화 속에는 휘주문화의 흔적이 강하게 보이고 있었다는 것이다.

그러나 명말청초기 염법이 강염법綱鹽法으로 개혁되면서 사실상 양주가 발전하기 시작할 즈음 소주문화가 양주문화의 발전모델이 되었다는 점에 대해서는 이론이 없다. 비록 휘주상인들이 양주에 유입되면서 휘주라는 그들의 향토적 문화를 가지고 들어오기는 하였지만

---

48) 王振忠,「兩淮塩業與明淸揚州城市文化」『鹽業史研究』, 1995-3, 19~10쪽.

그러나 그들이 양주에서 문화적 발전과 향유를 얻기 위해서는 당연히 소주로부터 소주의 전통적 문화를 도입하지 않을 수는 없었을 것이다.

소주는 양자강 이남지역에서 전통적으로 유명한 중국문화의 중심지로서 대도시였다. 또한 중국에 있어 가장 모범적이고 모델이 되는 전형적인 문화도시임에도 틀림이 없다. 그러한 과정에서 명말기 염정의 개혁과 휘주상인의 양주로의 진출은 양주를 대도시로 성장시키는 계기를 맞이하면서 동시에 소주의 문화를 흡수하면서 양주 나름의 도시문화를 만들어 갈 꿈을 키우기 시작했다고 볼 수 있다.

한편 양주도시가 발전해 감에 따라 소주의 사람들도 양주로 많이 유입해 들어가기 시작하였다. 명초기에도 양주가 병란에 시달려 도시가 피폐해지고 인구가 감소하게 되자 이 시기에도 소주인들이 삶을 찾아 양주로 많이 몰려갔다는 기록이 보이고 있다. 소주인들이 장사를 하기 위하여 양주까지 찾아가고 있었다는 점을 찾아볼 수 있는 대목이다.[49]

특히 명말청초기에 있어서도 양주성이 대도시로 발달하게 되자 소주문화는 물론이고 소주 사람들도 대거 양주로 유입되어 들어가고 있었다. 양주가 소주문화의 형태를 향유하게 되자 그에 따라 이를 뒷받침해주고 처리해줄 수 있는 소주사람들도 많이 들어갔다는 것이다. 그들은 소주문화를 수용하고자 했던 양주에 가서 소주문화의 전수와 함께 소주문화를 판매하고자 하였던 것이다. 양주도시의 분위기는 거의 대부분 소주문화의 분위기가 물씬 나는 그런 도시로 발전해 가고 있었다.

---

49) 王振忠, 「明清兩淮塩商與揚州青樓文化」『復旦學報』, 1991-3 참조.

그런 과정에서 앞서 본 바대로 염정의 개혁 이후에 휘주의 많은 상인들이 양주로 이주해 들어가게 되자, 거대한 염업의 이윤이 발생하면서 양주와 휘주는 끊임없이 교류가 일어나게 되었다. 휘주지역에서도 빈부의 격차가 일어나고 더 많은 휘주인들이 외지로 나아가 상업활동에 뛰어들었다. 이로 인하여 강남지역 일대에서는 "무휘불성진無徽不成鎭"이라고 할 정도로 어디든지 휘주상인들의 상업활동상을 볼 수 있었다.50) 특히 양주는 휘주의 식민지와 마찬가지라고 말할 정도의 일화가 전해지고 있는데 휘주상인의 위력이 어느 정도인지 가히 짐작할 수 있다. 소주, 항주의 중심도시에서도 경제의 부흥과 번영 뒤에는 어김없이 휘상들의 활동이 전제되고 있었다.

휘주인들에게는 강렬한 향토의식이 존재하고 있었다. 그러나 휘주상인들이 돈을 벌어 고향으로 돌아올 때는 소주나 항주의 대도시의 번화한 문화를 가지고 들어갔다. 휘주에서도 소도시의 향촌적 생활방식에 거대한 변화가 일어나기 시작했던 것이다. 그러나 당시 휘주 문화는 소주나 양주문화의 대도시문화에 대하여 일종의 자비감自卑感마저 가지고 있었다고 한다. 이처럼 그들은 소주 중심의 오문화吳文化를 수입하고 모방하기 시작했던 것이다.

휘주상인들은 소주의 화려한 생활양식을 배우고 즐길 뿐만 아니라 나아가 그들은 상인이면서도 사대부인 양 문인사대부의 생활모습까지 배워서 모방하거나 그렇게 추구하려고 하기 시작하였다.51) 휘주나 양주에 거주한 대부분의 휘주상인들은 모두 한결같이 거대한 상업자본을 이용해서 오히려 사대부적 문인생활을 추구하려 했던 것이

---

50) 萬曆『嘉定縣志』권1, 市鎭; 陣忠平,「明淸徽商在江南市鎭的活動」『江淮論壇』, 1985-5.

51) 『萬曆野獲編』권26,「完具」,「假古董」.

다. 어느 지역을 불문하고 상인들이 자본을 축적하게 되면 그들의 생활은 오히려 전통적이고 사대부적인 문화를 흡수하고 이를 향유하고자 하였다. 소주 중심의 전통적인 문화형식은 언제든 어디로든 전파되고 있었던 것으로 파악할 수 있을 것이다.

이처럼 양주는 소주문화의 특질을 모방하거나 수용하였다. 다른 한편 소주문화 수용의 주체였던 휘주염상들은 향토색채가 강한 휘주문화를 가지고 양주로 들어갔다. 이러한 과정에서 양주에서는 휘주염상들에 의한 독특한 양주 나름의 소주문화와 휘주문화가 복합된 양주도시문화가 형성되어 갔던 것으로 보인다.52)

좀 더 설명해 보면 소주문화가 강남전통문화의 주류였다고 한다면, 이후에 성장한 양주도시문화는 명대 말기 이래로 중국의 동남지역에서 새롭게 등장한 휘주문화의 표상으로 나타난 것이라고 말할 수 있을 것이다. 그리고 이 양주도시문화는 청초기에 들면서 드디어 소주문화를 제치고 새롭게 등장하는 도시문화의 표본으로 대두하기 시작했다고 알려진다.

2) 양주 청루문화靑樓文化의 형성

양주는 외지에서 흘러들어 온 상인들의 집합지이면서 동시에 이들 외래상인들이 돈을 벌어 양주라는 도시와 문화를 형성하고 발전시킨 곳이기도 하다. 양주 도시의 성격으로 보아 상인들의 생활상에서 위로와 고향에 대한 회포 등이 나타나면서 자연히 양주 나름의 유곽문화가 발달하기 시작하였다. 원래 어느 지역 없이 유곽이라는 '靑樓文

---

52) 王振忠, 「明淸徽州與揚州城布文化的特徵和地位」 참조.

化'는 있기 마련이지만 양주라는 상업도시에 있어서는 더욱 그 나름
대로의 유곽문화가 발달하였다.

양주의 청루문화에는 두 가지 특징이 있다. 하나는 당시 '청당淸堂'
이라고 불리었던 기예문화가 발달하게 되었고, 또 하나는 '양수마養
瘦馬'라고 불리는 일종의 축첩제도 같은 풍속이 유행하게 되었다. 먼
저 청당 기예문화에 대하여 설명해 보면, 앞서 말한 것처럼 전통적
사회에서는 중국 어디에서나 유곽문화가 없는 곳이 없었다. 당나라
시기에도 양주에는 유곽이 있었다는 기록을 찾아볼 수 있을 정도이
다. 당대 양주지역에는 남경에서 건너간 진루초관秦樓楚館이라는 이
름을 가진 유곽이 홍등을 밝히고 있었다는 흔적을 볼 수 있다.53) 명
대에 이르러 휘주인이 대거 양주로 이주하면서 여색을 즐기는 일이
많아지기 시작하였다. 청당문화가 본격적으로 생겨나기 시작했다고
한다. 이러한 과정에서 소주나 남경의 청루문화가 많이 들어오게 되
었다고 전한다.

양주의 청루문화는 대체로 소주로부터 그 문화가 많이 들어왔다고
알려져 있다. 그런데 명말기의 상황을 보면 양주의 소진회하小秦淮河
수로의 주변에는 이미 청루문화가 크게 발달하고 있었는데, 남경의
청루문화도 많이 들어와 양주청루문화와 뒤섞여 상호 간에 영향을
미치면서 크게 발전하였다고 한다.

남경의 도시 내에는 진회하秦淮河라는 하천이 있었는데 그 주변에
는 양회염상兩淮鹽商들이 많이 모여 살았으며 그중에 주로 휘주인들
이 많이 살았다고 한다. 이들이 부를 축적하게 되자, 부의 축적과 함

---

53) 『暉吉堂集』 권6, 「吳趨」.

께 자기 고향의 종족들이 과거시험에 응시하러 남경에 올라오게 되자 상인들은 그 부를 이용하여 그들을 많이 도와주고 있었다고 한다. 동시에 그들은 생활의 여유로서 유흥을 즐기고 있기도 하였다.[54]

청대 강희제 중엽에 이르면 양자강 주변의 인구가 늘어나고 염상의 활동도 급격히 늘어나 염상의 이익도 거대하게 확대되어 갔다. 이 시기 양주에는 정원을 건축하는 붐이 일기 시작하였고 유흥과 가무를 즐기는 분위기가 살아나 하나의 유행처럼 번지고 있었다. 드디어 양주문화가 더없이 발전하는 시기를 만났던 것이다.

앞서 말한 대로 구양주성과 신양주성 사이에는 새로 증축한 하천이면서 운하였던 '신시하新市河'가 흐르고 있었다. 신시하의 중간지점에서 북쪽지역에 이르는 사이에는 하천의 폭을 더 넓혀 화방이 유람할 수 있는 유람지역을 만들어 놓았다. 이 지역 주변은 자연히 유곽지역으로 변하고 오락을 즐길 수 있는 지역으로 정비되어 갔다.[55] 앞서 말한 '진루초관'이라는 유명한 유곽도 여기에 존재하고 있었다. 각 지역에서 많은 명기들이 모여들기 시작하였다. 그래서 양주성의 신시하 북쪽지역이 유곽지역으로 번성하게 되자 이 지역 이름을 남경에 비견하여 '소진회小秦淮'라고 부르기도 했던 것이다.

청루에 살고 있는 여자들은 원래부터 양가의 부녀들로부터 천시를 받았던 것은 사실이다. 그러나 노래를 부르고 춤을 추었던 기녀들은 당시 사회에 있어서 유행의 선봉에 서 있었던 것도 사실이었다. 그래서 사회의 누구라도 기녀의 유행을 흠모하거나 모방하려는 풍조가 항상 존재하고 있었던 것도 사실이라고 전해진다.[56]

---

54) 위의 註.
55) 『揚州畵舫錄』 권9, 「小秦淮錄」.

이러한 분위기의 변화는 당시 기녀들의 청루문화가 점차 시민사회 속으로 융화되어 들어가고 있는 모습을 찾을 수가 있었다. 즉, 청루문화는 대중문화의 일부분으로 자리 잡아가고 있었다는 것이다. 결국 양주도시는 명청 시기 동안에는 청루문화가 매우 발달한 도회지로서 이름이 나게 되었다. 동시에 시민문화 속에도 청루문화의 모습이 많이 스며들어 양주도시에는 청루문화의 영향이 매우 컸던 것으로 나타나고 있었다.

화방의 노랫소리를 듣고 양가의 규수들도 이를 따라 배우려고 애썼고 머리모양이나 발모양까지도 기녀들의 모습을 보고 배우려고 하였다. 머리모양에 있어서도 양주의 기녀들의 모양이 더 예쁘게 보였다고 하며 발모양은 소주의 기녀들의 모양이 더 예쁘게 보였다고 한다.57) 그러나 대체로 소주의 유행을 모방하고 따르는 것이 일반적인 추세이었다.

그리고 화장하는 법이나 의상, 복식에 있어서도 기녀들의 모습에서 많이 배우고 있었다고 한다.58) 특히 양주는 당시 복식이나 화장법이 매우 발달하여 화려하고 아름다워, 이른바 항상 새로운 유행을 보여주고 있었다고 말할 정도이었다. 양주는 부유함과 함께 소비성이 높은 번화한 도시로 이름나고 있었다.

따라서 양주의 청루문화는 양주사회에 보편적으로 깊은 영향을 미쳐 오히려 양주시민들의 마음속에 문화적 향유와 취미생활을 즐길 수 있게 해주는 하나의 계기가 되었다. 이를 반대로 말하면 양주는

---

56) 康熙 『揚州府志』 권11, 「藝文」.

57) 『揚州夢』 권3, 「夢中事」; 권1, 「夢中人愛娘」.

58) 위의 註.

이제 소비도시가 되어 돈을 잘 쓰고 잘 노는 소비성도시로 발전해 가고 있었던 것이다.

그러다 보니 양주도시는 어느덧 문화적 기형도시로 전락해 가고 있는 모습을 띠기 시작하였다.[59] 말하자면 정말 유곽도시로 변해가고 있는 모습을 보여주고 있었다. 양주도시는 먹고 노는 도시로 비치기 시작한 것이다. 옛날 청루문화를 즐기고 장려했던 그런 모습이나 그런 의미가 아닌 창녀문화娼女文化로 전락해 가고 있었던 것이다.

이렇게 청루문화가 창녀문화로 전락해 가는 가장 큰 이유에는 염상들의 자본과 이윤축적이 옛날만 못하게 되어간다는 것과 맞물리고 있었고 대신에 기녀들의 수는 계속 늘어나고 있었다는 점과 관련이 있었다.[60] 염상들의 부의 축적이 줄어들고, 사대부집안의 가정환경이 점차 열악해지면서 대신에 기녀들의 수는 늘어나, 점차로 청루문화의 분위기는 옛날처럼 계승되어 갈 수 없게 되어 간 것이었다. 어쩔 수 없이 변화의 바람을 탈 수밖에 없었을 것으로 추측해 보게 된다.

하나의 예를 들어 보면 청말기 광서 연간에는 양주기녀들이 생활고에 시달려서 이를 해결하기 위하여 기녀들의 조직을 만들고 무리를 지어 외부 다른 지역으로 나아가 유곽행위를 하고 있었던 점을 찾아볼 수 있다.[61] 당시 이들을 불러 '양방揚幫'이라고 불렀는데 아마도 창기娼妓로서 활동하고 있었던 것으로 파악되고 있다.

주지하고 있듯이 청루문화는 원래 관료 사대부사회가 향유하고 있었던 문화이다. 그러나 특히 명청시대 양주의 경우는 외지에서 들어

---

59) 王振忠, 위의 논문.

60) 『從政錄』 권2, 「禁止盜賣良家子女議」.

61) 위의 註.

온 양주염상들이 돈을 벌어, 양주라는 도시에서 정착을 하며 문화를 즐기면서 사대부들이 즐긴 유곽문화를 그대로 받아들였던 것이다. 양주염상들은 사대부들이 즐겼던 문화와 그 행각을 그대로 따라 하고 싶어 하였다.62) 말하자면 생활상에 있어서는 상인이라고 하기보다는 오히려 사대부를 모방하여 사대부의 위세와 위용을 그대로 부리고 싶어 하였던 것이다. 따라서 양주염상 그들의 청루문화는 곧 사대부적 생활형태 그대로였다고 해도 과언이 아니다.

양주의 염상들도 기녀를 거느리고 축첩을 행하기 좋아하였고 사치를 부리며 우아함을 행하기 좋아하였다. 시대의 유행을 따르기를 좋아하며 호화와 소비성을 즐겼다. 거대한 정원을 짓고 호사스러운 생활을 추구하며 살았다. 그러나 양주의 청루문화는 그 발생부터 이상하게 출발하지만 결국에는 기생문화로서의 우아함은 사라지고 저속화되면서 저질의 창녀문화를 낳고 말았다.

양주염상의 사대부적인 극단적인 기형적 생활은 드디어 그들의 본고장인 휘주에도 그 영향을 미치게 하였다. 휘주라고 하는 전통적으로 종족 공통체의 성격이 강했던 이 지역에서도 축첩이 일어나고 창기娼妓들의 활동이 일어나게 되었다. 오히려 더 극단적으로 기녀들을 상품화하여 매매하는 현상까지 보여주고 있었다.63)

그러나 한편으로 전통성이 강한 휘주에서 이러한 모습이 나타났기 때문일까, 성의 방탕성 때문인지 아니면 그 반성적 의미 때문인지, 휘주에서는 그에 대한 반작용으로 부녀들에 대한 절부節婦, 또는 정절情節을 더욱 강하게 요구하고 나섰다.64) 휘주는 여전히 전통적 보수

---

62) 『萬曆野獲編』 권26, 「時玩」.
63) 『揚州夢』 권1, 「夢中人愛娘」.

성이 강한 도시였다. 그렇기 때문에 열녀 또는 열부의 개념이 더욱 강하게 작용하고 있었는지는 확실하지 않지만, 휘주가 전통성이 강한 지역이었음에는 틀림이 없다.

3. 양주 도시문화의 특징

앞에서 보아온 대로 명대 가정기 이래로 양주에는 많은 휘주상인이 모여들어 소금장사를 통해 돈을 벌게 되면서 양주는 대도시로 발달하였다. 당시에 있어 동남아 일대, 즉 소주와 항주의 도시들도 이들 휘주상인들의 활동으로 더욱 발달하는 기세를 보이고 있었다.

대도시들이 발달하고 있는 상황에서 대도시를 발달시킨 휘주상인들의 고향인 휘주지역은 여전히 전통적인 강한 향토의식을 바탕으로 생활하고 있었다. 번화한 도시생활의 방식과는 많은 차이가 있었다. 그들은 소주를 중심으로 하는 오문화의 생활모습에 접하게 되면서 그들 자신에 대한 일종의 자비감을 가지고 있었는데 이로 인하여 그들은 더욱더 소주문화를 받아들이고 향유하고 싶어 하였다. 그러면서 휘주상인들은 고향에서 또는 양주에서 그들이 상인이긴 하지만 문화적인 측면에서는 마치 사대부나 신사층과 같은 지식인사회의 문화를 추구하려고 노력하고 있었다. 그들은 사대부가 누렸던 탐미적인 문화취미를 배워 나갔던 것이다.

많은 상인들이 모여 특히 휘주상인들이 주동이 되어 상업활동을 통하여 상업적 대도시로 발달시킨 양주도시는 각 도시의 전통적 문

---

64) 王世華, 「徽商與長江文化」 『明淸史』, 2003-3.

화를 모방하거나 도입하고 나아가 휘주상인들의 자기 고향의 전통적 문화를 수용하면서 문화발전을 시도하였다. 드디어 상인들 스스로가 전통적 사대부적 문화를 모방하거나 향유하기 시작하면서 양주 나름의 상인들에 의한 독특한 양주 염상문화를 형성하기 시작하였다.

그들은 거대한 자본을 기본으로 하여 대량의 금석문이나 골동품을 사들이기도 하고, 서체 서법, 그림 등을 수집하면서 탐미적인 문화생활을 향유하기 시작하였다.65) 이러한 상인들에 의한 문화향유는 더욱더 소주문화를 흠모의 대상으로 삼았고, 소주문화가 곧 중국문화의 기본이라는 사고를 갖게 해주기도 하였다.

그들의 거대한 자본과 도시 속에서의 문화적인 취미생활은 값진 골동품과 서체를 수집하는 데서 시작되었다. 말하자면 사대부의 생활방식을 모방하고자 하는 데서 출발하고 있었다. 그들은 가치와 질을 따지기 전에 많은 돈으로 많은 문화재를 사들이기 시작하였다. 그리하여 그들이 처음에는 사대부들로부터 많은 조롱을 받은 것도 사실이었다.66)

그러나 그들은 계속 골동품과 문화재를 사들였다. 이러한 행위는 곧 휘주상인은 전국에서 최고로 돈이 많은 자들이라고 소문이 나게 만들었고 대신 전국의 유명한 골동품들이 모두 양주로 모여들게 만들었다. 양주상인들의 탐미적 문화수준은 그만큼 더 올라가게 되었고, 오히려 소주문인들의 수준보다 더 높아지기 시작했다고 알려지기도 하였다.67)

---

65) 『揚州畵舫錄』 권8, 「揚州八怪」.

66) 『履園叢話』 권12, 「藝能」 ; 권21, 「笑柄」.

67) 『江都縣續志』 권5, 「古迹」, 「府園」.

이어서 소주의 차방茶坊, 술집, 기원妓院, 희반戲班, 그리고 각종 수공업과 수공업인들이 돈벌이를 위해서 줄을 이어 양주로 흘러들어 갔다. 말하자면 양주의 도시문화가 아직 나름대로 확립되기 이전에 사실상 양주는 주로 소주문화의 양식을 모방하고 받아들이고 있었다고 볼 수 있다.

원래 양주의 청루문화는 소주에서 건너 들어간 것이다. 소주에는 이전부터 기녀妓女를 키우고 예악을 가르쳐 성장한 후에는 양반집의 첩으로 파는 풍습이 존재하고 있었다. 일종의 사대부 지식인들이 즐겨 행했던 습속이었다. 그런데 양주에서는 비록 이러한 문화를 받아들이긴 했으나 상황이 좀 달랐다.

양주는 휘주상인들이 모여 살았던 도시이다. 휘주의 습속에는 사내가 16세가 되면 외지로 장사하러 떠나는 것이 일반적이었다. 그래서 나이 12~13세가 되면 미리 결혼을 하게 된다. 외지로 떠나 장사를 하다 보면 고향으로 돌아가기에 수십 년이 걸릴 수도 있다. 이때 돈을 번 신안상인들은 외지에서 첩을 두거나 기생집에 드나들며 많은 돈을 쓰면서 생활과 회포를 풀어갔다.[68] 말하자면 양주의 청루문화는 소주와는 좀 다른 모습으로 전개되어 나타나고 있었고, 동시에 그것은 사대부 양반들에 의해서가 아니라 상인들이 돈을 벌어 고향을 생각하고 외로움을 달래면서 만들어낸 문화라고 말할 수 있을 것이다.

이 같은 양주 나름의 청루문화 속에서 양주 나름의 축첩문화가 나타나고 있었다. 이른바 양주의 '양수마養瘦馬'라는 풍속이 생겨나게 된 것이다.[69] 특히 만력 연간에는 "첩을 구하려면 양주에 가야 한다"

---

68) 『五雜組』 권4, 「喜妾」; 王振忠, 위의 논문, 「明清兩淮鹽商與揚州青樓文化」 참조.
69) 『揚州畵舫錄』 권9, 「養瘦馬」; 王振忠, 「明清揚州塩商社區文化及其影響」, 『中國史研究』, 1992-2 참조.

는 말이 나돌 정도로 전국적으로 유명해지기도 하였다.70) '양수마'의 풍속이 유명해지다 보니까 오히려 그 유행이 소주나 남경으로 되돌아 흘러들어 가는 상황을 낳기도 하였다.

차관茶館에 대해서도 보면 이 차방茶坊은 원래 지식인들의 한담을 즐기는 곳이었다. 그런데 차방이 양주로 건너온 이후에는 양주상인들이 서로 모여 정보를 교환하고 상업적 교류를 나누기에 안성맞춤의 장소가 되었다. 그러다 보니 양주의 차방은 상인이나 서민 누구나 갈 수 있는 환담의 장소이고 집합의 장소였다. 오히려 신분 있는 사람들은 들어가기가 꺼려지는 그런 장소처럼 느껴지는 분위기이었다.

그런데 묘하게도 점차 양주염상들은 사대부 또는 신사계층의 문화를 모방하기 시작하면서 상인들이 그들처럼 행동하려는 문화의 변신을 시도하기 시작하였다. 양주상인들이 드디어 사대부처럼 사대부의 문화를 향유하려는 그런 태도를 보이기 시작하자, 양주에는 나름의 변화의 바람이 다시 불기 시작하였다.

이러한 변화의 바람으로 차관茶館도 점차 분위기가 바뀌기 시작하였다. 말하자면 상인들의 사대부적, 신사층적 사고와 행동의 변신으로 말미암아 차방이 점차 학문하는 장소로, 담론하는 장소로 바뀌어 간 것이다. 또한 사대부와 관료들도 자주 차방을 이용하게 되는 모습을 볼 수 있게 되어 더욱 분위기가 달라져 가는 모습이었다. 인하여 양주성 내에서는 어디든지 차관이 우후죽순처럼 생겨나게 되었다고 한다. 그리하여 양주에서 차관의 흥행은 전국에서 최고라는 평판을 받기도 하였다.

---

70) 註 68.

또 하나 양주에서는 목욕문화가 매우 발달하였다. 상인들의 상업 활동에서 오는 피로를 목욕을 통해 풀고자 했던 분위기 속에서 발달하게 된 풍속이라고 한다. 양주사람들은 "조상피포수무上皮包水, 오후수포피午後水包皮"라고 할 정도로 아침에는 꼭 아침식사를 챙기면서 차를 즐기고 오후에는 꼭 목욕을 한다는 풍속까지 생겨날 정도로 목욕을 즐겼다고 한다.71) 이 같은 목욕풍습은 오히려 양주에서 양자강 강남일대에 영향을 미치게 되어 크게 유행하기도 하였다고 한다.

특히 청대에 이르러 강희, 옹정, 건륭 시기를 거치면서 양주도시문화는 장족의 발전을 이루어 양자강 동남지역에서 최고의 문화도시로 발달하게 되었다는 이야기를 들을 정도가 되었다. 강남지역의 문화가 모두 양주도시로 모여들었고 동시에 강남의 문화는 모두 양주에서 다시 전파되어 퍼져나갔다고 할 정도로 융성했다는 것이다. 말하자면 양주 나름의 독특한 양주염상문화를 형성하게 되었던 것으로, 나아가 이 양주문화가 명청시대 각 지역사회의 향토전통, 가치관념, 생활습관, 민간신앙 등에 깊은 영향을 미치게 되었다.

당시의 양주문화 중에 특히 양주 나름의 문화적 특징에 관하여 몇 가지를 더 설명해 보면, 먼저 양주의 원림건축園林建築을 들 수 있다. 원림은 문화전반에 대한 포괄적이고 종합적인 의미를 지닌 건축예술라고 말할 수 있다. 즉, 원림은 문화 전체를 응축시킨 종합적인 특색을 지닌 문화예술이라는 표현되고 있다.

원림은 종합적인 건축예술이면서 그 속에서 문화를 즐기며 정신수양을 함양하고 나아가 사대부적 오락을 즐기며 고상한 인격을 배양

---

71) 『揚州畵舫錄』 券1, 草河錄上, 「浴池」.

하는 곳으로도 인식되었다. 특히 청대 소금사업이 왕성했던 이 시기에는 상인들의 자본의 축적과 문화추구의 의욕은 그들의 '고이호유賈而好儒'로의 추구와[72] '역유역고亦儒亦賈'로의 정신적 취향에 따라[73] 원림을 건축하는 것을 최상의 목표로 삼았다. 특히 건륭 연간에는 양주에 가면 원림건축이 매우 왕성하고 또한 빼어나고 아름답기가 전국에서 최고라고 할 정도로 이름이 났었다.[74]

학술방면에 있어서는 각종 학파들의 학문과 사상들이 양주로 들어와 양주에서의 학문적 연구풍토가 매우 활발하였다고 한다. 그러는 와중에 양주에서도 양주 나름의 독특한 학파가 형성되어 나왔다. 청대시기에 양주의 학문적 성과를 일컬어 "원래 학문의 전문성은 소주학蘇州學이 최고이며 휘주학徽州學은 아주 세심하였는데, 양주揚州의 학문은 모든 것을 회통할 정도였다"라고 설명하고 있다.[75]

말하자면 소주와 휘주의 학문적 정열이 없었다면, 양주의 학문은 나올 수 없었을 것이고, 양주학의 전체적인 회통이 없었다면, 아마도 청대의 학문이 그처럼 크게 발전하지 못했을 것이라고 말하고 있는 것이다.[76] 양주의 학술 분위기는 모든 학문을 통합하고 이를 회통하여 새로운 창작적인 정신을 바탕으로 새로운 학문적 풍토를 만들어 내었는데, 이는 곧 양주도시문화의 특징을 대변하는 것이기도 할 뿐만 아니라 상인들에 의하여 문화가 창조되는 독특한 분위기와도 깊은 상관관계가 있는 것이라 말할 수 있는 것이다. 지리적으로 보면

---

72) 張海鵬, 『徽商硏究』, 安徽出版社, 1995, 381~383쪽

73) 註 72, 앞의 책, 383~385쪽

74) 『履園叢話』 권12, 「營造」.

75) 梁啓超, 『淸代學術槪論』 第18章.

76) 張舜徽, 『淸代揚州學記』; 王振忠, 위의 논문, 「明淸徽商與揚州城市文化的特徵和地位」 참조.

양주가 남북을 가로지르는 양자강 지역 운하의 교통 집결지이기 때문에 문화의 집결과 회통도 쉽게 일어날 수 있었을 것으로 보인다.

신안상인들은 그들의 자본을 이용하여 수많은 골동품과 그림을 매입하고 수장하기를 즐겼다. 또한 그와 동시에 동향의 화가들을 지지해 주고 지원해 주기도 하였다. 이러한 분위기 속에서 양주에서도 '양주팔괴揚州八怪'라는 유명한 화가와 양주화풍이 형성되기에도 이르렀다.77) 동시에 신안상인들이 고향인 휘주에서도 동향의 화가들을 지지해 주었는데 그로 인하여 휘주에서도 '신안화파新安畵派'라 불리는 휘주풍의 화풍이 형성되기도 하였다.78)

그러나 실제로는 강절화파나 신안화파나 또는 양주화파라고 하여도 모두 상관관계를 가지며 성장했던 것도 사실이다. 예를 들어 신안화파 중에 유명한 화가 점강漸江은 휘주사람으로서 "강남화풍에 근엄함과 세속성의 구분을 없앤 사람이다" 또는 "그의 그림 속에는 어떠한 인간의 고통스러운 한이 표현되지 않는다"고 극찬을 받기도 하였다.79) 그는 양주가 번영하게 되자 양주에서 오랫동안 살면서 양주화파揚州畵派를 형성하는 데 많은 도움을 주었다고 전한다.

대체로 청대에 이르러 휘주 염상인들이 양주에서 거주하는 토착화 현상이 나타나게 되면서 새로운 양주도시 나름의 거주의식이 생겨나고 있었다. 반면에 점차 초기에 보였던 종족공동체적인 의식이 희박하게 되면서 양주 나름의 새로운 문화권이 형성되어 가고 있었다고 보고 있다.80) 양주 도시문화의 형성과 가치는 양주 나름의 문화를 낳

---

77) 曹治雄, 『明淸歷史故事』, 上海敎育出版社, 1988, 270~272쪽

78) 張海鵬, 『徽商硏究』, 510~515쪽

79) 胡明主編, 『走近徽州』, 南京出版社, 1993, 114~119쪽; 『走近徽州』 「新安畵派」, 安徽省集郵公社, 2006.

게 했고 그런 인식 속에서 '양주팔괴'와 같은 새로운 사회를 바라보는 눈으로 좀 더 도전적이고 괴팍한 의식과 품격을 만들어 낸 것이라고 분석한다.

음악에 관해서 보면, 당시 소주에서는 우아한 목소리의 곤강昆腔이 유행하고 있었는데 이를 이름하여 곤곡昆曲이라 하였다. 곤곡은 강남지역에 있어서는 당시 어디에서나 사대부 계층들이 즐겨 듣고 감상하며 부르며 유행하고 있었던 노래였다.[81]

그런데 강남지역에서 부를 축적한 상인들, 특히 양주에 모여 살면서 문화를 형성했던 양 주상인들도 그들의 문화수준을 사대부의 생활방식에서 찾으려 하다 보니까 자연적으로 곤곡의 음악을 좋아하게 되고 이를 즐겨 부르고 감상하게 되었다.

청대에 이르러서는 양주염상들은 앞을 다투어 소주의 음악인들을 불러들이기 시작하였고 동시에 각 상인들의 집안에서 그들을 양성하면서 곤극을 즐기곤 하였다. 그래서 소주는 곤곡의 유명한 중심지이긴 하지만 그들 음악인이 대부분 양주로 건너가고 있음을 볼 수 있다고 할 정도로 양주에서 곤곡이 유행하게 되었다.[82]

그러다 보니 양주의 거리 중에 비교적 거부의 상인들이 사는 지역에서는 소주에서 건너온 음악인들의 곤곡의 음악소리를 자주 들을 수 있었다고 전한다. 결국 양주는 곤곡을 연주하는 곤곡의 제2의 고향이라고 알려지게 되었다.[83] 그러나 좀 더 구체적으로 보면 양주가

---

80) 陳去病, 『五石脂』; 董偉業, 『揚州竹枝詞』; 王振忠, 위의 논문, 「明淸揚州塩商社區文化及其影響」 참조.

81) 李漁, 『閑情偶寄』 권3, 「聲容部」.

82) 張發穎, 『中國家樂戲班』, 學苑出版社, 2004, 331~335쪽.

83) 林蘇門, 『維揚竹枝詞』; 王振忠, 위의 논문 참조.

이미 소주를 능가하여 소주가 가진 곤곡의 중심지라는 명예를 대신 이어받는 상황으로 바뀌어 가고 있을 정도가 되었다고 한다. 특히 건륭시기에 이르면 국가에서 양주에다 곤극연구기관을 설치하고 있는 것을 보면84) 양주의 위력이 얼마나 큰지 이해하는 데 그다지 어려움이 없을 것이다.

그런데 건륭후기에 이르면, 양주염상의 휘주인들 특히 양주염 운영 총상總商이었던 휘주인 강춘江春 등이 휘주의 휘극徽劇을 휘주에서 가져오려고 노력하기 시작하였다.85) 그에 따라 휘주의 휘극인인 고낭정高朗亭 등이 휘주의 휘반들을 이끌고 양주로 들어오게 되었다.86) 그들 휘주 염상들은 이들 휘반을 수용하고 양성하기 시작하였다. 그리고 그들은 이들 휘반을 훈련시켜 서울인 북경으로 진출시켜 공연할 수 있도록 도와주었다. 이것이 그 희곡의 역사에서 유명하게 이름을 날린 사대휘반四代徽班이라는 존재들이며87) 휘주의 휘극이 양주에서 발달하더니 드디어 북경에 진출하는 영광을 안게 된 것이었다.

그렇게 되자 이제 소주뿐만 아니라 양주에서도 그리고 북경에서도 곤곡은 이미 사라져 버리고 그 자리에 휘극이 차지하고 말았다. 다시 말하면 명대 이래로 소주를 중심으로 한 표준적인 전통문화의 형성이 휘주상인의 등장으로 양주로 옮겨 가게 되었고 동시에 그 내용도 크게 변화되고 있다는 점을 보여주고 있었다. 말하자면 양주에서 휘주염상들에 의해 양주도시문화가 창출되었는데 그 영향력은 다시 강

---

84) 註 83, 위의 논문 참조.

85) 註 82, 앞의 책, 56~60쪽.

86) 張發穎, 『中國戱班史』, 學苑出版社, 2004, 154~156쪽.

87) 註 86.

남의 각 지역으로 전파되고 있었다는 점을 이해할 수 있게 된다.

『양주화방록』의 기록에서 보면 양주의 신성新城 동북부 지역에 왕씨汪氏의 큰 사당이 있는데, 이는 휘주에서 건너온 양주염상 중에서 왕씨 가문의 가사家祠이었다는 내용이 보인다.88) 이는 곧 휘주사람들이 고향을 떠나 양주에서 가문과 종족에게 제사를 지낼 수밖에 없는 상황에서 사당을 가지고 있었다는 점을 의미한다. 이처럼 휘주인들의 양주에서 가사를 가진 문중이 매우 많았다는 점을 『양주화방록』의 기록에서 찾아볼 수 있다.89)

사당의 건립은 문중의 이동성을 보여주는 하나의 증빙이기도 하겠지만 고향을 등지고 장사를 하기 위하여 전국으로 떠난 사람들이 숱했다는 점을 보여주는 대목이기도 한 것이다. 그중에는 염상인이 되어 양주로 들어가 정착하면서 살았던 휘주인들이 가장 많았다고 하며 그들은 그 어느 곳에서보다 양주에서 부를 축적하고 최고의 문화를 향유하면서 살았던 것이다.

한편 휘주사람들은 고향을 떠나 어느 곳에 정착을 하게 되면, 자연적으로 자기 고향의 종씨집안의 종족들을 불러들여 일정 지역에 모여 살았다고 한다.90) 휘주의 종씨宗氏들은 양주지역에 들어갔을 때도 같은 종족끼리 모여 사는 모습을 보여주었다고 한다. 그리고 그들 종족들이 모여 산다는 모습을 알아볼 수 있는 외모적인 모습은 그들이 양주 신도시에 집을 짓고 사는 건축물의 모양을 보면 충분히 알 수 있었다고 한다.91)

---

88) 『揚州畵舫錄』 券5, 「新城北錄」.

89) 『揚州畵舫錄』 券12, 「橋東錄」; 券8, 「城西錄」 ; 券13, 「橋西錄」.

90) 民國 『歙縣志』 권9, 「人物傳」; 권1, 「風土」.

양주도시에 새로운 신성新城이 신축된 이후에는 신도시 속으로 많은 염상들이 모여들기 시작하면서 양주는 새롭게 발전하기 시작하였다. 명대 만력 연간에 양주 신도시 내에 살았던 주민들 대부분은 부를 축적한 염상인들뿐이었다고 할 정도로 상인들의 도시였다.

양주의 구도시와 신도시 사이에 수로가 건설되고 염이 거래되었던 수로변의 염집산지에는 염상들에 의한 염거래가 번잡하게 일어났는데 당시 염상인들이 낸 세금 액수은 전국에서 최고였다고 알려져 있다.[92] 특히 강희 연간에는 "양주신성에는 가난한 자가 보이지 않으며 가는 곳마다 인구가 조밀하여 수천 호를 넘는 듯 모여 살았으며, 가난한 자를 옆집에 두지 않으려 할 정도였다"는 기록마저 찾아볼 수 있다.[93]

문화를 장악하고 있는 중심도시는 그 도시를 둘러싼 광역지역의 지역문화를 모두 포괄하면서 중심문화를 표현하고 있는 것이 일반적이다. 따라서 중심지역도시는 항상 주체적이고 주도적인 문화의 상징성을 표출한다. 소주는 강남지역 일대의 전통적인 문화의 집산지로서 유명한 중심도시였다. 말하자면 소주는 도시문화로서의 강력한 응집력과 모범성을 지니고 있었던 전통문화 중심도시였다. 그런데 명대 성화 홍치 연간을 지나면서 염정제도에 대개혁을 단행하게 되자, 수많은 염상들이 장사를 위하여 양주로 모여들게 되었다.

양주에 모여든 염상들이 부를 축적하게 되고 동시에 양주에서 정착하게 되자, 드디어 양주염상들에 의한 양주문화가 형성되기 시작하

---

91) 陳從周, 「揚州園林和住宅」『社會科學戰線』, 1978-3.

92) 王思治・金成基, 「淸代前期兩淮塩商的盛衰」『中國史硏究』, 1981-2, 75~78쪽.

93) 吳嘉紀, 『陋軒詩續』卷上, 「河下一帶, 華屋連苑, 郁郁幾十戶, 不許貧士鄰」.

였다. 즉, 소주문화의 특질을 모방하거나 또는 수용하면서 그리고 휘주인들의 독특한 향토문화를 수용 참작 첨가하면서 드디어 양주 나름의 독특한 양주도시문화를 낳게 되었던 것이다.

따라서 만약에 소주문화가 중국 강남지역의 전통적 문화를 중심적으로 이끌고 대변해 왔다고 말할 수 있다면, 양주도시문화는 명대중기 이래로 동남지역에서 새롭게 등장한 휘주염상문화의 표상을 표출하게 되었다고 말해도 무리가 없을 것으로 보인다. 이는 곧 소주문화를 계승하면서도 양주 나름의 휘주문화를 집대성한 것으로서 전통시대 최후에 나타난 염상도시문화의 최고봉이었다고 말해도 과언은 아닐 것으로 본다.

Ⅲ

태평천국 지도자 홍수전의 생가 마을

임태홍

1. 광저우시 화도구의 홍수전 생가
2. 복원된 생가 마을의 구조적 문제
3. 햄버그 기록에 나타난 관록포의 모습
4. 객가인 마을 관록포의 '토루' 구조

1. 광저우시 화도구의 홍수전 생가

이 글은 태평천국의 지도자 홍수전洪秀全(1814년~1864년)의 고향 생가 마을 구조를 고찰한 것이다. 홍수전의 고향 마을은 관록포官祿㘵라 불리는데 광저우시 화도구花都區에 위치해 있으며, 1959년에 복원되어 일반에 공개되었다.

필자는 2008년 10월 16일에 그곳을 방문한 뒤, 복원된 마을의 구조가 문헌자료와 상이함을 발견하였다.[1] 여기에서 그 문제점을 제시하고 관록포의 원래 모습을 추정해 보고자 한다.

홍수전의 생가 마을에 대한 정확한 구조를 추정하고 밝혀내는 일

---

[1] 이곳에 제시한 홍수전 생가 관련 사진은 모두 이날(2008년 10월 16일) 찍은 것이다.

은 단순히 역사적인 인물의 생
가를 정확히 복원한다고 하는
것 이상의 의미를 가지고 있다.
객가 문화가 태평천국 운동에
미친 영향이나 그들의 세계관
을 이해하는 데도 중요하기 때
문이다. 뿐만 아니라 홍수전이
1837년에 경험한 종교적 체험
의 실상을 파악하기 위해서도
그러한 작업이 필요하다.

화도구 중심에서 서북쪽으로 위치하고 있다. 광저우시 화도구 금성빌딩金城大厦 앞에서 홍수전 생가洪秀全故居 가는 버스가 있는데 약 20분 정도 걸린다. 홍수전 마을은 산악지역이 아니라 평지가 펼쳐진 곳의 끝자락에 있었다. 사진을 보면, 앞에 보이는 도로가 끝나는 지점의 왼쪽에 홍수전 생가 마을 관록포官禄埗가 있다.

〈사진 1〉 홍수전 생가 가는 길

여기에서는 홍수전의 생가와 관련된 기록과 현지 관록포의 모습을 간단히 소개하기로 한다.

우선 홍수전의 생가와 관련된 기록을 살펴보자.

> "홍수전의 고향은 광저우시 화도구花都區 화현花縣의 한 작은 마을이다. 이 마을은 광저우 시에서 약 10마일 떨어져 있고 넓은 평야 사이에 자리를 잡고 있다. 맑은 날에는 이 마을에서 광저우시 근방의 백운산도 볼 수 있다."2)

이러한 기록은 1854년 홍콩에서 발간된 데오도르 햄버그(Theodore Hamberg)의 영문저서 *The Visions of Hong Siu Tsheun and Origin of the Kwang si Insurrection*(『홍수전의 환상과 광서 봉기의 기원』, 이하 『홍수전의 환상』이라 칭함)에 소개된 것이다. 햄버그는 1847년에 홍콩으로 건너와 선교활동을 하고 있던 선교사로 1852년에 홍콩

---

2) 데오도르 햄버그, 노태구 역, 『홍수전-태평천국 혁명의 기원』(새밭, 1979), 27쪽.

으로 도망 나온 홍수전의 친척 홍인간洪仁玕(1822년~1864년)을 만나 홍수전에 대한 이야기를 듣고 이를 기록으로 남긴 것이다.3)

홍인간과 함께 어려서 광동성 화현의 관록포에서 자란 홍수전은 1837년에 과거시험에 낙방한 후 극심한 정신적 충격을 경험했다. 이후 홍수전은 서양 기독교를 받아들여 자신의 독특한 종교인 배상제교拜上帝敎를 창시하고 광서지방으로 가 선교활동을 하던 중에 그를 따르던 신도들과 함께 청나라에 반기를 들고 무장봉기를 일으켰다.

햄버그가 홍콩에서 홍인간을 만나 홍수전에 대해서 이야기를 듣고 있을 때, 홍수전은 광서성의 영안永安지역을 벗어나 호남성으로 들어갔다. 그곳에서 그는 중요 거점을 확보하고 수만 명의 병사와 함께 청나라 군대와 대치하고 있었다.

1853년에 그는 100만이 넘는 대군을 이끌고 장강을 타고 내려가 남경으로 입성하여, 그곳을 '천경天京'이라 부르고 태평천국의 수도로 삼았다.

이렇듯 홍수전은 태평천국을 건국하고 천왕天王의 자리에 오른 인물이었으나 그의 어린 시절 고향 집에 관해서는, 앞서 소개한 햄버그의 『홍수전의 환상』이 거의 유일하다.

홍수전이 어려서 과거시험을 보러 다니고 나중에는 현시縣試 합격의 영광까지 안았던 화현 현청縣廳은 현재 광저우시에 속하며 광저우시의 정북쪽에 위치하고 있다. 거리는, 햄버그의 기록에는 10마일 정

---

3) 위의 책, 143쪽 참조. 홍인간은 홍수전의 10촌 동생이다. 두 사람은 홍씨 집안의 16대손이며 11대 할아버지(현조부)가 같다[박기수, 「건륭·가경·도광 연간 광서의 객민과 객가」, 『명청사연구』 4, 1995, 76쪽의 주 147번 참고; 고지마 신지, 최진규 역, 『홍수전-유토피아를 꿈꾼 태평천국의 지도자』 (고려원, 1995), 59쪽의 홍수전 일가족 가계도 참고; 陳周棠校補, 『洪氏宗譜』(杭州, 浙江人民出版社, 1982), 44-73쪽 참고].

광동성 광저우시(사각형5) 화도구(중심은 사각형3)에 있는 홍수전의 생가.(사각형 1지점) 날씨가 좋으면 홍수전의 마을에서 보인다고 하는 백운산은 동그라미 4지역에 위치하고 있다. 2번 지역은 홍수전의 조상들이 화현으로 오기 전에 살았던 복원수福源水 지역이다.

〈그림 1〉 홍수전 생가 부근 지도

도 된다고 하였는데 그보다는 좀 더 멀다. 기차나 버스로는 약 1시간 거리에 있다. 2013년경에 개통된다고 하는 광저우 ↔ 화도 간의 지하철 도로도 1시간이나 걸릴 것이라고 하니 그렇게 가까운 거리는 아니다.

홍수전은 1837년에 광저우시 중심부(지도의 사각형 5지역)에서 과거시험을 봤다가 떨어지고, 그 충격에 정신을 잃었다. 그리고 가마에 실려서 자신의 고향인 관록포(사각형 1지역)까지 갔다.[4]

필자는 햄버그의 기록을 읽으면서, 관록포에서 광저우시까지 그리 멀지 않을 것으로 생각했다. 홍수전이 시험을 보러 다니고 몸이 아파서 가마를 타고 다닐 정도의 거리이기 때문이다. 그러나 실지로 가본 관록포는 광저우시에서 고속버스나 기차로 1시간 가까이 타고 화도까지 간 뒤에, 다시 그곳에서 버스를 타고 20분 정도 서북쪽으로 더 들어간 곳에 위치해 있었다. 그만큼 멀고, 외진 곳에 홍수전의 고향이 있었던 것이다.

광저우시 중심부에서 관록포까지는 직선거리로 약 20마일, 즉 36km 정도 된다. 한 시간에 빨리 걸어서 6km씩 가더라도 6시간이나 걸리니, 하루 종일 걸어야 하는 거리다. 홍수전은 이러한 길을 가마를 타고 흔들리면서 거의 하루 걸려서 집으로 돌아갔다. 과거 실패의 충격으로 집에 도착해서도 그는 거의 의식을 차리지 못하고 병상에 누워 있었다고 한다.[5]

필자는 홍수전의 종교 체험과 한국의 동학 교조 최제우, 그리고 일본 천리교 교조 나카야마 미키(中山みき)의 종교체험을 서로 비교한 적이 있는데, 그들이 종교적인 체험을 한 장소와 체험의 내용은 서로 미묘하게 관련되어 있다는 사실을 알게 되었다.[6]

---

4) 데오도르 햄버그, 앞의 책, 36쪽.

5) 위의 책, 36쪽.

6) 林泰弘, 『東アジア新宗教に見られる神秘体験とその思想』(동경대학교 인문사회계연구과 박사학위 논문, 2003).

입구 앞 광장이 21번 버스 종점이다. 이 건물은 복원된 것으로 홍수전이 살던 때의 건물은 아니다. 왼편은 매표소이며 가운데 높은 건물이 입구건물이다.

〈사진 2〉 홍수전의 고향 마을 관록포의 입구

홍수전의 종교체험 가운데에는 이러한 내용이 있다.

가마에서 내리니 한 사람의 노파가 한 옆으로 데리고 가더니, '어쩌면 이렇게 더러운 사람일까. 왜 저런 사람들과 친교를 맺어 자기 자신을 더럽히는가. 어서 깨끗이 씻으시오.'라고 말했다. 씻기가 끝나자, 홍수전은 덕망이 높고 기품이 있는 많은 사람들과 일행이 되어 커다란 건물 안으로 들어갔다.[7]

이 문장은 홍수전이 과거 시험에 낙방하여 충격을 받고 비몽사몽 간에 고향으로 돌아간 직후의 상황이 반영된 것이다.[8]

---

7) 데오도르 햄버그, 앞의 책, 37쪽.

연못은 깨끗하였는데, 밑으로 내려갈 수 있는 계단(사진의 앞부분)이 있었다. 사진 오른편에 복원된 홍수전의 생가와 마을이 있다. 멀리 보이는 산은 해발 약 300미터 되는 산이다.

〈사진 3〉 관록포 마을의 연못

가마 속에서 정신을 잃고 실려 간 홍수전을 맞이한 노파는 연로한 어머니였다. 어머니가 스스로 나서서 홍수전의 더러워진 몸을 씻어준 것이다.9) 몸을 씻은 그는 많은 사람들에 둘러싸여 마을의 중앙에 있는 커다란 건물로 안내되었다.

한국어 번역본에는 그 내용이 잘 드러나지 않지만, 영어판 원본을 보면 노파가 홍수전을 데리고 간 대목이 'old woman took him down to a river(노파가 그를 강으로 데리고 내려가)'라고 되어 있고 또 'I

---

8) 林泰弘, 「洪秀全の思想の構造的理解」, 『中國哲學研究』 16, 2001, 106~107쪽 참고.

9) 태평천국이 발간한 『태평천일(太平天日)』의 기록에 따르면 '어머니'로 되어 있다(앞의 글, 98쪽 참조).

must now wash thee clean(내가 너를 깨끗이 씻어주겠다)’라고 되어 있다.[10] 그래서 관록포를 방문하였을 때, 그 ‘강 같은 연못’의 모습이 궁금하여 유심히 살펴보았다.

햄버그는 이런 말도 하였다. “마을의 오물과 폐물이 전부 비에 흘러내려 비료용의 풍부한 수원지를 형성하고 있다. 그러나 여기에서 나는 냄새는 중국의 농업경제에 익숙지 않은 사람에게는 견딜 수 없는 노릇이다.”[11] 연못에서 지독한 냄새가 난다는 말이었다.

화살방향은 위의 연못사진에서 보고 있는 방향. 화살표 시작하는 곳이 관록포의 입구이다.
출처: 구글 위성사진. http://maps.google.co.kr/, 2009.8.1.

〈사진 4〉 홍수전 생가 관록포의 구글 위성사진

가까이 다가가서 본 관록포의 연못塘[12]은 매우 크고 넓었다. 물도 깨끗한 편이었다. 냄새는 전혀 나지 않았다. 주변에 사람들이 살지 않고 기념관으로 만들어 놓았으니, 마을의 오물이나 폐물이 흘러들어올 여지도 없을 것 같았다.

연못을 살펴보니, 한쪽에는 사진에 보이는 것처럼 계단이 있어서 밑으로 내려갈 수 있게 되어 있었다. 홍수전이 어머니에게 끌려서

---

10) Hamberg, Theodore, *The Visions of Hong Siu Tsheun and Origin of the Kwang si Insurrection*(Hong Kong: The China Mail Press, 1854), p.10.

11) 데오도르 햄버그, 앞의 책, 28쪽.

12) 중국에서는, 관록포에 있는 이러한 연못을 ‘水塘’ 혹은 ‘塘池’, ‘池塘’ 등으로 표현하는데, 저수지 기능을 겸해서 물고기나 오리를 키우고, 필요 시에는 주변의 농지에 필요한 물이나 거름을 제공하기도 한다. 우리나라 말로는 ‘저수지’ 또는 ‘연못’으로 번역할 수 있는데, 여기서는 ‘연못’으로 번역한다.

'강으로 내려갔다'고 한 것은 아마도 이러한 계단을 밟고 연못의 아래로 내려간 상황이 반영되었을 것이다. 계단 아래쪽이 물에 잠겨 있는 것을 보면, 물이 줄어들 경우, 연못의 수면은 상당히 더 아래로 내려갈 것 같았다.

앞서 본 사진의 연못은 관록포 전체에서 보면 오른쪽 사진과 같다. 화살표 방향이 현재 연못을 보고 있는 방향이다.

화살표 시작하는 부분이 관록포 입구이며 왼쪽은 마을 학교의 건물, 오른 쪽은 민가 건물이다. 홍수전이 직접 심었다고 전해지는 중앙의 큰 나무 부근에 홍수전의 생가와 홍씨 사당 건물이 있었다.

다시 맨 처음에 필자가 인용했던 문장으로 되돌아가 보면, 그 문장을 이야기 하는 주체는 관록포에 위치하고 있다는 것을 알 수 있다. 모든 이야기는 관록포에서 바라보고 하는 것이다. 관록포는 광저우시에서 약 10마일 떨어져 있고 맑은 날에는 광저우시의 백운산도 관록포에서 보인다는 것이다. 그동안 홍수전이 살았던 곳을 가보지 못했던 필자는 그 문장을 읽을 때마다 항상, 광저우시 쪽에서 이해하고자 했다. 그래서 광저우시 바로 옆에 있는 백운산이 잘 보인다는 의미를 알지 못했다. 그러나 관록포에 직접 가서 보니 그 의미를 절실하게 느낄 수 있었다. 홍수전은 그렇게 아주 먼 변두리에 위치해 있으면서, 백운산 바로 밑에 있는 도회지 광저우에서 펼쳐질 새로운 미래를 꿈꾸고 있었던 것이다. 그러한 꿈이 좌절되고 충격에 휩싸여 돌아와 다시 새로운 꿈을 꾸기 시작한 곳이 바로 이곳 관록포였다.

2. 복원된 생가 마을의 구조적 문제

태평천국이 남경에 세워진 뒤인 1854년에, 청나라 조정에서는 이곳 관록포에 군대를 파견하여 홍수전의 가족, 친척을 체포하고 건물들을 파괴하였다. 태평천국을 멸망시킨 1864년에도 다시 이곳에 사람들을 보내서 관련자들을 색출하고 마을을 파괴하였다.13)

이 때문에 당시의 건물들은 하나도 남아 있지 않고 현재 홍수전 생가 기념건물들은 모두 그 이후에 복원된 건물들이다. 생가 건물은 1959년에 중화인민공화국 설립 10주년 기념사업으로 복원하고 1961년부터 민간에 개방되었다.

<사진 5>의 관록포 안내도를 살펴보면 ①번 장소가 사진을 찍은 장소로, 그 뒤의 ②번 장소는 홍수전이 7살 때부터 다니면서 사서오경, 효경, 고문 등을 배우고 과거 준비를 하였던 마을의 학교書房閣 건물이다.14) 나중에 홍수전 자신이 직접 마을의 아이들을 여기에서 가르치기도 하였다. ③번의 입구에서 들어서면 바로 왼쪽에 위치해 있었다.

④번 구역에 있는 건물들은 관록포 민가民居라고 소개되어 있는데, '객가 민가 진열陳列', '민속 전람관', '태평천국 문서 정선精選', 혹은 '진열실', '숙소' 등등의 이름이 부여된, 모두 크기가 일정한 건물들로 4동의 건물이 다섯 줄 정도로 나열해 있었다. 그러나 이들 일부만 관록포 지역 내에 있으며 나머지 건물들은 외부 주민들이 사는지, 철문으로 구분되어 있었다. 건물들은 아주 컸는데, 3칸 2랑三間兩廊 식의 건물이라고 한다.

---

13) 广州市花都區人民政府 사이트, http://www.huadu.gov.cn/Smpd/default.html, 2009.07.14 참조..
14) 데오도르 햄버그, 앞의 책, 29쪽.

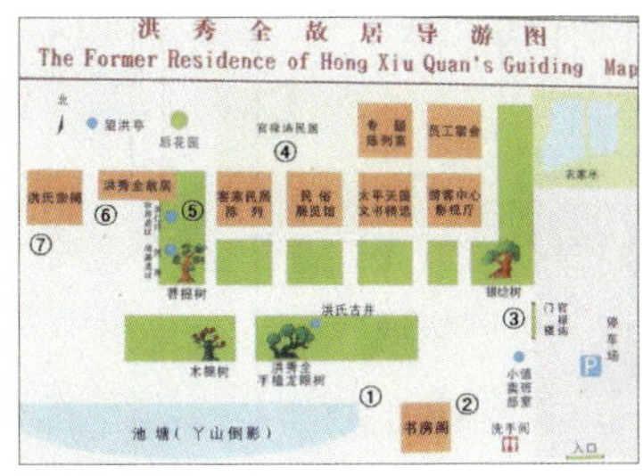

모두 복원된 건물로 홍수전이 살던 시기의 건물은 남아 있는 것이 없다.
출처: 필자 촬영, 2008.10.16.

〈사진 5〉 관록포의 안내도

1959년에 복원된 건물로, 모두 6개의 입구와 방으로 이루어져 있다.

〈사진 6〉 홍수전의 생가

태평천국 문서전시실로 사용되는 건물로, 두 채의 건물이 이어져 있다.

〈사진 7〉 3칸 2랑식의 관록포 민가

멀리 보이는 철문 안쪽만 홍수전 생가 기념관 영역이며, 바깥쪽은 사유지이다.

〈사진 8〉 관록포 민가 모습

이들 건물은 홍수전의 생가 건물(⑥)보다는 나중에 복원된 것으로, 파괴된 옛 건물들의 흔적을 찾아 그 위에 세운 것이라고 한다.

⑤번은 홍인간의 생가 집터로, 홍수전의 생가는 바로 그 옆(⑥번)에 있었다. 위치상으로는 홍인간의 생가 뒤에 홍수전의 생가가 있었다. 홍수전의 생가는 앞에 소개한 관록포의 민가와 전혀 다른 형태의 구조를 하고 있었다. 관록포 민가 건물은 한 채에 3칸의 공간(거실과

방)이 있으며, 중간에는 하늘이 보이는 천장, 그리고 두 개의 긴 복도가 있는 데 반하여, 홍수전의 생가는 매우 초라한 건물이었다.

홍수전의 생가라고 복원된 건물은 1959년에 고고학적인 발굴을 바탕으로 원래 남아 있던 담장의 흔적 위에 세웠다고 한다.[15] 진흙벽돌과 기와 및 목재를 사용하여 지었는데, 그 형태는 1칸의 거실과 5칸의 방을 연달아서 붙여나간 것으로 매우 초라하다.

객가인들은 이러한 집을 '오룡과척五龍過脊'이라고 부르는데, 용 다섯 마리가 등허리를 지나간다라는 뜻이다. 남향으로 위치해 있으며, 동서 길이가 16.5m, 남북 깊이가 5.5m로, 각 방은 약 13㎡이다. 맨 왼쪽(서쪽)의 방은 홍수전 부부가 살았던 방이며, 두 번째 방은 대청으로 사용한 곳으로, 정면에 홍수전의 고조할아버지 홍영륜洪英綸 부부의 초상화가 걸려 있었다. 그 나머지 방들은 홍수전의 부모가 살았던 방, 그리고 형제들이 살았던 방과 주방으로 꾸며져 있었다.[16]

이러한 홍수전의 생가는 같이 복원되어 있는 민가 건물들과는 건물의 규모가 너무도 차이가 나기 때문에, 관람객들은 홍수전이 정말 어렵고 가난하게 생활한 사람이었다는 사실을 체험하게 될 것 같다. 그러나 이러한 모습의 건물은 아무래도 전체적으로 어울리지 않고 이상하다.

홍수전의 생가 옆 건물(안내판의 ⑦번)은 '홍씨종사洪氏宗祠'라는 글씨가 걸려 있는데 홍씨 집안의 사당이다. 원칙상 이러한 사당은 마을의 한 중앙에 있어야 하지만, ⑦번 장소는 마을의 중앙이 아니었다. 그 옆에 다시 담장이 있고 또 다른 사당인 '능씨凌氏 사당'이 있었다.

---

15) 앞의 广州市花都區人民政府 사이트 참조.

16) 廣州市民政局 廣州英烈網, .http://www.gzhero.org/show.php?contentid=525, 2009.07.14.

즉, 연못의 반쯤은 관록포 바깥에 위치하여 다른 개인의 땅으로 되어 있었다. 홍씨 사당은 1911년에 홍씨 집안 사람들이 복원한 것이라고 한다.[17]

홍씨 사당 왼쪽 담 너머에 능씨 사당이 있다. 홍씨 사당 오른쪽 건물은 홍수전의 생가 건물

〈사진 9〉 홍씨 사당의 모습

필자는 이렇게 관록포와 그 안에 있는 홍수전의 생가를 이곳저곳 둘러보았는데 여러 가지로 혼란스러웠다. 전체적으로 무질서하고 건물들이 서로가 유기적으로 연결되지 못하고 분산되어 있다는 느낌이 강하게 들었다. 그러한 건물들의 구조와 관련하여 몇 가지 의문점을 제시하면 다음과 같다.

첫째, 홍수전의 아버지는 마을에서 장로로서 존경을 받고 홍씨 가문의 전답 관리를 일족으로부터 위탁받고 있었다. 그는 마을의 촌장으로서 주민사이의 분쟁이나 다른 마을과의 분쟁에 교섭도 책임지고 있었다.[18] 그런데 왜 그와 그의 아들이 살았던 건물은 마을의 다른 가옥, 즉 관록포의 민가들과 비교가 되지 않을 정도로 초라한 것일까?

둘째, 관록포는 전 인구가 약 400명이었는데, 인구 대부분이 홍씨 일족에 속해 있었다.[19] 그런데 왜 홍씨 사당 옆에 능씨 사당이 거의

---

17) 앞의 广州市花都區人民政府 사이트 참조.

18) 데오도르 햄버그, 앞의 책, 26쪽.

19) 햄버그, 앞의 책, 28쪽. 햄버그의 기록은 대부분이 홍씨 가족에 속한다고 하였다("The whole population of Hung's native village only amounts to about four hundred people, the most part of whom belong to the Hung family." Hamberg, 앞의 책, p.4). 그러나 김성찬이 현지인에게 들은 바에 따르면 홍씨와 능씨凌氏가 가장 많이 살았다고 하며(김성찬, 「태평천국 배상제 집단의 성격에 대한 사회사적 이해에의 일 전망」, 『동양사학연구』 45, 1993.10, 180쪽), 고지마 신지는 홍씨가 가장 많았고, 능씨가 그 다음이었으며 무巫씨, 종鍾씨 등도 있었다고 한다(고지마 신지, 앞의 책, 33쪽). 간우문은 역대로 관록포에는 가장 많은 홍씨 외에 무씨, 능씨, 종씨 등 4성씨가 살았다고 하며, 이들은 모두 홍씨 조상들과 함께 가응주에서 이사 온 사람들이었다고 한다(簡又文, 『太平天國全史』(香港, 簡氏猛進書屋,

같은 규모로 서 있을까? 관록포 인구 400여 명 가운데에는 능씨, 무巫씨, 종鍾씨도 있었는데, 모두가 객가인이었다고 한다.20) 그러나 압도적으로 많은 홍씨들과 대등하게 능씨들만의 독자적인 사당을 가질 수 있었을까? 아니면 그럴 필요가 있었을까?

셋째, 햄버그는 관록포 마을 전면, 즉 연못 앞에 6채의 가옥이 있었다고 했는데21) 그 6채의 가옥은 어떤 건물일까? 홍수전의 생가가 그것일까? 현재 연못의 중심부에는 홍수전의 생가가 위치하고 있으니, 그것이라고 짐작할 수밖에 없으나, 현재 복원된 생가는 단지 6개의 공간을 가진 한 채의 건물일 뿐이다.

넷째, 햄버그는 홍수전의 양친이 사용하던 허술한 집은 마을의 뒤쪽 3번째 열의 서쪽에 있다고 했는데,22) 홍수전 생가의 좌측에서 세 번째 방이 그런 집이라고 할 수 있을까?

이러한 여러 가지 의문이 생겼다. 구글(Google) 항공사진을 통해서 관록포의 무질서한 건물들의 배치를 상공에서 확인해보면 다음과 같다.

1962), 9쪽]. 한편 1924년에 출간된 지방지를 살펴보면 관록포 인구는 100여 명으로 능씨, 홍씨, 무씨, 종씨 외에도 풍(馮)씨, 장(張)씨 등이 살았다[孔昭虔 외 편, 『民國花縣志』(中國地方志集成, 上海書店出版社, 2003), 16쪽]. 필자 판단으로 김성찬, 고지마 신지, 간우문의 지적 및 화현지의 기록은 모두 관록포가 청군에 의해서 파괴된 후의 상황을 반영한 것으로 보인다. 홍씨 일족이 도망가거나 붙잡혀 살해당한 뒤에 폐허가 된 관록포에 여러 성씨들이 다시 모여들어 살게 된 상황이 반영된 것이다. 햄버그의 기록대로 홍수전 당시에는 홍씨 가족이 압도적으로 많았을 것이다.

20) 고지마 신지, 앞의 책, 33쪽.

21) 데오도르 햄버그, 앞의 책, 28쪽.

22) 데오도르 햄버그, 앞의 책, 28쪽.

구글(Google) 위성사진(2009.7.14)을 통해서 본 관록포 마을의 구조
출처: 구글 위성사진, http://maps.google.co.kr/, 2009.8.1.

〈사진 10〉 관록포 마을의 위성사진

관록포 민가건물들 맨 앞을 지나가는 '가' 선은 비교적 합리적이다. 연못과 평행을 달리고 있기 때문이다. 반달형의 연못을 앞에 둔 전통 건물들, 즉 객가인들의 반월형 토루는 대개 평행을 이룬다. 그러나 '다' 선은 어울리지 않는다. 이 선상에 능씨 사당과 홍씨 사당(중앙의 큰 집 두 채)이 있고, 홍씨 사당 옆에 홍수전의 생가 건물이 있다. 이들 건물의 배치가 이상하다. 그리고 사당 건물들이 연못과 마을의 중앙에 있지 않고 옆으로 비켜 서 있어 균형이 맞지 않는다.

또 '나' 선을 보면, 관록포의 민가들이 연못과 어울려 마을의 중심으로 들어와야 할 터인데, 반쯤 바깥으로 나가 있다. 즉, 중심선이 너무 엉뚱하다. 그리고 이들 민가와 홍씨 사당, 홍수전의 생가는 서로가 전혀 어울려 있지 않고 각기 다른 마을처럼 분산되어 있다.

관록포 전체의 모습이 너무 혼란스러운 참에, 관록포 전시실 안에 전시된 관록포의 모형을 발견하였다. 11번 사진이 그 모형인데, 자세히 보면 몇 가지 흥미로운 사실이 발견된다. 홍씨 사당과 능씨 사당이 나란히 마을의 중심을 차지하고 있다. 홍수전 생가는 홍씨

홍수전 생가 기념관에 진열된 관록포 마을 모형

<사진 11> 관록포 마을 모형

사당의 오른 쪽 셋째 열(↓표시 되어 있는 열)로 이동, 배치되어있다. 관록포의 민가들은 아주 조그맣게 축소되고 숫자도 줄여 놓았다. 홍수전의 생가보다 작다. 그리고 이상스럽게 홍씨 사당 쪽 집들보다 능씨 사당 쪽 집들이 더 많다. 많이 양보하여 능씨 사당 쪽과 홍씨 사당 쪽이 마을을 서로 반분하였다고 보더라도, 그런 상황은 햄버그가 전한 내용과 다르다. 물론 이렇게 배치하였지만 대다수의 주민들이 홍씨였다고 할 수도 있다. 그러나 사당의 위상으로 보면 양자가 비슷하기 때문에, 그런 설명은 설득력이 없다.

어쨌든 이러한 모형에서도 복원된 홍수전 생가나 관록포는 무언가 명쾌하지 않은 점이 남는다. 앞에 제시한 의문이 모두 풀리지는 않는다는 것이다. 예를 들어, 네 번째로 제기한 의문, 홍수전 양친의 집이 셋째 열에 있는 것은 해결되었으나, '서쪽'에 있다고 했는데, ↓표시된 가옥이 서쪽인가? 모형상으로는 서쪽이 아니라 동쪽에 위치해있지 않은가?

관록포에 대한 문헌상의 자료는 햄버그의 기록 외에는 거의 없다.

간우문簡又文 저, 『태평천국전사太平天國全史』에 실린 관록포 마을 사진. 언제 찍은 것인지 불분명하며, 찍은 장소나 방향도 분명치 않다.

〈사진 12〉 관록포 마을 사진

연구자들도 관심은 있으나, 명쾌한 설명은 못하고 있다. 예를 들면, 태평천국 연구자 간우문簡又文은 자신의 저서『태평천국전사太平天國全史』에 홍수전의 고향을 일본인이 찍은 사진이라고 하여, 다음과 같은 사진을 올려놓았다.

간우문은 별다른 설명을 하지 않고, 이 사진은 관록포 외경外景이며 모리 세이타로森淸太郎가 찍어서 기증한 것이라고만 표시하였다. 이 사진이 마을 앞 연못 건너편에서 찍은 것인지 아니면 마을 옆에서 찍은 것인지도 분명하지 않다. 사진을 찍은 각도에 따른 것일지도 모르나, 건물들이 규칙이 없고 난잡하게 지어졌다는 인상을 주는 사진이다. 전체적인 구조도 알 수 없다.

관록포는 태평천국이 멸망한 뒤에, 청나라 군사에 의해서 완전히 파괴되고 한동안 건물을 짓지 못하였다.23) 이후 신해혁명으로 청나라가 멸망한 1911년에 홍씨 집안에서 사당을 복원하고 1959년에 현재의 관록포의 복원이 이루어졌다. 그러니 이 건물들은 그 1959년 이

---

23) 簡又文, 앞의 책, 9쪽.

전의 건물임에는 틀림이 없다. 그러나 분명한 것은 홍수전이 살았던 원래 건물들은 아니며, 그 건물들을 복원하여 건축된 건물들도 아니라는 사실이다. 아마도 주변 사람들이 빈 대지에 적당히 건물을 짓고 살기 시작하면서 형성된 마을의 모습일 것이다. 앞의 주석(19번)에서 소개하였듯이, 1924년에 발간된 지방지에는 이곳에 약 100명의 주민이 살고 있었는데 그 성씨는 능씨, 홍씨, 무씨, 종씨, 풍씨, 장씨 등이 살고 있었다고 한다. 당시 지방지를 보면 관록포처럼 넓지 않은 곳은 보통 한두 성씨가 집성촌을 이루고 산다. 관록포가 원래의 모습을 복원하기 힘들 정도로 되어버린 것은 이렇게 잡다한 성씨들이 무질서하게 어울려 살면서, 그나마 남아 있던 기존의 집터들을 훼손해버렸기 때문일 것이다.

일본인 학자 고지마 신지도 1986년에 관록포를 방문하여 자신이 본 마을의 모습을 소개하고 햄버그의 기록을 대비하여 제시한 적이 있다. 그는 관록포가 청나라 때 대부분 파괴되었으며, 현재 재건된 모습은 그때와 다소 다르다는 지적을 하였으나, 상세한 논의는 하지 않았다. 단지 생가의 위치가 햄버그의 기록과 다르다고만 하였다.24) 박기수·김종성·권택규도 2008년 11월 22일에 관록포를 방문하고 기록을 남겼는데, 복원된 관록포 마을이 "1850년대 사정을 그대로 반영하기보다는 '태평천국농민전쟁', '태평천국혁명'의 교육적 효과를 위해 인민공화국 이후에 지은 것이니 얼마나 사실에 부합할지는 모르겠다."25)고 회의적인 언급을 한 바 있다.26)

---

24) 고지마 신지, 앞의 책, 30쪽.

25) 박기수·김종성·권택규, 「양방중 탄신 100주년 중국사회경제사 국제학술토론회 및 광동성 역사유적 답사에 관한 보고」, 『명청사연구』 31, 2009, 276쪽.

26) 이외에, 김성찬도 화현의 관록포를 방문하고 기록을 남겼다. 관록포의 전체구조에 대해서 간단히

필자는 홍수전의 신비체험을 분석하면서 홍수전이 살았던 마을의 구조에 대해서 연구하고 발표한 적이 있다. 필자의 학위논문[27]과 그 전에 일본어로 발표한 논문[28]에서 홍수전의 세계관을 고찰하면서도 그것에 대해서 분석하고, 언급하였다. 여기에서는 그때 발표한 자료와, 최근에 구글 위성사진을 통해서 얻은 자료, 그리고 객가인들의 전통주택 토루에 대한 자료를 새로 모아 관록포의 구조에 대한 필자 나름의 생각을 이곳에 정리해보고자 한다.

3. 햄버그 기록에 나타난 관록포의 모습

홍수전이 살았던 집과 마을에 대해서는 결국 문헌기록을 통해서밖에는 알 수 없는데, 문헌기록은 현재까지 거의 유일하게 서양 선교사 햄버그의 기록에만 남아 있다.[29] 햄버그의 기록이란, 홍콩에서 선교활동을 하고 있던 햄버그가, 청나라 군대의 추격을 피해 홍콩까지 도망 나온 홍수전의 10촌 동생 홍인간의 이야기를 듣고 정리한 것으로, 1854년에 홍콩에서 발간된 『홍수전의 환상』을 말한다.

이 기록에는 홍수전의 마을에 대해서 상당히 자세히 설명이 되어 있는데, 설명 내용이 크게 두 부분으로 나누어진다. 편의상 A부분, B

소개하고 더 이상 특별한 언급은 하지 않았다. 다만 어우양꿔歐陽國 씨의 이야기에 근거하여, 관록포 주변에 계투가 가끔 발생했으며 계투 상대는 적미촌赤米村의 필씨畢氏였다고 한다(김성찬, 앞의 글, 180쪽).

27) 임태홍, 앞의 학위논문 참조.

28) 임태홍, 「洪秀全の思想の構造的理解」, 『中國哲學硏究』 16, 2001.

29) 이 문제는 단언할 수는 없다. 새로운 자료가 나올 가능성도 있기 때문이다. 필자가 지금까지 본 범위 내에서 없다는 것이다. 홍수전과 관련된 고증 문제에 해박한 간우문도 홍수전의 고향마을에 대한 소개는 햄버그의 기록을 이용하였다(簡又文, 『太平天國全史』, 9쪽). 홍수전의 생가나 관록포에 관련된 연구는, 중국이나 우리나라, 그리고 일본에서 지금까지 행해진 적이 없는 것 같다.

부분으로 나누어 햄버그의 글을 소개한다.30)

<blockquote>

<A부분>

"가옥들의 전면은 남쪽을 향하여 빛을 받고 여름에는 신선하고 조용한 남서풍을 들이고 겨울에는 추운 북풍을 피하도록 되어 있다. <u>전면의 문을 열고 안으로 들어가면 거기에는 약 10 또는 12피트의 마당이 있다. 그 양쪽에는 부엌과 욕실이 있고 문 맞은편의 정면은 큰 방이고 가족의 것으로 되어 있다. 그 방의 앞은 완전히 틔어 있어서 통풍과 채광이 잘되고 있다. 양쪽에는 가족 개인의 방이 있고, 그들은 가족의 화목을 위해서 공동의 한 방을 갖고 있다.</u>31) 가옥은 1층뿐이다. 지면은 물에 적신 모래와 석회로 굳혀서 그 표면은 요철凹凸 없이 평평하다. 벽도 똑같은 재료로 만들어지지만 다량의 점토를 여기에 섞는다. 집의 중심은 간단히 서까래와 왁새풀로 만들고 그 위에 기와가 두껍게 깔려진다. 즉, 처음 기와의 갓을 위로 향하여 순서 있게 늘어놓고 다음에는 그 위에, 제2열로 하여 갓을 아래로 향한 기와를 늘어놓는다. 그렇게 해서 빗물은 아래의 집안에 새어들지 않도록 하는 것이다."

</blockquote>

여기서 '10피트 또는 12피트의 마당'이란, 대략 3~4㎡에 해당하는 넓이다. 보폭으로 사방 약 5~6발자국 정도의 너비로 가옥 안의 작은 공간, 즉 '천계天階'에 해당된다. 중국의 어떤 가옥을 보면 대문을 막 열고 들어가면 하늘이 보이는 천장 바로 밑에 조그마한 정원과 같은 공간이 있는데 그런 공간에 해당한다고 할 수 있다. 관록포에 진열되어 있는 객가인 민가 건물(3칸 2랑의 건물)을 들어가 보면 천장이 뚫

---

30) A부분은 데오도르 햄버그, 앞의 책, 28쪽, B부분은 같은 자료 28~29쪽에서 인용한다. 중간에 중요한 부분(밑줄 친 곳)은 각주에 원문을 소개하기로 한다.

31) "Upon entering through the front door, there is an open space about ten or twelve feet square, on the sides of which are the cooking and bathing rooms, and right opposite the door is the large room or hall of the house, which is quite open in front, to admit the light and air. On both sides are private apartments of the several branches of the family, who possess one common room for assembling in. The houses consist of only one story"(Hamberg, 앞의 책, p.4)

린 조그마한 마당이 있는데 바로 그러한 공간이다.

복원된 홍수전 생가를 살펴보면 부분적이지만 햄버그의 설명을 잘 구현해 놓은 것 같았다. 벽이나 바닥, 또는 천장의 구조를 보면 그런 느낌이 들었다. 햄버그는, '방 앞은 완전히 틔어 있어서 통풍과 채광이 잘된다'고 하였는데, 복원된 생가 건물의 방문을 열면 아무것도 막아서는 것이 없도록 단순하게 지었고, 천장에 큰 구멍 두 개를 뚫어놓음으로써 채광의 문제를 해결하고 있는 것도 눈에 띄었다(<사진 14> 참조). 가족의 화목을 위해서 공동의 한 방을 가지고 있다

홍수전의 침실과 그가 사용했던 책상, 걸상이 배치되어 있다.

<사진 13> 복원된 홍수전 생가의 방

건물 위쪽에 구멍을 뚫어 채광이 잘되도록 하였다.

<사진 14> 복원된 홍수전 생가의 천장

고 했는데, 두 번째 방을 고조할아버지 부부의 영정을 모시고 대청으로 삼는 것도 그러한 지적에 따른 것이 아닌가 생각이 들었다. 그러나 복원된 구조가 햄버그의 설명에 모두 맞지는 않았다. 곳곳에 어울리지 않는 부분이 너무 많았다.

<B부분>
"홍수전의 고향마을의 전 인구는 약 400명에 불과하고 더구나 인구의 대부분은 홍씨 일족에 속해 있었다. 마을의 전면에는 약 여섯 채의 집밖에는 없었다. 그러나 그 뒤에 2열로 집이 나란히 있고 여기에 닿는 조그만 길이 붙어 있다. 셋째열의 서쪽에 홍수전 양친의

황폐한 집이 있다. 이 쪽 집 앞에, 즉 마을의 앞에는 크지만 더러운 웅덩이가 있다. 여기에는 마을의 오물과 폐물이 전부 비에 흘러내려 비료용의 풍부한 수원지를 형성하고 있다. 그러나 여기에서 나는 냄새는 중국의 농업경제에 익숙지 않은 사람에게는 견딜 수 없는 노릇이다. 부락의 왼편 이 물웅덩이 옆에 학교가 서 있다.32) 이곳에서는 전국 도처에서 모인 모든 학생이 현재의 낮은 지위에서 장차에는 제국 최고의 권력자로 되려는 꿈을 품고 배우며 같은 중국의 고전을 누구든지 배울 수가 있었던 것이다.”

이상으로 햄버그 기록을 살펴보았는데 인용한 A, B 두 부분은 그 구분이 애매하게 되어 있다. A부분은 홍수전이 살았던 집(house)에 대한 설명이고, B부분은 그가 살았던 마을(village)에 대한 설명으로 이해하기 쉽다. 더구나 햄버그의 영어 원본에 A부분의 홍수전 고향의 ‘집’은 ‘집들(houses)’로 표현이 되어 있어, 마을의 여러 집들을 의미하는 것으로도 이해할 수 있으나, 간우문이 중국어로 번역한『태평천국기의기太平天國起義記』에는 이를 ‘집房屋’이라는 단수로 번역하여, 더욱 그러한 오해를 하기 쉽게 되어 있다.33)

아마도, 관록포를 복원한 사람들도 단순하게 A부분을 홍수전의 집 한 채를 설명한 것으로 이해를 하고 A부분을 어떻게 해서든지 건물 형태로 형상화하려고 노력한 것 같다. 그 결과가 현재 복원된 홍수전의 생가가 아닐까 생각된다. 그러나 그러한 판단은 명백히 잘못된 것이다.

---

32) “There are only half-a-dozen houses in the front, but behind are two other rows of houses with narrow lanes leading to them, and in the third row on the west side we find the humble dwelling of Hung's parents. Before the village in front of the houses is a large pool of muddy water, where all the dirt and refuse of the village is carried down by the rain, and which forms a rich supply of water for manuring purposes, though the smell thereof is offensive to persons unaccustomed to Chinese agricultural economy. Upon the left hand from the village, and on the side of this pool, is situated the schoolhouse,”(Hamberg, 앞의 책, p.4)

33) 韓山文, 簡又文譯, 『太平天國起義記』(文海出版社, 1935), 10쪽. 이 책은 햄버그의 『홍수전의 환상』을 간우문이 번역한 것이다. 한산문韓山文은 햄버그의 중국어 이름임.

A부분도, B부분도 홍수전이 살았던 마을(village)에 대한 기록이다. 홍수전의 '집'에 대한 설명은 없다. 햄버그는 A부분에서 가옥을 설명할 때, 항상 복수의 집들을 염두에 두고 설명했다. 예를 들면 이들 집들(houses)은 모두 1층이라든지, 중앙의 큰문을 열고 들어가면 그곳에 부엌과 욕실, 그리고 가족 공동의 거실과 가족 구성원들이 사용하는 개인 방들(private apartments of the several branches of the family)이 있다고 한 것으로부터 이 건물이 홍수전 개인의 집이라기보다는, 많은 가족들이 공동으로 사용하는 '집들'에 대한 설명이라는 느낌이 강하게 든다.

홍인간은 햄버그에게 홍수전의 마을구조에 대해서 열심히 설명을 하였을 것이다. 객가인 홍인간의 머릿속에는 '마을'과 개인의 '집'에 대한 구별이 명확하지 않았다. 그것은 햄버그 자신이 홍씨 가족을 설명하면서 누누이 강조하기도 한 대목이기도 하다. 그 문장을 인용해 보면 다음과 같다.

> 동일한 시조로부터 나온 모든 자손은 자기들끼리 대단히 가까운 관계에 있고, 한 집안에 속해 있다는 생각하에서 상호 보호하고 도와야 할 의무가 있다고 생각하고 있다. 동일한 세대에 있는 사람은 모두 형제자매라고 부르고 전 세대에 속하는 사람은 모두 백숙부, 백숙모라고 부르고 같은 성을 가진 사람끼리는 결혼이 금지되어 있다. 따라서 이 책의 주인공인 홍수전과 그에 관한 정보를 저자에게 전한 홍인간과는 서양 여러 나라들에 있어서 같은 환경에 있는 사람들 사이에서 보다 더 절친한 관계에 있었다는 것으로 생각된다.34)

햄버그는 이렇게까지 각별한 언급을 하였지만, 중국인들의 마을도

---

34) 데오도르 햄버그, 앞의 책, 25쪽.

각각의 집과 마을 사이에 경계가 아주 모호할 수 있다는 사실까지는 생각이 미치지 못했던 것 같다. 그래서 그는 A부분에서는 홍수전의 '집'이라고 생각되는 부분을 묘사하고, B부분에서는 홍수전이 소속했던 마을이라고 생각되는 모습을 묘사한 것이다.35) 그러나 이 두 부분을 따로따로 떼어서 생각하면 홍수전 집의 모습도, 마을의 모습도 알 수 없게 되어버린다. 그래도 억지로라도 그 모습을 상상해 본다면, 현재 우리가 관록포를 방문하여 목격할 수 있는 그러한 광경이 떠오를지 모른다.

햄버그의 기록을 다시 꼼꼼히 읽으면서 A부분과 B부분을 합하여 하나의 그림으로 그려보면 다음과 같다.36)

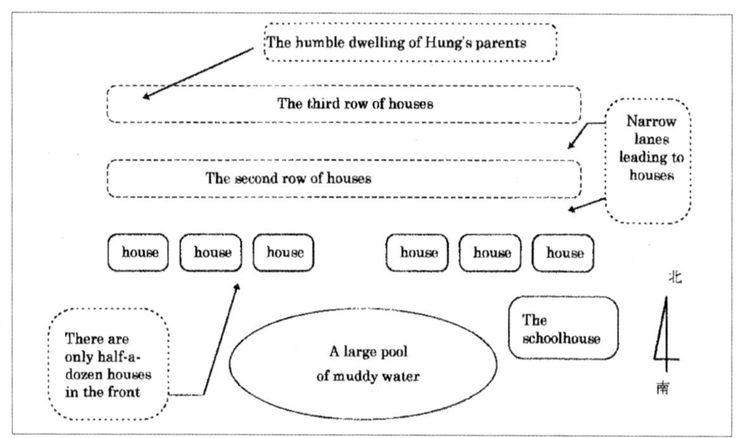

햄버그의 기록(『홍수전의 환상』)을 토대로 재구성한 홍수전의 마을 관록포의 모습. 연못(pool) 앞에 6채의 집들(houses)이 있으며 그 뒤로 두 줄의 집들(two other rows of houses)이 있다.

〈그림 2〉 햄버그가 묘사한 관록포 마을

---

35) 홍수전의 '집'이라고 생각되는 부분을 묘사하면서도 햄버그가 'houses'라는 복수 명사를 사용한 것은 그만큼 햄버그 자신도 혼란스러워했다는 것을 의미한다.

36) 임태홍, 앞의 학위논문, 5~12쪽의 그림 인용.

이러한 마을 모습의 특징은 주택들이 3열로 배치되어 있다는 점이다. 가장 앞의 첫 열은 호수와 마주보고 있다. 간우문도 관록포 마을을 묘사하였을 때 이 점을 중요하게 소개한 적이 있다.37)

4. 객가인 마을 관록포의 '토루' 구조

햄버그가 설명한 관록포 마을 묘사의 A부분과 B부분을 잘 조합하여 마을의 구조를 추정해보면 앞 장에 제시한 그림과 같다. 그러나 이러한 형태로는 아직 관록포의 구조를 완전하게 구현하였다고 할 수 없다.

햄버그는 홍수전의 마을을 설명하면서 다음과 같은 말을 한 적이 있다. "홍수전의 고향마을에 관계되는 내용은 다른 많은 마을에 대해서도 그와 똑같이 적용된다."38)

아마도 이러한 문구를 보고 관록포 마을 복원에 참여하였던 사람들은 앞의 여섯 칸 집(2장의 '홍수전 생가' 사진 참조)을 지어놓고 그 집이, 대청 하나와 방 다섯, 모두 여섯 칸으로 되어 있으며 서로 연이어 있어, 객가인들은 이러한 형태의 건물을 다섯 마리용이 등허리를 지나가는 '오룡과척五龍過脊' 형태의 건물이라고 한다는 설명을 한 것 같다.39)

그러나 '오룡과척' 형태의 건물은 '관록포' 마을에서 찾아낼 수 있는 좀 더 전형적인 건축 스타일에 비하면 매우 지엽적이다.

---

37) 簡又文, 앞의 책, 9쪽.

38) 데오도르 햄버그, 앞의 책, 27쪽.

39) 앞의 廣州市民政局 廣州英烈網 참조.

요새의 모습을 하고 있는, 성곽과 같은 건물들이 토루이다.
출처: 福建永定土樓, 中國評論通訊社 사이트, http://www.chinareviewnews.com, 2009.8.2.

〈사진 15〉 객가 토루 마을의 모습(복건의 永定토루)

수백 명이 살 수 있는 규모의 토루가 군집해 있다.
출처: 南靖土樓, dynasty-travel.com.tw, 2009.8.2.

〈사진 16〉 복건의 객가 토루

홍수전의 마을, 즉 관록포는 객가인 마을이었다. "홍수전의 선조는 가응주嘉應州에서 이곳으로 옮겨 가응주의 방언을 사용했다. 그 자손 및 광동성 남부에 이주해 온 다른 모든 중국인은 이전부터 살고 있던 사람들, 즉 본토인에게는 객가, 즉 이주민으로 불리고 있었다. 중국인은 선조의 유풍을 굳게 지키고 있다."[40] 홍수전의 조상들은 멀리 송나라 시대 때 중원의 난리를 피해서 광동성의 조주潮州지방으로 이동한 객가인이었다.[41] 그들은 나중에 가응주(현재의 매현梅縣 석갱石坑)로 이동하고, 복원수福源水마을을 거쳐 화현의 관록포로 이동하였다.[42]

객가인 주거에서 '오룡과척' 형태의 주거는 단독 건물로 볼 때, 오히려 매우 특수한 형태라고 할 수 있다. 구글 검색을 이용하여 찾아보더라도 '오룡과척'은 130여 건이 검색되는데 이 중 홍수전 고향과 관련된 검색이 90% 이상을 차지한다. 이는 '오룡과척' 식의 건물이 햄버그가 말한 것처럼, 다른 마을에 대해서도 똑같이 적용시키기는 어려운 형태라는 것을 의미한다.

객가 마을은 '토루'라고 하는 전형적인 건축양식이 있다. 이러한 양식은 홍수전의 조상들, 즉 객가인들이 이동한 경로를 타고 전해졌는데, 특히 전투적이며 방어적인 모습을 가지고 있는 것이 특징적이다. 객가인들은 집단의식과 동향의식이 매우 강하다. 이는 그들이 중원을 피하여 남쪽으로 이동하면서 '본지인本地人'이라 불리는 현지인들과 접촉하면서 형성된 것이다. 특히 이미 정착해 있는 '현지인'들 틈새에 끼어들어 그들과 투쟁하고 타협하면서 생존권을 확보하는 과

---

40) 데오도르 햄버그, 27쪽.

41) 데오도르 햄버그, 앞의 책, 23~24쪽.

42) 간우문에 따르면 홍수전은 복원수 마을에서 태어나, 어릴 적에 가족과 함께 관록포로 이사 왔다고 한다(簡又文, 앞의 책, 8쪽).

〈그림 3〉 광동성 매현의 반월형 토루(圍龍屋)

정에서 강렬한 자신들의 아이덴티티를 형성한 것이다. 이들의 주거도 이러한 상황이 반영되어 독특한 모습으로 형상화되었다. 그것이 객가인 마을에 세워진 '토루'인 것이다.

이러한 토루에는 원형土圍樓, 반월형圍龍屋, 사각형四角樓, 팔각형, 보루식 등 다양하다. 그 규모도 10여 명이 사는 작은 것에서 수천 명이 함께 어울려 사는 대형의 주거까지 있으며, 단층으로 된 것에서부터 2층 혹은 3층으로 건축된 토루도 있어 그 모양이 매우 다양하다. 다만 한 가지 공통적인 점은 마치 성곽처럼 견고하고 치밀하게 지어져, 유사시에는 방어 요새가 되어 전투를 벌일 수 있도록 구축되어 있다는 것이다.

이러한 토루 중 가운데 홍수전의 고향 마을과 관련하여 관심을 끄는 것은 〈그림 3〉과 같은 반월형의 토루다.43)43) 앞쪽에는 연못이 있고,

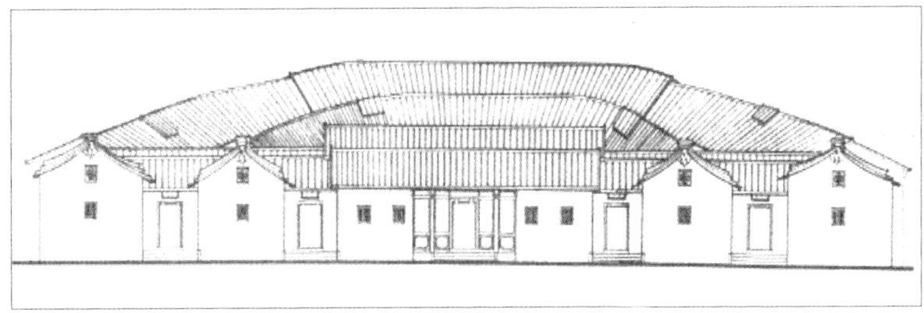

〈그림 4〉 광동성 매현의 반월형 토루 위용옥圍龍屋 덕형당德馨堂의 정면도

그 앞에 6채의 건물이 보이고, 뒤로 두 줄의 원형 건물이 들어서 있다. 그리고 이들 가옥은, 관록포에 대해서 햄버그가 말했던 것처럼 모두 1층 건물이다. 아래 그림은 이러한 토루를 정면에서 본 그림이다.

이러한 형태 외에도 다음의 <사진 17>에서 보듯이 뒤편 원형의 건물이 한 줄로 되어 있는 형태도 있다.44) 앞에는 역시 정형화되어 있듯이 6채의 건물 벽이 보이는데, 맨 중앙은 큰문이 설치되어 있다.

이러한 형태의 토루는 일반적으로 공통적인 특징이 있다. 즉, 맨 중앙을 지나가는 선이 남북으로 자오선과 일치되며, 동서는 균형을 맞추고, 앞의 연못과 뒤의 긴 원형 건물이, 커다란 원, 즉 태극도太極圖을 형성하고 있으며, 뒤쪽이 높고 앞쪽이 낮다. 그리고 건물의 서열과 배치가 분명하고 전체적으로 균형이 잡히고 짜임새가 있다는 것이다.45)

---

43) 魏德文, 『中國民居』(台北南天書局, 1993), 108쪽.

44) 梅州市旅游局 사이트, http://www.mzta.gov.cn/, 2009.7.13. 참조.

45) 위의 梅州市旅游局 사이트 참조.

마을 뒤쪽으로 원형 건물이 한 줄로 둘러쳐져 있다. 위쪽이 북쪽이며, 남쪽인 아래쪽은 연못이다.

〈사진 17〉 광동성 매현의 반월형 토루

이러한 반월형의 토루가 홍수전이 살고 있던 객가 마을 관록포의 가장 가까운 모습으로 보인다. 실지로 홍수전의 조상들이 이동해온 경로를 찾아, 거슬러 올라가보면 이러한 형태의 토루를 적지 않게 만날 수 있다.

우선 홍수전의 조상이 관록포로 이사 오기 직전에 살았던 복원수福源水[46] 지역을 살펴본다. 이 지역은 현재 화도구의 북쪽, 부용장芙蓉帳의 남쪽 지역에 위치해 있는데, 이 부근을 구글 위성지도 서비스를 이용하여 살펴보면 다음과 같은 모습의 주택들이 곳곳에 보인다.

---

46) 복원수(福源水)는 객가어로 여러 발음이 있지만, 보통 '북얌쉬(屋簷水)'라고 한다(簡又文 1962: 8). 이 말은 '처마에서 떨어지는 물방울'이라는 뜻인데, 아마도 부용장(芙蓉帳) 부근에 있는 부용장저수지[芙蓉帳水庫]에서 땅속으로 흘러들어간 물이 평지 곳곳에서 조금씩 솟아나오기 때문에 이런 이름이 붙여진 것 같다. 복원수지역은 항공사진으로 살펴보면, 반월형 연못이 곳곳에 산재해 있고 그 주위로 건물들이 몰려있는 경우가 많다.

<사진 18>은 780번 지방도로 옆에 위치한 마을의 항공사진으로 마을 앞에 반월형의 연못이 있다. 마을의 전면은 7채 정도의 큰 건물이 있고 뒤로 3~4열의 건물들이 줄지어 들어 서 있다. 뒤쪽은 그 형태가 많이 무너지고 있으나 전형적인 반월형의 객가 토루의 모습이다.

다음의 항공사진(<사진 19>)도 그 부근 평야지대의 마을 모습 두 곳을 찍은 것이다. 이곳은 광저우시의 북쪽 변두리에 해당되는 곳이다. 오른쪽의 큰 마을은 커다란 연못 앞에 7채 정도의 큰 건물들이 늘어서 있고, 그 뒤로 길게 건물들이 줄이어 있다. 연못의 아래쪽에는,

홍수전의 조상들이 관록포로 이사 오기 전에 살았던 복원수 지역에는 이와 같은 객가 마을들이 아직도 많이 남아 있다.
출처: 구글 위성사진, 2009.7.14.

<사진 18> 복원수지역의 객가마을

광저우시 북쪽 지역(복원수 지역 부근)에서 많이 발견되는 객가 반월형 마을 모습. 원래의 질서정연한 모습은 사라지고 변화되어 있지만 반월형 토루의 기본이 되는 반월형의 연못이 아직도 남아 있다.
출처: 구글 위성사진, http://maps.google.co.kr/, 2009.7.14.

<사진 19> 객가의 반월형 마을 위성사진

반월형 토루로서는 다소 기형적으로, 일군의 건물들이 밀집해서 붙어 있다. 반면 왼쪽의 작은 연못 위에 있는 마을은 비교적 그 원형을 유지하고 있다. 연못 앞에 4채의 건물이 있고 그 뒤로 두세 줄의 건물들이 들어서 있다. 이렇게 반월형 연못을 바라보고 마을을 이루고 있는 형태의 모습들이 광저우시 북쪽, 부용장의 남쪽 지역에 아직도 적지 않게 남아 있다.

한편 홍수전의 조상들, 즉 고조할아버지 이전의 조상들이 복원수 지역으로 오기 전에 살았던 가응주(매현) 석갱진石坑鎭 쪽으로 가보면 이러한 반월형 객가 주택의 원형原型을 만날 수 있다.

<사진 20>은 석갱진 지역의 마을 사진인데 이곳에 산재해 있는 객가인 전통주택을 더 가까이 다가가 살펴보면 다음과 같다.

홍수전의 조상은 이곳을 거쳐 화현으로 이주하였다. 왼쪽과 오른편 아래에 지역에 객가의 반월형 토루가 다수 산재해 있다.
출처: 구글 위성사진, http://maps.google.co.kr/, 2009.7.14.

〈사진 20〉 광동성 매주시梅州市의 석갱石坑 지역 항공사진

다음의 〈사진 21〉은 위 항공사진의 왼편에 있는 토루를 확대해본 것이고, 〈사진 22〉는 오른쪽에 있는 토루를 확대해본 것이다. 네모 박스 안의 주택은 어느 것이나 규모는 작지만, 반월형 객가 토루의 전형적인 모습을 보여주고 있다. 천장이 뚫려 있는 중앙의 큰 건물을 둥그런 담장이나 주택이 말 발굽모양으로 둘러싸여 있고 앞에는 반월형의 연못이 있다.

이상으로 홍수전의 조상들이 살았던 지역의 반월형 토루를 살펴보았는데, 같은 반월형이라고 하지만, 마을 뒤쪽의 주택이 둥글게 성곽

출처: 구글 위성사진, http://maps.google.co.kr/, 출처: 구글 위성사진, http://maps.google.co.kr/, 2009.7.14.
2009.7.14.

〈사진 21〉 석갱마을의 객가주택 1   〈사진 22〉 석갱마을의 객가주택 2

처럼 둘러싸인 형태가 있는가 하면 개별 주택들이 단지 줄줄이 들어서 있는 형태가 있다. 관록포는 어느 형태에 더 가까웠을까?

필자 판단으로는 석갱진 지역에서 발견되는 둥근 장벽의 원형에 더 가까웠을 것 같다. 광저우시 북쪽 지역에서 발견되는 비원형적인 형태, 즉 주택들이 불규칙하게 밀집되어 있는 형태는, 시간이 흐름에 따라 원형이 해체되어 나타나는 현상으로 판단된다. 가족이 늘어남에 따라 주택 공간이 더 필요하게 되고, 또 상대적으로 주변사람들과 투쟁이나 갈등이 줄어들면서 전투적인 형태가 흐트러지게 된 것이다. 그러나 이러한 형태는 유사시에 방어하기가 곤란한 형태이다. 뒤가 둥글게 모아져야 마을을 하나로 통솔하고 전투가 일어날 때에는 신속한 방어가 가능하기 때문이다.

1840년대부터 60년대 사이에 현지인과 객가인 사이에는 대규모의 무력투쟁이 일어나기도 하였고, 이 두 집단 사이에 무력투쟁인 계투

械鬪가 광동과 광서 등지에 확대되고 있었다는 보고도 있다.[47] 또 광동의 평원지대에 사는 객가인들은 19세기의 맹렬한 계투 풍조 속에서 요새형 집촌集村을 만들어 스스로를 지켰다는 지적도 있다.[48] 김성찬은 화현에 있는 홍수전기념관의 관장을 역임한바 있는 어우양꿔歐陽國 씨의 증언을 토대로, 관록포의 객가 주민들과 주변 본지인本地人들 사이에 계투가 발생하곤 했다고 한다.[49] 그 시기는 정확하지 않으나 관록포가 태평천국이 멸망한 뒤에는 청군에 의해서 파괴되었기 때문에 어우양꿔 씨의 증언은 19세기 전반의 사정을 나타낸 것으로 해석할 수 있다. 객가인들과 현지인들 사이에 벌어진 이러한 계투는 원래 복건지방에서 처음 시작되었는데, 복건지방과 광동지방에서 흔히 발생하였다고 한다. 광동지방에서는 조주부潮州府가 특히 심했다고 하는데,[50] 조주부는 앞서 소개하였듯이 홍수전의 조상들이 거쳐 왔던 지역이다. 뿐만 아니라 광동지역의 객가인들이 광서로 이주하여 현지 토착인과 갈등을 빚어 계투를 일으켰는데 이것이 태평천국 발전의 중요한 계기가 되었다.[51]

이러한 언급들을 통해서 1850년대 당시 홍수전과 그 주변의 객가인 친척들이 상당한 긴장 속에서 살았었음을 추측해볼 수 있다. 그들 주변의 토착민들과 평화롭게 지내는 관계가 아니라 서로 경계하고 유사시에는 전투를 벌여야 하는 상황 속에 처해 있었던 것이다.

햄버그는 그러한 상황에 대해서 이렇게 말한 바 있다. "중국에 있어

---

47) 고지마 신지, 앞의 책, 36쪽.

48) 김성찬, 앞의 글, 162쪽.

49) 김성찬, 위의 글, 180쪽.

50) 박기수, 앞의 글, 72쪽.

51) 박기수, 위의 글, 56쪽.

서는 가족의 안전은 오로지 전가족의 세력과 인원수에 의존하고 있다"[52]고 하고, "주민 사이에 생기는 분쟁은 임명받은 장로나 공인된 장로의 손에 의해서 해결한다는 방법이 가장 많이 사용되었는데, 자주 이러한 분쟁은 마을 간의 싸움에 의해 해결되게 된다. 이러한 무력투쟁이 수개월에 걸쳐 계속된다 하더라도 그 사이 관리 측으로부터는 하등의 간섭도 없다. 현재(1854년 당시) 관리는 지방 주민 사이에서는 그 세력의 대부분을 잃고 있다"[53]고 하였다. 이러한 설명은 당시 관록포에 살다가 홍콩으로 피신한 홍인간의 말에 근거한 것이기 때문에, 관록포 주변의 상황을 잘 설명한 것이라고 보아도 틀림이 없다.

당시 관록포 주변은 화현 현청으로부터도 멀리 떨어져 있는 외진 곳이었기 때문에 마을은 유사시를 대비하여 좀 더 '방어적'인 형태를 유지하고 있었을 것으로 추측된다.

마을 뒤쪽 통로가 사방으로 열려 있는 것이 아니라 중앙으로 집중되도록 되어 있고, 마을은 외부와 경계가 분명하고 견고하게 구축되어 있었을 것이다. 당장 1854년의 상황을 보더라도, 홍수전 등 일부 주민이 광서지역으로 가서 혁명운동을 일으켜 남경으로 진출한 뒤, 그곳에 태평천국을 건설하였을 때, 청나라 군대는 관록포로 밀려와 포위하고 살육과 파괴를 자행한 적이 있다. 이러한 상황은 물론, 극히 예외적인 것이지만 햄버그 기록에 따르면 관록포 사람들은 항상 그러한 종류의 긴장과 갈등을 현실적으로 느끼면서 살고 있었음을 알 수 있다. 그렇기 때문에 관록포는 유사시를 대비하여 좀 더 원형에 가까운 반월형 토루를 구축하고 있었을 가능성이 크다.

---

52) 햄버그, 앞의 책, 25쪽.
53) 햄버그, 위의 책, 26쪽.

관록포가 정형화된 토루의 모습을 가지고 있었을 것이라고 추측되는, 또 한 가지 이유는 앞서 지적하였듯이, 객가인의 토루는 매우 질서가 있고 정형화된 구조를 추구한다. 마을의 중앙을 지나가는 선은 남북으로 자오선과 일치시키며, 동서는 균형을 맞추고, 앞의 연못과 뒤의 긴 원형 건물은 커다란 태극을 형성한다. 뒤쪽과 앞쪽의 높낮이며, 각 건물의 서열과 배치를 분명하게하고 전체적으로 균형을 잡고 짜임새 있게 설계를 하는 것이다. 관록포 앞에 보이는 호수 모양이 비교적 분명한 반월형의 모습을 유지하고 있다는 것은, 관록포를 처음 만들었을 때 마을의 건물도 정형화된 구조를 염두에 두고 설계되고 건축되었을 것이라는 점을 짐작하게 한다. 처음부터 호수만 파놓고 건물은 아무렇게나 자유스럽게 짓지 않는다는 것은 오랫동안 이어져 내려온 객가의 토루 문화 전통에 어울리지 않는다.

이러한 점도 염두에 둔다면 관록포는 처음 지을 때에 반월형 토루로 지어졌을 것이며 그것은 아주 정형화된 형식이었을 것이다. 다만 그러한 질서 정연한 건물들이 언제부터 무질서하게 흐트러지기 시작했는가 하는 것이 문제인데, 적어도 홍수전과 홍인간이 살아 있었을 때에는 원형에 가까운 모습을 유지하고 있었지 않았을까 추정해보는 것이다.

객가인들이 사는 집은 그동안 사진이나 그림에서 보았듯이, 마을 (village)과 개인 집(house, 가옥)의 구분이 애매하다. 어디까지가 개인의 집이고, 어디까지가 마을인지 그 경계가 분명하지 않다. 집 자체가 마을이며, 마을 자체가 집이기도 하다.

그렇기 때문에 햄버그의 기록에 나타난 홍수전의 집과 마을의 기록은 애매할 수밖에 없었던 것이다. 만약 햄버그가 객가인들의 주택에 대해서 잘 알았다면 그렇게 서술하지는 않았을 것이다. 햄버그는 홍인간이 설명하는 객가인의 주택을 나름대로, 즉 서양인의 관념을 적용하여, 홍수전 개인의 집과 마을 전체의 모습을 구분하여 묘사하였다. 그러나 이러한 묘사는 홍수전의 옛 집과 마을에 대해서 그 모습을 정확히 알고 싶어 하는 사람들을 혼란에 빠트린다.

그러면 앞서 햄버그의 기록(『홍수전의 환상』)을 근거로 관록포 마을을 추정했던 <그림 2>('햄버그의 기록을 토대로 재구성한 홍수전의 마을')를 객가의 반월형 토루 구조를 염두에 두고 다시 재구성해 보기로 한다.54)

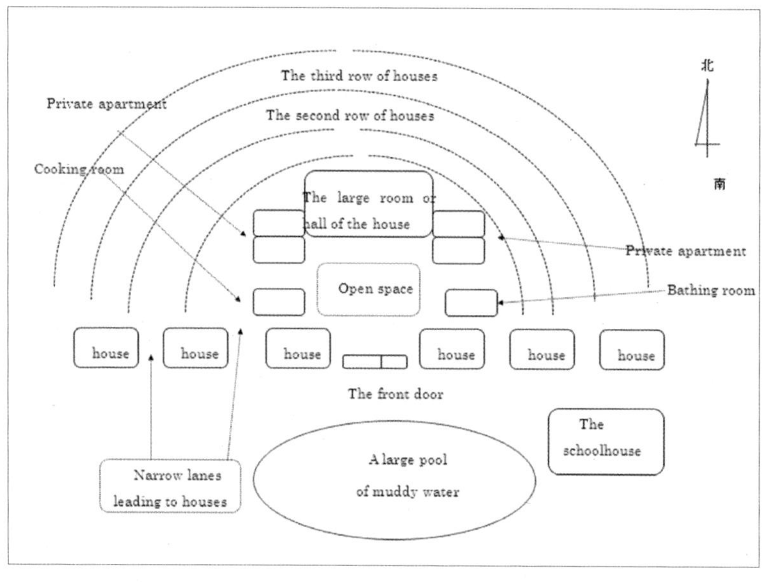

〈그림 5〉 관록포의 구조

54) 임태홍, 앞의 학위논문, 5~16쪽 그림 인용.

그림의 영문 표시는 햄버그가 사용한 용어를 그대로 차용한 것이다.

마을 앞의 커다란 연못('A large pool')이 마을보다 작게 표시되었는데, 사실은 마을의 둥그런 모습과 대응하여 그 크기가 비슷하게 확대되어야 할 것이다. 객가인의 반월형 토루는 마을 앞의 연못과 마을을 각각 반원 형태로 만들어, 전체적으로는 하나의 둥근 원(태극 모양)이 되도록 한다.

연못 부분을 제외하고는 전체적으로 아마도 <그림 5>와 같은 모습이 관록포의 원래 모습에 가장 가까울 것으로 추측된다.

햄버그가 『홍수전의 환상』에서 마을을 설명한 첫 부분(A부분)은 마을의 중앙부분에 대한 설명이었다. 그림에서 보면 둥근 반원으로 둘러싸인 부분이다. 대문('The front door')을 열고 들어가면 작은 마당('Open space')이 나오고 그 양쪽에 주방('Cooking room')과 욕실('Bathing room')이 있다고 하는 곳은 마을 전체가 공동으로 사용하는 장소로 홍수전 개인, 또는 홍수전 가족들만의 장소가 아니었다. 홍수전은 이곳에서 부인과 함께 쓰는 조그만 방('Private apartment')을 확보하고 있었을 가능성도 있다. 아니면 부모가 소유한 가옥의 옆, 즉 세 번째 열의 서쪽(그림의 왼편 쪽)에 가족 방 하나를 사용하고 있었을 수도 있다. 이 점은 분명하지 않다. 햄버그의 기록은 홍수전의 개인 집을 묘사한 것이 아니기 때문이다.

앞서 제시한 3장의 관록포 추정 <그림 2>(햄버그가 묘사한 관록포 마을)는 건물의 제1열과 제2열, 제2열과 제3열이 각각 분리되어 들어가는 입구('Narrow lanes leading to houses')가 각각 따로따로 되어 있었다. 그러나 이 그림을 보면 마을 앞에서부터 좁은 골목길을 통해 뒤쪽 건물들의 어느 부분으로든지 바로 접근이 가능하다. 햄버그의 설명에서는 제2열과 제3열의 건물들이 일직선처럼 되어 있으나, 실제는 아마도 이 그림처럼 둥글게 굽어 있었을 것이다.

뒤편의 집들로 통하는 길에 대해서 햄버그는, 뒤편에는 2열로 집들이 있고 '여기에 이르는 조그만 길(narrow lanes leading to them)'이 있다고 하였는데, 그의 기록에서 마을을 설명하는 자의 위치는 항상 마을의 전면에 있으므로, '여기에 이르는 길'도 마을 전면에서 시작하는 것으로 보는 것이 타당할 듯하다.

아울러 뒤편 두 열의 집들은 독립적인 건물들의 연속이 아니라 모두가 하나로 이어져 있었으며, 가옥과 가옥이 엄밀히 구분이 되지 않은 형태였을 것이다. 결국 결론적으로 말한다면, 홍수전이 살고 있던 때의 관록포 모습은 반월형 토루의 원형에 가까웠을 것으로 추정된다.

이러한 추정에 따른다면, 현재 화도구의 관록포 마을에 복원된 홍수전의 생가와 마을을 보면 홍수전의 생가를 보여주기 위해서, 6칸의 공간(room)을 가진 건물을 짓고 그것을 마을의 중심부에 배치하였는데, 이는 잘못이다. 6칸의 공간이 아니라, 그림처럼 6채의 건물이 마을의 전면에 배치되어야 한다. 또 홍수전의 생가는 햄버그가 특별히 지정하지 않았기 때문에 굳이 따로 만들어서 제시할 필요는 없다. 대신 마을은 객가인의 반월형 토루 위용옥圍龍屋을 지어 관록포 마을로 제시하는 것이 마땅하다. 그리고 현재 한 채만 덩그러니 독자적으로 지어져 있는 홍씨 사당은 마을의 중심부(그림의 'The large room or hall of the house')로 들어와야 할 것이다. 현재 지어진 건물들은 객가인 마을의 분위기가 많이 탈색되어 있으나, 전체적으로 객가인의 주거문화가 좀 더 사실적으로 드러난 건물들이 그 사당 주위를 둘러싸고 있어야 홍수전이 살아있을 당시의 관록포 마을 분위기에 더 가까울 것이다.

Ⅳ

18세기 홍대용과 항주 문사 간의 지식소통

김동욱

한·중 간 중세 지식의 소통은 ① 유학생(또는 유학승)을 통한 것, ② 급제자를 통한 것, ③ 사신의 왕래를 통한 것, ④ 승려 간의 교유를 통한 것, ⑤ 자제군관을 통한 것, ⑥ 역관을 통한 것, ⑦ 표류민을 통한 것, ⑧ 포로를 통한 것 등으로 상정해볼 수 있다. 이 가운데 조선 후기의 지식소통은 주로 ③, ⑤, ⑥, ⑦, ⑧에 의해 이루어졌다고 할 수 있다.

그중에서도 18세기경에는 사신단의 자제군관으로 수행한 이들에 의해 단순한 연행록이 아닌, 중국 쪽 문사들과의 필담을 바탕으로 한 지식소통의 기록이 나타나 주목된다. 이처럼 새로운 형태를 띤 연행록의 효시로 홍대용洪大容의 「건정동필담乾淨衕筆談」, 「항전척독杭傳尺牘」, 「연기燕記」 등의 기록을 들 수 있다.

　조선 후기 북학파의 한 사람이자 우리나라 최초로 지전설을 주장한 것으로 널리 알려진 홍대용(1731년~1783년)은 자를 덕보德保, 호를 홍지弘之 혹은 담헌湛軒이라고 하였다. 본관은 남양이며, 사간원 대사간을 지낸 홍용조洪龍祚의 손자이자 나주목사를 역임한 홍역洪櫟의 아들이다. 그의 당고모부가 되는 미호渼湖 김원행金元行(1702년~1772년)에게 사사하였는데, 김원행은 농암農巖 김창협金昌協의 손자다.

　담헌은 그의 나이 35세가 된 조선조 영조 41년 을유年(서기 1765년) 계부인 참의공叅議公 홍억洪檍이 동지사의 서장관으로 연행할 때에 자제군관으로 수행하여 북경 땅을 밟게 되었다.

> 을유년 겨울에 나는 계부를 따라 연경에 갔다. 압록강을 건너면서부터는 보이는 것이 새로운 것이 없지는 않았지만 내가 크게 원하는 바는 아름다운 수재나 마음 알아주는 사람을 만나서 그와 더불어 실컷 이야기를 해보고 싶은 것이었다.(건정동필담)

　이듬해인 병술년 2월 3일, 담헌은 연경의 건정동에서 항주 출신의 거자擧子로 북경에 와 있던 엄성嚴誠과 반정균潘庭筠을 만나게 되고, 같은 달 23일에는 두 사람으로부터 육비陸飛를 소개받아 의형제의 교분을 맺게 된다.

> 2월 초하룻날 비장 이기성이 망원경을 사려고 유리창에 갔다가 두 사람을 만났는데, 용모가 단정하고 문인의 기질이 있었다. … 그들의 내력을 물었더니 절강의 거자로서 과거 보러 북경에 올라와 정양문 밖 건정동에 숙소를 정하고 있다고 하더라는 것이다. … 매우 예모가 있고 언사나 용모가 고결하여 반드시 남보다 뛰어난 재주와 학문을 가진 것 같으니 기회를 놓치지 말고 만나보라고 한다. 그래서 다음날 같이 가기로 약속했다. 김재행 평중이 이 소식을 듣

고 같이 가기를 원해서 동행했다.

초사흗날 우리 세 사람은 조반을 먹은 뒤 인력거를 타고 정양문을 나가 2리쯤 가서 건정동이라는 곳에 이르니 상점이 있는데 천승점이라는 간판이 붙어 있었다. 여기가 그 두 사람이 묵고 있는 곳이었다. 인력거에서 내려 문밖에 선 채 마부더러 먼저 들어가 알리라고 했다. 두 사람이 중문 밖으로 나와 마중했다.(건정동필담)

이렇게 하여 엄성·반정균과 만난 담헌은 거의 날마다 왕래하며 경의經義·성리性理·시문詩文·서화書畵·역사歷史·풍속風俗·과학科學 등에 관해 흉금을 터놓고 필담을 주고받았다. 그러던 가운데 23일에는 육비를 소개받기에 이르렀다.

23일에 문금이 풀려서 평중과 함께 건정동으로 갔다. 손님이 방에 있어서 주저하며 들어가지 않고 있었더니 난공이 나와서 반갑게 맞으며 들어와도 좋다고 하기에 함께 들어갔다. … 난공이 바쁜 기색으로 말하기를, "어제 향시에서 장원급제한 육비가 서울에 도착했습니다. 제가 우리들이 서로 친교를 맺은 일, 시문을 주고받고 한 일을 일일이 말해주고, 시를 적은 종이를 보여주었더니, 그는 섭섭해 하면서 서울에 늦게 와서 결의에 참여하지 못한 것을 한탄하더군요. 밤이 되자 즉시 등불 아래서 다섯 폭의 그림을 그리고 편지 한 통을 써서 정사·부사·서장관 등 세 대인과 두 분 형님께 드린다고 했습니다. 그는 인품이 고상하고 아취가 있어 세속 사람들과는 다릅니다. 지금 여기 와 있는데 서로 만나는 것이 어떻겠습니까?" 했다. 내가 말하기를, "이 사람이 바로 그 연꽃 시를 쓴 육선생인가?" 하니, 난공이 기뻐하면서 "그렇다."고 한다. … 나와 평중이 일어나서 나가려고 하는데 육비가 벌써 발을 쳐들면서 들어왔다. 사람됨이 몸집이 작달막하고 좀 뚱뚱한 편이었다. 얼굴은 희맑고 풍채는 늠름했다.(건정동필담 속)

이렇게 하여 이 다섯 사람은 지기지우知己之友가 된 것이다. 연경에서 항주의 문사文士인 엄성·반정균·육비 등을 만난 담헌은 그들과 필담을 통해 수많은 대화를 나눈 뒤 귀국하게 되는데, 귀국해서도 그들 혹은 그들로 인해 알게 된 인물들과 편지를 통해 대화를 지속하게 된다.

담헌에 관한 연구는 북학파의 사상가로서, 과학적 지식을 포용한 학자로서,「연기燕記」와「을병연행록乙丙燕行錄」등 연행록을 쓴 작가로서는 상당수 이루어졌으나 18세기경 한·중 지식소통의 측면에서 주목한 연구는 별반 없었다.

여기서는 담헌의 자발적이고 능동적인 행위로 이루어진 조선 후기 한·중 간 지식소통의 한 양상을「건정동필담」과「항전척독」을 중심으로 살펴볼 것이다.

1. 담헌의 연행록 저술

1) 필담과 담초談草

담헌은 건정동에서 만난 항주 출신의 문사들과 필담으로 나눈 대화, 명소를 방문하였을 때의 소감, 서양인들과의 필담, 청나라의 풍습에 대한 자신의 견해 등을 적은 단편적인 기록과 여행의 경과를 날짜별로 적은 비망록·일기 등 연행 당시 현장에서의 기술을 소홀히 하지 않았다. 그러한 사실을 입증할만한 자료가 다음의 편지다.

> 전번에 말씀 드린『회우록』세 권은 항시 한가한 틈을 타 뒤적이며 보노라면 어렴풋이 건정동에서 마주 앉아 토론하던 때와 같아 만리 밖에서 회상하는 괴로움을 위로하기에 족합니다. 다만 그때의 담초는 대부분 형이 보관하게 되어 추기할 도리가 없었고, 여기서 편차한 것은 다만 갖고 있는 재료에만 의존한 까닭에 기록할 만한

것이 이미 많이 누락되었고, 말의 맥락이 또한 앞뒤가 잘 맞지 않
는데, 이를 억측으로 이제야 보충하고 보면 도무지 본색이 아니게
될 것이니 자못 가탄스럽습니다. 보관하셨던 담초 원본을 혹시라도
그냥 갖고 있거든 그중에서 기록할 만한 것을 골라내고, 피차에 수
작한 것을 아울러 기록하여 보여 주십시오. 이곳에 있는 세 권의
책도 형이 또한 보실 뜻이 있으시다면 바로 인편에 부쳐 드리겠습
니다.(항전척독-온정균에게 보낸 편지)

2) 「건정동필담」

담헌은 1766년 귀국 후 고향인 천안의 수촌 마을에서 자신의 중국
여행 체험 중 가장 큰 수확이라고 할 수 있는 항주 문사 3인과의 교우
를 기록한 「건정동회우록」을 정리하였다. 후일 『담헌서』 외집 제2~3
권에 수록된 「항전척독-건정동필담」이 그것이다. 이의 경과에 대해서
는 연암 박지원이 쓴 서문에 밝혀져 있다.

홍군 덕보가 일찍이 어느 날 한 필의 말로 사신을 따라 중국에 가,
시가 사이에서 방황하며 서민 속에서 맴돌고 있던 중 항주의 유학
하는 선비 세 사람을 만나게 되었다. 이에 남들이 보지 않는 틈에
여관으로 찾아가니, 옛 친구와 같이 반기면서, 천명과 인성의 근원,
주자와 육상산의 학술의 구분, 진퇴·소장의 기미, 출처·영욕의
분수 같은 것을 더할 수 없이 토론하였는데, 고증의 근거가 들어맞
지 않는 것이 없었으며, 그 서로서로 충고하고 선도하여 주는 말이,
모두 지성과 측은한 마음에서 나온 것이었다. 처음에는 지기의 벗
으로 사귀다가 마침내는 형제가 되기로 결의하여, 서로 사모하고
좋아하기를 기욕과 같이 하고, 서로 저버리지 않기를 굳은 맹세와
같이 하여, 그 의리가 사람들을 감읍시켰다.(회우록 서문)

3) 「연기」와 「을병연행록」

담헌은 연행에서 귀국한 뒤 연행록을 두 가지 형태로 저술하였다.
하나는 청의 문사들과의 필담 내용이나 청의 각종 제度·문화·풍습

등에 관해 주제별로 나누어 한문으로 기록한 「연기」이고, 또 하나는
연행의 자초지종을 일자별로 엮어 한글로 쓴 기행문인 「을병연행록」
이다. 「연기」는 4권 1책으로 저술한 것을 『담헌서』에는 외집 제7~10
권에 수록하였다. 「을병연행록」은 10권 10책으로 장서각과 숭실대 박
물관에 소장되어 있다.

4) 「항전척독」

담헌이 귀국한 후 항주의 문사들과 주고받은 서신을 모아 엮은 것
으로, 『담헌서』 외집 제1~3권에 수록되어 있다. 그 가운데 제1권만
이 왕래한 서신을 수록한 것이고, 제2~3권은 「건정동필담」과 「건정
동필담 속」으로 연경에서의 필담 자료를 정리한 것이다.

2. 주요 교유인물

1) 육비陸飛

항주 문사 3인 가운데 가장 늦게 만난 인물이다. 1765년 2월 23일
에 처음 만났고, 사흘 뒤인 26일에 한 번 더 만나 필담을 나누었던 인
물이다. 당시 나이가 48세였고, 자를 기잠起潛, 호를 소음篠飮이라고
하였으며, 육지陸贄의 후손이다. 홍대용은 귀국한 뒤에 네 차례 육비
에게 서신을 보냈다.

홍대용의 기록에 의하면, 육비는 작달막한 키에 생김새는 풍만하
고 우람하였던 듯하다. 담소를 즐기고 해학을 잘하였으며, 술을 좋아
하고 잘 마셔 종일 마셔도 취하여 쓰러지지 않았다고 한다. 시문과
서화에도 재주가 빼어나 천진난만하게 자신을 표현하였을 뿐, 남에게

자랑으로 삼지도 않았고, 일부러 다듬어 세상에서 알아주기를 구하지도 않았다고 한다.

천성이 자잘한 예절에 구애되지 않으므로, 홍대용은 그를 순수한 유학자가 못 된다고 하였다. 그러나 호탕하면서도 절제함이 있어 방종에 흐르지 않았고, 소탈하면서도 절도가 있어 광탕함에 이르지 않았다고 한다. 술자리에서나 해학을 할 때도 온화하고 간결하며 정중하여 귀인의 기상이 있었다. 동향의 거자인 엄성과 반정균이 우러러 존중하였고, 기량과 풍치가 세상에 드문 기이한 문사였다고 한다.(건정록후어乾淨錄後語)

洪大容은 육비에 대해 한마디로 "호쾌하고 광활하며 결단성 있고 열렬하다."고 하고, "가을 강에 배를 띄우니 / 달은 밝고 바람은 시원하네."라고 4언시 2구로 평한 뒤 "얻으면 금회襟懷가 쇄락灑落하여 주렴계周濂溪의 광풍제월光風霽月과 같고, 잃으면 방달放達한 풍운風韻이 남조南朝의 맑은 빛과 같다."고 하였다.(건정록후어)

2) 엄성嚴誠

항주 문사 3인 가운데 처음 만난 인물이다. 1765년 2월 3일에 처음 만났고, 4일, 8일, 12일, 17일, 23일, 26일 등 일곱 차례 만나 필담을 나누었던 인물로 당시 나이가 35세였다. 자를 역암力闇, 호를 철교鐵橋라고 하였으며 엄광嚴光의 후손이다. 홍대용은 귀국한 뒤에 네 차례 엄성에게 서신을 보냈다.

홍대용의 기록에 의하면, 엄성은 마른 체구에 뼈대가 굵었으며, 영특하고 준결하여 한세상을 내려다본다고 하였다. 좋은 말을 듣거나 선행을 보았을 때는 진심으로 좋아하였고, 재주와 학식이 빼어나 붓

가는 대로 써도 문장이 이루어졌을 뿐만 아니라 조리가 분명하고 구슬을 꿴 것 같이 빛났다고 한다.

엄성은 독서의 범위가 넓고 깊어 육상산陸象山·왕양명王陽明의 학설이나 불교의 교리에도 조예가 깊었다. 홍대용과 만난 지 얼마 되지 않았을 때 담헌이 육·왕의 학설이나 불교의 교리에 대해 논박하는 말을 하자 달갑게 여기지 않으면서 물어도 대답하지 않고 대답을 해도 자세히 말하지 않았으며, 세상을 조롱하고 남을 무시하는 말을 곧잘 했었다고 한다. 처음에는 담헌에 대하여 오만한 빛을 가졌으나 차차 담헌이 평담하여 세상의 떠들썩하는 무리들과는 다르다고 생각하면서 진정으로 좋아하고 친밀해졌다는 것이다.(건정록후어)

홍대용은 엄성에 대해 한마디로 "기발하고 강건하며 박력이 있다."고 하고, "찬솔의 우뚝 솟은 지조와 설죽雪竹의 맑고 우뚝한 절개와 같네."라고 4언시 2구로 평한 뒤 "얻으면 남이 못하는 일 능히 하여 백세의 모범을 권면하고, 잃으면 한 고장에 매어 있어서 굳은 절개를 괴롭게 지키리."라고 하였다.(건정록후어)

3) 반정균潘庭筠

항주 문사 3인 가운데 처음 만난 인물이다. 1765년 2월 3일에 처음 만났고, 4일, 8일, 12일, 17일, 23일, 26일 등 일곱 차례 만나 필담을 나누었던 인물로, 당시 나이가 28세였다. 자를 향조香祖·난공蘭公, 호를 추루라고 하였으며, 반악潘岳의 후손이다. 홍대용은 귀국한 뒤에 네 차례 반정균에게 서신을 보냈다.

홍대용의 기록에 의하면, 반정균은 산뜻하고 자태가 아름다우며 성격이 활달하고 해학을 즐겼다고 한다. 글재주가 빼어나 붓을 들면

나는 듯이 써내려간다고 하였다. 재치 있고 아름다운 귀공자로, 성격이 명랑하여 남을 대하면 마음을 그대로 드러내 성실함을 나타내고, 몸차림에 무관심하여 그 사람됨이 사랑스럽다고 하였다.(건정록후어)

홍대용은 반정균에 대해 한마디로 "풍류가 있고 화락하다."고 하고, "봄바람 부는 큰 길거리에 복숭아와 버들이 어여쁨을 다투네."라고 4언시 2구로 평한 뒤 "얻으면 고운 풍광에 넘치는 순정이 한 덩이의 화기를 이루고, 잃으면 옷 차려입고 몸을 흔들며 번화가에 노닐기도 하리."라고 하였다.(건정록후어)

4) 기타

항주 거자擧子 3인 이외에도 이들 세 사람과의 인연으로 알게 된 인물도 있고, 사행使行의 연로沿路에서 만나 귀국 후에도 서신을 주고받은 인물들이 있다. 이들에 대해 간략히 알아보고 가기로 하자.

담헌 등의 사행이 연경에서의 임무를 마치고 귀로에 오른 3월 2일 저녁 자발적으로 담헌과 그의 숙부를 찾아온 두 사람 가운데 하나가 손유의孫有義다. 그는 자를 심재心栽, 호를 용주蓉洲라고 하였으며, 삼하현三河縣 출신으로 효렴孝廉으로 뽑힌 인물이었다. 일찍이 사행을 보고 특히 담헌 숙질에게 마음이 이끌려 조용히 찾아왔다는 것이었다. 담헌이 귀국한 뒤 용주에게는 다섯 차례나 서신을 보냈다.

등사민鄧師閔 역시 사행이 귀로에 오른 3월 2일 삼하현에 이르렀을 때 자발적으로 찾아온 인물이다. 그는 호를 문헌汶軒이라고 하였고, 산서성山西省 태원부太原府 출신이며 등유鄧攸의 후손으로 담헌과는 동갑이었다. 그는 공사貢士에 입선하여 거자로 있다가 신병으로 거업을 중단하고 삼하현에서 사람도 사귀고 생계도 꾸릴 겸 소금 장사를 하고 있었다. 그는 풍채가 뛰어나고 점잖으며 말을 하는 것이 순박하고 진실하여서, 허심탄회하게 마음을 열어 보였다고 한다. 이튿날 담헌 숙질은 반산盤山에 가는 길에 그의 소금가게에 들러 잠깐 만나보고 헤어졌다. 담헌이 귀국한 뒤 문헌에게는 네 차례 서신을 보냈다.

엄과嚴果는 엄성의 형으로 호를 구봉九峰이라 하였다. 담헌은 반정균의 소개로 그의 학문과 행실이 높아 강좌江左의 사표가 됨을 알고 멀리서 바라보고 우러러 사모한 지 오래라고 하였다. 또한 "이미 외람되이 역암을 아우로 삼았는데 어찌 역암의 형을 형으로 삼지 못하겠습니까? 역암이 이미 외이外夷라고 하여 더럽게 여기지 않고 저를 형으로 섬기기를 꺼리지 않았는데, 어찌 구봉은 저를 외이라고 천하게 여겨 저를 아우로 받아들이지 않으시겠습니까?"라고 하여 형제로 결의할 것을 다짐하기도 하였다. 담헌은 구봉에게 세 차례 서신을 보냈다.

엄앙嚴昻은 엄성의 아들이다. 엄성이 역병에 걸려 비명에 타계하자 상主인 엄앙에게 역시 선친의 상중에 있던 담헌이 조문의 서신을 보내는 가운데 "일찍이 선장先丈에게서 자네의 자질이 그다지 용렬하거나 둔탁하지 않다고 말씀하시는 것을 들었네."라고 첫 인사를 한 뒤 "사람에게는 온갖 행실이 있는 것이나 오직 효도가 근본이 되고 효도 또한 온갖 방법이 있지만 부조父祖의 사업을 이어가는 것이 제일 큰 것이니, 다만 나이가 어리다고 하여 스스로 방심하거나 앞날이 많다고 하여 스스로 늦추지 말고, 놀지 않고 글을 읽으며 깊이 사모하고 깊이 생각하되 오직 자네 선장을 생각해야 할 것이네. … 부디 노력하기 바라네."(엄앙에게 보낸 편지)라고 위무와 격려를 아끼지 않았다. 엄앙에게는 두 차례 서신을 보냈다.

담헌 등의 사행이 연경에서의 임무를 마치고 귀로에 오른 3월 2일 저녁 자발적으로 담헌과 그의 숙父를 찾아온 두 사람 가운데 다른 하나가 조욱종趙煜宗이다. 그는 자를 승선繩先, 호를 매헌梅軒이라고 하였으며, 공생貢生이었다. 일찍이 사행을 보고 특히 담헌 숙질에게 마음이 이끌려 조용히 찾아왔다는 것이었다. 담헌이 귀국한 뒤 매헌에게는 두 차례나 서신을 보냈다.

서광정徐光庭은 호를 낭정朗亭이라고 하였으며 반정균의 외사촌형으로 담헌이 직접 만난 일은 없는 인물이다. 그도 역시 항주 출신의 거자로 연경에 머물면서 점포를 열고 있었다. 담헌이 반정균 등과 헤어진 뒤 연락 방법에 대해서 물었을 때, 반정균이 자신과의 연락을 위해 담헌에게 소개한 바 있다. 담헌은 그와 한 차례씩 서신을 주고받은 듯하다.(건정동필담)

주문조朱文藻 또한 담헌과는 직접 만난 일이 없는 인물이나 엄성과 친밀하였던 듯하다.(주문조에게 보낸 편지) 그는 호를 낭재郎齋라고 하였다. 엄성이 타계할 때의 상황을 서신으로 담헌에게 알린 사람이다.(박지원, 홍덕보묘지명 참조) 이에 대해 담헌이 한 차례 답신을 보낸 사실이 확인된다.

3. 지식소통의 양상

연암 박지원은 「회우록서會友錄序」에서 담헌과 항주 문士 3인이 만나 결의형제하고 필담한 이야기에 대해 "「천명天命과 인성人性의 근원」, 「주자와 육상산의 학술의 구분」, 「진퇴·소장消長의 기미」, 「출처·영욕의 분수」 같은 것을 더할 수 없이 토론하였다."고 하였다.

여기서는 연암의 구분에 따라 담헌과 항주 문사들 사이의 지식소통이 어떻게 이루어졌는가를 살펴보겠다. 이에는 「건정동필담」 등 필담 자료와 「항전척독」 등 서간 자료를 함께 검토하기로 한다.

1) 천명과 인성의 근원

천명사상은 공자의 「지천명知天命」에서 비롯하여 자사자에 의해 「하늘이 명한 것을 性이라고 한다.(天命之謂性)」로 전개된 것을 맹자가 계승하였다. 맹자에 의하면, 성性과 명命은 본래 하나로서 천天이 나에게 주었다고 보면 명命이 되고, 내가 받았다고 보면 성性이 되는 것이다. 그러므로 성은 인간의 본성으로서 인간이 인간으로 존재할 수 있는 존재원리가 되며, 명은 운명의 의미와 함께 인간의 주체적 자각을 통해 사명으로 생각된다. 따라서 인간이 인간답게 살아가야 할 당위의 원리는 인간본성에서 기인한다는 것이다. 인간 본성대로 살아가는 것이 인간의 당위원리가 되며 인간이 인간답게 살아갈 때 인간의 존재의미가 드러나는 것이다. 이처럼 인간의 주체적 자각이란 인간의 본성을 아는 것이고, 그 근거인 천을 아는 것이며 또한 인간의 사명을 자각하는 것이다.

천명과 인성은 한마디로 나타내면 성명性命이 된다. 이제 『담헌서』의 필담과 척독에 언급된 「성명」을 일별하여 담헌과 항주 세 문사를 비롯한 중국 문사들 사이에 이 문제가 어떻게 소통되었는가를 보기로 하자.

> 벗과 벗이 서로 사귀는 것은 하나는 뜻에 있고, 하나는 도道에 있
> 으니, 그 뜻이 같고 그 도가 합하면 천 년 전의 옛 사람도 벗으로

삼거든 하물며 이 세상에 함께 살고 있음에랴. 만 리에 한 마음으로 멀리 서로 통하여 맺으니, 이는 도의道義의 사귐이며 이는 성명性命의 사귐이네. 어찌 구구히 얼굴이 다르고 지역이 다른 것으로 구애될 것이 있겠는가.(주문조에게 답한 편지)

이 글은 엄성과 친교가 있는 낭재 주문조라는 사람이 엄성의 부음을 전하자 이에 답서로 쓴 글이다. 담헌이 의제로 삼은 엄성을 낭재가 의형으로 삼았으니, 한 번도 직접 만난 일은 없지만 낭재를 의제로 여긴다고 한 뒤에 위의 글이 이어지고 있다. 각자의 뜻이 같고 각자의 도가 합하면 벗으로서의 사귐이 이루어질 수 있다면서 이를 도의의 사귐이라고 하고, 도의의 사귐은 인간의 본성에서 우러나오는 것이므로 '성명의 사귐'이라고 한 것이다.

홍대용: 성명을 논한 글은 어떠한가?
엄 성: 지론이 극히 좋으니 가지고 돌아가 새겨 간행하겠소.
홍대용: 이는 조선 선비들의 큰 논란거리라네. 다만 초학자에게는
        실지로 그다지 긴요할 게 없지만.
엄 성: 어찌 긴요하지 않겠소? 다만 性命에 대해 논하기를 두려워
        하는 사람은, 비록 초학자가 아닌 난공 같은 사람도 또한
        즐겨 들으려 하지 않지요.
홍대용: 우리나라의 선배들이 한 명언을 하였는데 이르기를, '지금
        사람들은 손으로는 쇄소灑掃의 절차도 모르면서 입으로는
        성명의 원리를 말한다.'라고 하였다네. 난공 형의 뜻이 이
        에서 나왔다면, 그 즐겨 듣지 않음이 참으로 존경할 만하네.
그러자 난공이 보고 웃었다.(건정동필담)

2월 12일, 담헌이 엄성·반정균과 네 번째로 회동하여 양국의 복식과 풍습의 차이 등에 대해 필담을 나누다가 스승인 미호 선생이 성명을 논한 글에 대한 감상을 묻는 대목이다. 항주 출신의 두 선비의 입

장에서 본다면 동방의 작은 나라인 조선의 학자가 중국에 뿌리를 둔 성리학에 대해 깊은 이해를 하고 있는 데 대해 놀랐을 것이고, 한편으로는 인식을 달리하는 계기가 되었을 법하다. 그 근거는 '지론이 극히 좋다.'는 평가와 '(항주로) 돌아가 새겨 간행하겠다.'는 의지의 언표言表에 있다. 이에 대해 담헌은 조선의 학자들이 쇄소의 절차도 모르면서 입만 열면 성리학에 대해 말한다고 응대하였으나, 이 말을 통해 항주의 두 문사는 조선에서 성리학이 어느 정도로 열풍을 일으키고 있는지를 느꼈을 것으로 보인다.

홍대용: '풍류' 두 글자는 두목지 같은 사람에게나 해당하고 족히 말할 것이 못 되네. 비록 미원장米元章과 송설松雪 조맹부趙孟頫 같은 사람의 그림이나 글씨를 선비들은 태산북두와 같이 우러러보지만, 유식한 군자가 보면 비루하고 또 비루할 뿐일세.
엄　성: 난공은 다만 미원장이나 조맹부 같은 사람이 되려고 하여 평생에 이르지 못할까 두려워하는데, 지금 형의 말씀을 듣고 보니 참으로 몇 천 겹이나 어긋나는군요. 긴요한 말은 번거로운 데 있지 않고, 다만 한 걸음 한 걸음 실지를 밟는 것이 필요합니다. 이런 학문은 허리를 일으켜 세워야 비로소 해낼 수 있는 것이지요. 온종일 뒤숭숭해서 어리둥절하며 무기력하게 지내서는 취생몽사를 면할 수 없을 겁니다. 비근하게 말씀드리면, 미원장이나 조맹부의 재주에 정통하는 일은 일조일석에 성취할 수 있는 것이 아니지요. 이 공부를 옮겨서 심신을 다스리고 성명을 궁구한다면 또한 어떤 경지엔들 이르지 못하겠습니까?
홍대용: 그것 또한 하늘의 교묘함을 빼앗은 뒤에나 능히 할 수 있을 것이니 그것 역시 그리 쉬운 일은 아닐세.(건정동필담)

역시 12일, 양국의 풍습과 학문 등에 대한 필담이 이어지다가 반정균이 동방의 풍류가화에 대해 물었을 때 담헌이 풍류에 대해 부정적인 반응을 보이면서 주고받은 내용이다. 담헌은 중국에서 풍류의 대명사인 두목之, 서화의 대가인 조맹부와 미원장을 예로 들어 선비들이 이들을 태산북두처럼 우러러 사모하지만 유식한 군자의 입장에서 보면 비루할 뿐이라고 하면서 시·서·화의 의미를 일거에 내쳐 버린 것이다.

이에 동조하여 엄성은 미원章이나 조맹부를 부러워하며 목표로 삼는 그 열정을 성리학 공부에 옮겨 심신을 다스리고 성명을 궁구한다면 어떤 경지엔들 이르지 못하겠느냐고 하였다. 이에 대해 담헌은 열정만으로는 어려우며 천교天巧를 빼앗은 뒤에나 가능할 것이라고 다시 경계하였다.

> 군자의 도는 마음에는 잡됨이 없고 사물에는 탐심이 없어야 한다. 그의 몸은 청명하고 그의 집은 허백하니 거의 담자의 설명에 부합된다. 홍군이 매양 나와 성명의 학을 강하면, 그 말이 아주 순후하니 대개 깊이 담자의 뜻에 얻음이 있는 사람이다.(건정동필담)

2월 19일 반정균이 지어서 보낸 「담헌기湛軒記」 가운데 쓴 말이다. 4일 두 번째 만났을 때 담헌은 자신의 스승인 미호 선생을 소개하면서 스승이 지어준 '담헌'이라는 호와 자신이 정한 팔경도 밝히고 기文과 팔경시를 부탁하여 허락을 얻었었다. 그 이튿날 담헌은 편지를 보내 '담헌'의 취지와 팔경에 대해 설명하였다. 그리하여 엄성은 「팔경시」를, 반정균은 「담헌기」를 써 보냈던 것이다. 성命의 학문은 인간의 본성에 관한 것이므로 잡욕이 없는 군자의 마음으로 해야 한다는 생각이 엿보인다.

나는 산학算學을 익히지 않았으니 감히 천문에 대해 말하지 못하
겠거니와, 담헌은 오랫동안 성명의 학문을 강구하였으니, 그 완심
玩心의 고명함이 반드시 기수器數의 말단에 매이지 않는 것을 가
지고 있을 것이다.(건정동필담)

담헌은 2월 23일 육비를 처음으로 만났는데, 이튿날 그에게 서신을
보내 자신의 집에 설치한 농수각籠水閣의 규모에 대해 설명하고 그에
관한 기문을 부탁하였다. 그 뒤 27일, 육비가 보낸 서신 가운데「농수
각기籠水閣記」가 포함되어 있었던바, 이 글은 그 끝부분이다. 여기서
성명은 기수의 말단과는 상대적인 의미로 쓰였음을 알 수 있다. 즉,
혼의 등의 기구로 천문을 측후하는 것이 기수의 말단, 형이하의 현상
인 기氣에 해당한다면, 성명에 관한 강구는 형이상의 본체인 이理에
해당한다고 할 수 있겠다.

만약 편지의 말씀대로 '학문수행은 요컨대 이름이 이루어지는 것
으로서 징험을 삼는다.'고 한다면, 이름과 실속은 서로 떠나지 못한
다고 하였은즉, 이러한 이치가 없다고 말할 수 없을 것입니다. 다
만 실덕實德은 나에게 있는 것이고 이름이 이루어지는 것은 남에
게 있는 것이니, 나에게 있는 것은 성性이요, 남에게 있는 것은 명
命이므로 군자가 세상을 피하여 홀로 행하는 것은 천성 그대로 행
하는 것일 뿐, 명에 무슨 관계가 있겠습니까? 이름을 좋아하는 데
서 시작하여 중반에서는 이름을 이루고 마침내는 이름을 잊어버리
면 넓고 깊고 멀어 백성이 칭송할 수조차 없을 터이니, 어찌 더욱
도에 나아가는 것이 아니겠습니까? 그대를 위해 바라나이다.(조욱
종에게 답한 편지)

매헌 조욱종은 담헌이 연경에서의 일을 마치고 귀국하던 3월 2일
자발적으로 숙소로 찾아와 만났던 인물로 그 당시 공생이었다. 위의
글은 매헌이 향시에 좋은 성적으로 급제하였다는 편지를 받고 축하

와 함께 경계를 하는 뜻으로 써 보낸 것이다. 여기서는 성명을 구분하여 실덕이 나에게 있는 것을 성이라 하고, 이름이 남에게서 이루어지는 것을 명이라고 하였다. 이는 맹자의 사상과 다름이 없어 보인다.

맹자는 성과 명이 본래 하나로서 천이 나에게 주었다고 보면 명이되고, 내가 받았다고 보면 성이 되는 것이라고 보았다. 그러므로 성은 인간의 본성으로서 인간이 인간으로 존재할 수 있는 존재원리가 되며, 명은 운명의 의미와 함께 인간의 주체적 자각을 통해 사명으로 생각되는 것이다. 매헌이 벼슬하게 된 것은 이름이 남에게서 이루어진 명이라고 할 수 있고, 그러기까지 매헌 자신이 갖춘 실덕은 성이라고 할 수 있는 것이다. 그러기에 성을 위해 명을 부정할 수는 없으므로, 이름을 좋아하고 이름을 이루는 명에서 시작하여 궁극적으로 이름을 잊는 성에 이르도록 권면한 것이다.

홍대용: 『대학』 수장首章의 「명덕明德」을 여러분은 어떻게 생각합
니까?
주응문: 『주자집주朱子集註』의 강해가 자세합니다.
홍대용: 분명치 못하더군요.
주응문: 『주자집주』가 분명치 않았다면 세밀하게 분석하지 못할
것입니다.
홍대용: 후학은 아무리 보아도 명백히 알지 못하겠더군요. 밝게 가
르쳐 주십시오.
주응문: 명덕은 곧 천명의 성입니다.
홍대용: 심이라 할 수 없습니까?
주응문: 성은 곧 심으로 가는 것이니, 심밖에는 성이 없습니다.
홍대용: 심이 비록 성을 포괄하나 결국은 이와 기로 크게 나누어집
니다.
주응문: 기질을 겸하여 말한 이도 있고, 이를 주로 하여 말한 이도 있
지만, 명덕이란 것은 오로지 이를 주로 하여 말한 것입니다.
홍대용: 허령하고 어둡지 않아 모든 이치를 갖추고 만사를 응하니,

아마 이만을 주로 하여 말했다고 할 수는 없을 듯합니다.
주응문: 성이란 원래 체와 용을 겸비한 것이니 '갖춘 것은 체'이고 '응하는 것은 용'입니다. 귀처에서는 명덕을 어떻게 생각합니까? 가르쳐 주시기 바랍니다.
홍대용: 성이라 말하는 이도 있고, 심이라 말하는 이도 있으며, 또 심이 성과 정을 포괄하였다는 이도 있습니다.
주응문: 그렇다면 어떤 학설을 주장하십니까?
홍대용: 저는 특별한 주견이 없습니다. 오직 올바로 보는 사람이 말을 가지고 그 말의 참뜻을 해치지 아니한다면, 모든 학설이 다 통용될 것입니다.(장주문답)

1월 26일 담헌 일행이 유리창에 가서 미경재味經齋에 들렀을 때 주응문周應文·장본蔣本 등 감생監生과 팽광려彭光廬라는 소년을 만나게 되었다. 인용한 것은 주응문과 『대학』 첫머리의 명덕에 관해 주고받은 필담이다. 여기서는 담헌이 23세 젊은 감생의 성리학에 대한 소양을 여러 가지로 시험해 보는 데 그치고 있다. 그러자 주응문이 담헌에게 어느 학설을 추종하느냐고 되물었다. 이에 대해 담헌은 특별한 주견이 없다고 하면서도 올바로 보는 사람이 말을 가지고 그 말의 참뜻을 해치지 않는다면 다 받아들일 수 있다고 하여 여러 학설에 대한 포용력을 보여 주었다.

2) 주자와 륙상산·왕양명 학술의 차이

2월 23일은 담헌과 육비가 첫 대면을 한 날이다. 조선의 홍대용과 김재행金在行, 항주의 문사인 엄성·반정균·육비 등 다섯 사람은 결의형제를 하고 육비가 삼사三使와 홍대용, 김재행을 위해 그린 그림을 화제로 필담을 시작하였다. 항州 서호의 경치에 대해 필담을 나누던 그들은 홍대용이 엄성과 반정균에게 써준 글로 화제가 옮겨 갔다.

바야흐로 술잔을 수작하던 그들은 주자의 『시경』 주석에 대해 이야
기를 나누기 시작하였다.

(가)
엄　성: 앞서의 글에 대해서 오래도록 답장하지 못하였으나 나중에
　　　　꼭 회보하겠습니다. 소서小序는 절대로 폐할 수 없는 것이
　　　　니 주자의 시경 주석은 실로 혼잡 되어 맞지 않는 것이 많
　　　　음으로 감히 그대로 따를 수는 없습니다. (중략)
홍대용: 이 아우는 소서에 있어서 감히 앞서의 말을 답습하지 않고
　　　　감히 주자를 엄호하지도 않습니다만, 그 말을 보건대 모두
　　　　근거가 없으니 형은 자세히 가르쳐 나의 우매한 것을 깨쳐
　　　　주기 바랍니다.
육　비: 아우가 주자를 존숭함은 지극히 옳으나, 소서를 폐한 것은
　　　　억지로 변해할 것이 없습니다.
반정균: 가령 「백구白駒」시를 보더라도 주자의 주석에서 이르기를
　　　　'가객嘉客은 소요하는 것과 같다.'고 하였으니, 주자의 주
　　　　석에 이와 같은 것이 대단히 많은데 과연 옳다는 것인가요?
홍대용: 훈고는 진실로 유감이 있다고 하겠으나 그 대체의 훌륭한
　　　　것을 덮을 수는 없을 것입니다.
육　비: 나의 의견으로 말해보면 소서는 옛 시대에서 얼마 멀지 않
　　　　은 때의 것임으로 근본한 바가 있는 것 같습니다. 옛사람들
　　　　이 사승은 한 줄기 서로 전하는 것이니 마치 고·로·한
　　　　삼가 같은 것이 각각 근본한 바가 있는 것 같고, 그 실은
　　　　'길을 갈라 칼을 던진다[分道揚鑣]'(각자 자기 발전을 꾀한
　　　　다는 뜻)는 것뿐이요, 당시에는 학궁學宮에 보존되어 모두
　　　　폐하지 않았으니, 이는 다만 옛사람이 경전을 존중한 것을
　　　　알 수 있을 뿐이 아니라, 또 진실은 진실대로 의심은 의심
　　　　대로 전하는 뜻인데, 주자는 자기 의견만을 단정하여 비로
　　　　소 소서를 폐한 것입니다. 그런데 그 실은 다른 곳에서는
　　　　소서를 근본한 것이 상당히 많으면서 유독 정·위에 있어
　　　　서만은 '정성鄭聲은 음란하다.'는 한 마디 말씀에 의거하여
　　　　드디어 아울러 음시로 만들어 놓았으니, '소리의 음란은 시
　　　　의 음란이 아니다[聲淫非詩淫].' 하는 것은 옛사람이 이미
　　　　분변해 놓은 것입니다. 만약 음란하다고 한다면 공자께서

시경을 산정한 것은 본래 이것으로써 사람을 가르치려고 한 것이니, 비유해 말하면 부형이나 사장이 사람에게 음란하지 않은 것을 가르치려고 하면서 이에 그 사람과 그 일을 열거해 놓고, 아무개는 이렇게 음란하다, 음란한 자의 말은 이와 같이 애정이 있다고 한다면 그것은 벌써 점잖은 말이 못되는 것으로서, 어린애나 천한 종이라도 웃을 것이어늘 어찌 성인으로서 이럴 수 있겠습니까? … 나의 의견으로는 주자의 주서는 대단히 많아서 혹은 문인의 손으로 지은 것도 없지 않을 것이니 소서가 있느니 없느니 하는 것으로 주자의 경중을 평가할 수는 없는 것이라고 봅니다.”

반정균: 주자의 시경 주석에는 ‘미詳’이라고 말한 것이 많고, 또 본 시문에 나아가서 약간 한두 자의 허자를 첨가하였으니 이 주석을 통틀어서 만일 꼭 주자가 자주한 것이라고 한다면 이는 주자를 존중하려고 하면서 도리어 주자에게 누를 끼치는 것이 되지 않을까 합니다. … 시經 주석은 아마도 문인의 손에서 된 것인가 합니다.

엄　성: 제가 열두서너 살 때에 「갈담葛覃」시를 읽었는데, 그 주해에 ‘갈엽葛葉이 바야흐로 무성하매 꾀꼬리가 그 위에서 운다.’고 한 것을 보고 절로 웃음이 터졌습니다. 이 시는 세 글귀[三句]가 일단一段을 이루는 것으로서, 처처萋萋가 개개喈喈와 협운叶韻이 되니 꾀꼬리는 절로 관목 위에서 울게 되는 것이지, 칡잎이 무슨 관계가 있겠습니까? 이런 것은 비록 극히 사소한 일이지만 역시 그것이 주자의 손에서 나오지 않은 것임을 알 수는 있는 것이지요. 이 말은 종래의 아무도 발설한 사람이 없었고 다만 제가 비로소 그렇지 않다고 주장하였을 뿐입니다. 또 빈풍豳風 「칠월七月」장에 ‘팔월박조八月剝棗’와 ‘시월확도十月穫稻’ 두 구절에 대해서, 주자는 조棗자의 음을 주走로 하고 도稻자의 음을 두[徒口反]로 만들어 협운으로 하고 조와 도가 한 운이 되고 주酒와 수壽가 한 운이 됨을 알지 못하였습니다. 그래서 그것을 한 운으로 맞추려고 했으니 그렇다면 주수酒壽는 왜 추湫·도壽와 같이 읽지 못하겠는가? 시경 중의 음절이 잘못된 것은 이루 다 거론할 수 없을 정도이니, 이는 결코 주子 문人의 손으로 써진 것이거나 혹은 만년의 완정되지 않은 책이지, 저 대학·중용·논어·맹자 등의 정확을 기한 철판주소鐵板註疏(확고불변하는 주석이란 뜻)와 같지는 않

습니다. 그런 것을 이제 반드시 주자가 만든 것이라고 하여
마치 수족이 두목을 보호하듯이 변호하여 드디어 한 마디
의 말도 감히 논함이 없으니 또한 정도에 지나친 것입니다.
명나라로부터 지금까지 대유들이 번갈아 일어났지만 모두
들 '한나라 사람은 고대와 멀지 않았으나 모두들 소서를
존중하였는데, 주자 한 사람에게 용납되지 못하여 일어나
폐하였다.' 합니다. 정·위의 시에 속한 것이면 모두 음분
淫奔의 시라고 규정해 버리지만 정위의 음란한 것은 그 성
음을 말한 것이요, 시를 말하는 것이 아님을 알지 못한 것
입니다. 이런 변별의 논은 매우 많아 일시에 다 기억하지
못하겠으니 형께서는 자세히 살펴보시기 바랍니다.
홍대용: 이 문제는 말만으로 논변할 것이 못되니, 청컨대 돌아가서
　　　제형들의 가르쳐 주신 말씀을 자세히 살펴보고 혹 아우의
　　　망령된 의견이 있게 된다면 마땅히 회답해 드리겠습니다.
　　　(건정동필담 속)

(나)
홍대용:『역경』을 읽는데 무슨 주를 주로 합니까?
엄　성: 과장에서는 정자程子의 주를 따릅니다. 경서는 주자를 좇
　　　지 않는 것이 없지만 다만 『시경』 한 책에 있어서는 고관
　　　考官의 명제命題와 발책發策에 미묘한 말이 많이 있습니
　　　다. 주자가 소서를 반대하는데, 지금 소序를 보면 매우 좇
　　　을 만합니다. 그러므로 학자들이 능히 주자를 의심하지 않
　　　을 수 없지요.(건정동필담 속)

(다)
소서의 설에 대해서는 저도 대략 보았습니다. 그곳에서는 공자의
말씀을 취하여 여기저기 주워 엮어서 말한 것이 전혀 문리를 이루
지 못하였는데, 이는 주자의 변설에 자세히 갖추어져 있습니다. 대
개 그것은 답습하고 표절하여 억지로 말을 만든 것이니, 시험 삼아
그 말에 따라 읽어보면 마치 나무 조각을 씹는 듯하여 전혀 여운이
없지요. 스스로를 속이고 남을 속임이 또한 너무 심합니다.(건정동
필담 속)

(라)
그리고 『시경』의 주석이 주자의 손에서 이루어진 것이 아니라고

하였는데, 이는 그 시의 의의가 잘되고 못된 것은 고사하고 그 문장의 조리가 명백하고 혼융하여 마치 하우씨의 치수와 같아서 그 무사한 것을 행할 뿐이었으니, 모르거니와 주자 이후에 이와 같이 할 사람이 있겠습니까? 또 스승의 이름을 가만히 도둑질하여 제가 지은 글로 내세운다는 것은 그 악함이 벽을 뚫고 담을 타 넘는 자보다도 더 심한데, 주문의 말학이 대의에 있어서는 비록 어긋났다 하더라도 그 더러움이 담을 넘는 무리에는 이르지 않았을 것입니다. … 만일 『시경』의 주해가 잘못되었다고 한다면 직접 주자가 잘못 해석한 것으로 귀착시키는 것이 어찌 광명하고 적절하지 않겠습니까? 왜 반드시 덮어주려고 구차스럽게 겉으로는 붙들고 안으로는 눌러서 먼저 나의 심술心術을 병들게 할 것이 무엇입니까? (건정동필담 속)

(마)
반정균: 소서는 원래 폐기할 수 없는 것이며, 『시경』의 주석을 문인의 수필이 아니라고 하는 것은 주자를 보호하려다가 도리어 주자를 욕되게 하는 것이 됩니다.
엄 성: 변명하신 말씀은 매우 타당하게 여기나 다만 소서에 대한 것만은 감히 함부로 동의할 수 없는데요.(건정동필담 속)

(바)
기잠이 다 써가지고 나에게 보였다. 읽어보니 이러하였다.
'주자의 시註를 반드시 문인의 손에서 나왔다고 부회할 것이 아니라는 것도 지극히 옳다. 일이란 다만 시비를 논할 것이니, "만약 주자가 하였어도 과연 잘못 된 곳이 있으면 반드시 애써서 그 말을 감쌀 것이 아니다."라고 하고, 또 "번거롭게 억지로 잘못됐다는 조롱을 풀기 위해서 허물을 문인에게 돌리는 것은 심술을 병 되게 하는 것이다."라는 말은 더욱 극히 正大해진 것이어서 마음으로 감복합니다.'(건정동필담 속)

장황하게 인용한 (가)~(바)의 글은 모두 주자의 소서 폐棄와 『시경』 주석에 대한 담헌과 항주 세 문사의 논의 내용이다. 주자와 육왕 사이의 학술적 차이를 살펴야 할 대목에서 주자의 『시경』 주석 문제를 이처럼 용장하게 끌어들인 것이 황당하고 그 이유가 궁금하리라 여긴다. 그것은 육상산이나 왕양명이 『시경』의 주석을 해서가 아니라, 주자를 어떻게 보는가에 따라 육왕의 새로운 교학이 자리할 틈이 생겼다고 보기 때문이다.

『시경』의 소서는 공자의 제자인 자하가 이루어 놓은 것으로 알려져 있다. 『시경』의 주석에 관한 견해는 크게 세 가지로 갈라진다.

첫째, 주자의 『시경』 주석은 혼잡하여 그대로 따를 수 없다. 주자가 손수 하지 않았을 가능성이 높으며, 혹은 만년에 완정하지 못하였을 수도 있다. 자하는 공자의 제자이므로 공자의 『시경』 산정에 어떤 형태로든 관여하였을 것이고, 그에 따라 자하의 소서는 신빙할 만한 것이다. 한나라 때도 소서는 인정을 받았다.

둘째, 『시경』 주석을 주자의 자주라고 한다면 주자를 존중하려다가 도리어 주자에게 누를 끼치는 것이다. 이는 문인의 손에서 이루어졌을 것이다.

셋째, 주자의 변설에 따르면, 소서는 답습하고 표절하여 억지로 말을 만든 것이어서 『시경』을 읽는 데 도움이 되지 않는다. 『시경』의 주석이 잘못되었다면 주子 자신의 잘못으로 보아야지 문인에게 떠넘김은 옳지 않다.

첫 번째는 엄성의 견해다. (가)에서 주자가 소서를 폐기한 것에 대해 몹시 불만스러워하며, (나)에서 소서는 신빙성 있는 자료임을 강조하였다. (마)에서는 담헌이 소서를 낮게 평가하는 것에 대해 동의할 수 없다고 하였다. 주자에 대해서는 그 권위를 인정하는 듯하면서도 (나)에 나타나 있듯이 실상은 의구심을 가지고 있다.

두 번째는 반정균의 견해다. (가)에서 『시경』의 주석에 문제가 많음을 지적하고, 그것은 주자의 자주가 아니라 그 문인들의 손에서 이루어졌기 때문이라고 하였다. 『시경』의 주가 주자의 자주라고 강변하는 것은 주자를 존중하려다가 도리어 주子에게 누를 끼치는 것이라고 하였다. (마)에서 주자의 소서 폐기는 잘못이라고 지적하면서, 『시경』 주석을 문인의 수필이 아니라고 하는 것은 주자를 보호하려다가 도리어 주자를 욕되게 하는 것이라고 되풀이하여 강조하였다. 주자의 권위에 대해서 절대적인 신뢰를 가지고 있는 것으로 보인다.

세 번째는 담헌의 견해다. (다)에서는 주자의 변설을 들어 소서의 문제점을 지적하면서 주자의 입장을 두둔하는 듯이 보인다. 그러나 (라)에서는 『시경』의 주석이 잘못되었다면 그것은 주자 자신의 잘못으로 귀착시켜야 옳지, 그 때문에 문인들이 스승의 이름을 내걸고 제멋대로 주석을 하였다고 볼 수는 없다고 하였다. 주자도 잘못된 주석을 할 수가 있으며, 제 아무리 권위가 있는 인물일지라도 잘못된 것은 잘못되었다고 말하는 것이 올바른 학문을 하는 자세라는 생각이 엿보인다.

육비의 경우는 (가)에서 주자가 자신의 의견만 옳다는 독선으로 소서를 폐하였다고 비판하면서도, 그 사실만으로 주자의 경중을 평가할 수는 없다고 하였다. 또한 주자의 주석이 많다 보니 그 가운데는 문인들의 손에서 나온 것도 없지 않을 것이라고 하였다. 그러다가 담헌의 견해를 들은 뒤 (바)에서는 수정한 견해를 내놓았다. 즉, 주자의 시주를 문인의 손에서 나왔다고 부회할 것은 아니며, 주자가 한 일이라도 잘못된 곳이 있으면 애써 감쌀 일이 아니라고 하였다. 담헌과 전적으로 의견을 같이 하게 되었음이 확인된다.

　네 사람의 주자에 대한 이러한 견해의 차이는 주자와 육왕의 학문상의 차이를 논하는 데에도 대체로 유사하게 나타나는 것을 볼 수 있다. 다음의 자료는 2월 3일 담헌이 김재행과 건정동으로 엄성과 반정균을 처음 찾아가 인사를 나눈 뒤 필담으로 이런저런 이야기를 주고받다가 주자와 육왕에 관한 화제를 꺼냈을 때의 것이다.

홍대용: 귀처의 학자들은 어느 분을 따르는지요?
반정균: 모두 주자를 높입니다.
홍대용: 왕양명을 따르는 자도 있는지요?
반정균: 왕양명은 대유로서 공묘에 배향되었습니다. 특히 그 양지를 강함이 주자와 다르므로 학자들이 종주로 삼지 않고 간간이 한두 사람이 따르고 있으나 그다지 현저하지는 않답니다.
홍대용: 왕양명은 간세의 호걸이고, 문장사업이 실로 전조의 거벽입니다. 다만 그 문로는 진실로 난공의 말과 같지요.
엄　성: 귀처에서도 육상산을 배척합니까?
홍대용: 그렇소.
엄　성: 육자정은 타고난 자질이 매우 높고, 왕양명은 공이 천하를 덮으니, 곧 강학하지 않아도 또 그 큰 인물이 됨에 장애가 되지 않지요. 주자와 육왕에 본래 다름이 없는데 학자들이 스스로 분별을 만든 것이지요. 또 길은 달라도 돌아가는 곳은 같습니다.
홍대용: '돌아가는 곳이 같다'라는 말은 감히 그대로 받아들일 수 없네요.
김재행: 공이 비록 천하를 덮어도 양지론을 창안해낸 것이 주자와 다르지요.
반정균: 사업은 모름지기 성의와 정심에서부터 해야 하는 것이니, 양명의 격물치지가 오히려 여감이 있을 뿐입니다.
홍대용: 양명의 학이 진실로 여감이 있으나, 다만 후세의 기송의 학에 비하면 어찌 하늘과 땅의 차이가 아니겠소?
반정균: ('하늘과 땅의 차이가 아니겠는가[豈非霄壤]'란 말에 권점을 치면서) 극히 좋습니다. 지금의 독서는 기송에 지나지 않을 뿐입니다. 그러나 천하에 성현의 학문에 잠심하는 자

　　　　가 없지 않으니, 속유로서 일률적으로 말할 것이 아니지요.
김재행: 종지의 방향이 다르면 도리어 기송만 같지 못하지요.
엄성은 미소를 지을 뿐이었다. 대개 그는 평소에 배운 바가 육왕에
자못 깊었던 까닭이다.(건정동필담 속)

　담헌이 학자들이 추종하는 인물이 누구인가를 물었을 때, 반정균
이 먼저 나서서 모두 주자를 존숭하고 있다고 대답하였다. 담헌이 왕
양명에 대해 말을 꺼내자 반정균은 공묘에 배향된 대유임을 인정하
면서도 학설이 달라 추종자가 별반 없다고 하였다. 그때 엄성이 나서
며 조선에서도 육상산을 이단으로 배척하느냐고 물었다. 그렇다고 하
자 엄성은 육왕에 대해 두둔하는 발언을 하였고, 담헌과 김재행, 반정
균 등이 동의할 수 없다는 뜻을 밝혔다.

　담헌이 말을 돌려 육왕학이 문제는 있으나 후대의 기송학과는 천
양의 차가 있다고 하자, 반정균은 기송이 대세이기는 하나 성현의 학
문에 잠심하는 사람도 없지 않다고 하였고, 김재행은 이단의 학설은
기송만도 못하다고 못을 박았다. 육왕을 이단으로 보는 분위기로 돌
아가자 엄성은 그저 미소를 짓기만 하고 말이 없었다는 것이다.

　　양명이 주자와 다른 곳은 격물치지에 있습니다. … 저는 일찍이 논
　　하기를, '눈은 천하의 색깔을 볼 수 있는 것이지만 홍색과 자색이
　　혹시라도 정색을 어지럽힌다면 이미 그 시각을 잃은 것이요, 귀는
　　천하의 소리를 들을 수 있는 것이지만 정성이 혹시라도 아악을 어
　　지럽힌다면 이미 그 청각을 잃은 것이요, 입은 천하의 맛을 알 수
　　있는 것이지만 사특한 맛이 혹시라도 대갱大羹을 어지럽힌다면 이
　　미 그 미각을 잃은 것이다.'라고 하였습니다.
　　비록 어떤 한 가지 절행이 있는 선비가 간혹 생각하지 않고서 얻는
　　것이 있다 하더라도 배워서 알아가고 힘써서 행하는 부류에 있어
　　서는 현명한 선각者에게 나아가 질정하지 않을 수 없는 것이니, 궁

리를 빠뜨릴 수 없는 것이 이 까닭입니다.(육비에게 보낸 편지)

인용 부분은 담헌이 귀국한 뒤 육비에게 보낸 서신의 일부다. 담헌은 육왕이 인간의 본심이나 양지에만 뜻을 기울이는 데 대해 주자는 궁리와 강학을 통해 도에 이를 수 있다고 하면서, "지금 양명의 의견은, 마치 명明은 오직 눈에서만 구해야 할 것이니 눈만 밝으면 천하의 색채는 보기 어렵지 않다는 것이요, 총聰은 오직 귀에서만 구해야 할 것이니 귀만 밝으면 천하의 소리는 듣기 어렵지 않다는 것이요, 맛은 오직 입에서만 구해야 할 것이니 입만 분변할 줄 알면 천하의 맛은 알기 어렵지 않은 것이라고 하는 것과 같다."고 하고, 누구나 눈으로 보고, 귀로 듣고, 입으로 맛을 볼 수 있으나, 명은 눈이 밝기로 이름난 이루離婁만 같지 못하고, 총은 소리를 잘 듣기로 이름난 사광師曠만 같지 못하며, 맛은 미각으로 이름난 역아易牙만 같지 못한 것이므로, 선각자를 찾아 강학을 하고 궁리를 해야 한다고 하였다.

담헌은 주자와 육왕을 견주어 보면서 육왕이 양지의 심학에 흘러 궁리와 강학을 소홀히 하는 점을 비판하면서도 국내에 있을 때와는 달리 육왕에 대해서도 다시금 꼼꼼히 살펴볼 수 있는 계기를 가졌던 듯하다. 이를 발판으로 주자학에 대해서도 객관적인 입장에서 냉정하게 바라보는 시각을 갖추게 된 것으로 보인다. 「건정록후어」에서 기술한 다음의 글에서 그러한 사정을 엿볼 수 있다.

동방 유학자들의 주자 숭봉은 실로 중국 사람들이 따라올 수 있는 바가 아니다. 그러나 다만 존숭하여 받드는 것이 귀한 줄만 알고, 그 경의의 의심스럽고 논란되는 점에 대해서는 그저 부화뇌동하여 한결같이 엄호하기만 하고 남의 입을 막으려고만 하니, 이는 향원

의 마음으로 주자를 바라보는 것이다. 내 이를 일찍이 병통으로 여
겼더니 절강 사람들이 논하는 것을 들어본 즉 그들이 지나치기는
지나쳤지만 동방 사람들의 고루한 습성은 깨끗이 씻어버렸으므로
실로 사람의 가슴을 시원하게 하였다.

주자설만이 사문의 정통이고, 여타의 변설은 모두 사문난적으로
이단시하였던 당시에 담헌의 이러한 주장은 파천황적인 것이라고 아
니할 수 없다. '일찍이 병통으로 여겼다.'는 말에서 담헌이 획일적인
주자주의에 대해서 연행을 하기 전부터 의심을 품어 온 것은 알 수
있으나 항주 세 문사와의 만남 등 연행 이후에 그러한 생각이 확고하
게 자리한 것만은 틀림없는 사실인 듯하다. 이는 분명 18세기 한·중
문인 사이의 지식소통의 결과라고 할 수 있을 것이다.

3) 진토進退·소장消長의 기미機微

여기서의 진퇴와 다음 절에서 다룰 출처는 기실 같은 말이다. 같은
말임에도 연암이 각기 따로 쓴 것은 그다음에 오는 말과의 관계 때문
인 듯하다. 여기서의 소장은 '쇠하여 사라짐과 성하여 자라감'의 의미
다. 다음 절에서 다룰 영욕은 '영화와 치욕'의 의미다. 소장과 영욕을
굳이 변별하여 정의하자면, 소장은 영욕에 비해 한층 국가적인 층위
의 문제라고 볼 수 있고, 반면에 영욕은 소장에 비해 한층 개인적인
층위의 문제라고 볼 수 있겠다. 기미 또한 시대의 변화나 국가의 존
망 등 사회적 층위의 변동에 대한 낌새의 의미로 대개 쓰인다면, 분
수는 개개인의 신분이나 조건에 맞는 한도를 뜻하는 개인적 층위의
말로 주로 쓰인다.

따라서 여기서는 개인의 진퇴가 국가나 사회의 소장과 관련되는

자료를 통해 담헌과 중국 문사들 사이의 소통양상을 살펴보고자 한다. 담헌이 건정동에서 엄성·반정균 등과 2월 17일 네 번째 회동하였을 때 주고받은 필담의 한 토막을 보기로 하자.

> 홍대용: 전목재錢牧齋는 어떤 사람이오?
> 반정균: 이 분은 별호를 낭자浪子라고 하는데, 참으로 지기지요.
> 홍대용: 낭자는 기미를 알고 몸을 깨끗이 하고 벼슬을 사양한 뒤 멀리 떠나갔는데, 목재는 아마 그렇게까지는 못했을 듯하오.
> 반정균: 젊어서 당의 영수가 되고 말년에는 항복한 신하가 되었지요. 문장으로 세상에 이름이 났었는데, 나라로 봐서는 아까운 사람이지요.
> 엄 성: 그가 일찍 죽었더라면 오늘날 그를 헐뜯을 사람도 없을 텐데….
> 반정균: 명성과 덕망은 드러내지도 못하고 고희를 넘기는 장수를 하였지요.
> 엄 성: 목재의 인품은 말할 게 없어요.
> 홍대용: 아마도 고상해 지는 게 싫어 타락한 사람이로군요.
> 엄성이 고개를 끄덕였다. (중략)
> 엄 성: 인품의 바르고 바르지 못함은 일찍이 정해진 것이고, 목재의 잘못된 행실은 그가 낭자가 되면서부터 이미 예정되어 있었던 것이지요. 매복枚卜을 다툰 것만 하더라도 어찌 올바른 사람에게 있을 수 있는 일입니까?
> 홍대용: 매복을 다툰 일에 대해서는 일찍이 듣지 못했는데, 그 더러움이 거기까지 이를 줄은 몰랐었소.(건정동필담)

전목재라는 인물을 두고 담헌이 엄성·반정균 등 항주 선비들과 필담을 나누고 있다. 전목재의 본명은 전겸익錢謙益(1582년~1664년)로 목재는 그의 호다. 명말청초의 정치가이자 시인으로, 명나라가 망한 뒤에 청조에 항복하여 벼슬을 했던 인물이다.

담헌이 그에 대해 묻자 반정균은 목재의 낭자라는 별호를 소개하면서 '지기'라고 평가를 내렸다. 낭자는 「수호전」에 등장하는 36천강 가운데 천교성의 화신인 연청을 가리킨다. 연청은 방랍의 난을 진압한 뒤 송나라 조정에서 벼슬을 주겠다는 제의하였을 때 이를 거절하고 떠나간 인물이다. 반정균이 목재의 별호를 소개하면서 지기라고 한 말에는 비꼬는 뜻이 담겨 있다.

낭자는 연청의 별호이기도 하였지만 본디 '천박하여 일정한 의견이 없는 사람'을 가리키는 말이기도 하다. 반정균의 '지기'라는 말의 뜻도 일반적으로 쓰이는 '자기의 속마음을 지극하고 참되게 알아주는 사람'의 뜻으로 썼다기보다는 '스스로를 안다'는 의미로 썼을 것이다. 그래서 담헌이 연청의 옛일을 들어 목재가 그렇게는 못하였을 것이라고 하자, 초心을 달리한 항신이 되어 나라의 입장에서 볼 때 아까운 사람이라고 말한 것이다.

엄성은 목재의 잘못된 처신이 항신이 된 데서 한 걸음 더 나아가 매복을 하기에 이르렀다고 지적하였다. 매복은 중국 고대 제왕들이 재상을 임명할 때 후보자 명단에 손수 낙점을 하지 않고 하늘에 기도하여 점을 쳐서 선발하는 방법을 뜻하였는데, 단순히 고위 관직의 임명을 뜻하기도 하였다. 따라서 목재는 변절을 하였을 뿐만 아니라 청조에 벼슬하면서 고위 관직에 오르기 위해 다툼을 벌이기도 하였으므로, 담헌은 더러움이 거기에까지 이를 줄은 몰랐다고 한 것이다.

목재의 변절과 청조에서의 사환, 매복 등은 그 개인의 진퇴에 관한 문제이기도 하지만 명청 교체기의 왕조의 소장과도 밀접한 관련을 가지고 있다. 그러한 기미에 대해 담헌과 항주 두 문사는 다 같이 목재를 두둔하는 입장이 아니라 비판적인 입장에 서 있었음을 확인할 수 있다.

엄　　성: 주연유周延儒가 장원이 아닌가?
홍대용: 그가 누구지요?
엄　　성: 명나라 말의 대간신입니다.
반정균: 주연유와 위덕조魏德藻는 모두 장원인데, 주연유는 대간신
　　　　으로 명조의 국사를 무너뜨렸고, 위덕조는 이자성李自成에
　　　　게 항복하여 형을 받았으니, 모두 장원 중의 도적들이지요.
　　　　나홍선羅洪先도 장원인데 20년 동안 도를 배워 겨우 흉중
　　　　에서 장원 두 글자를 지워버렸지요.
홍대용: 근사近思하고 내성內省하는 말이오. 이 한마디로 그분의
　　　　어짊을 알 수 있겠소.
반정균: 나홍선은 명나라의 거유로 공묘에 받들어 제사를 지낸답
　　　　니다.(건정동필담)

역시 2월 17일, 청조의 과거제도와 창방 후의 풍습에 대해 필담을
나누던 끝에 나온 내용이다. 명나라 말기에 과거에 장원으로 급제한
세 사람의 행적에 대해 각자의 생각을 피력하는 가운데 진퇴와 소장
의 문제가 관련되어 있다.

이 세 인물에 대해서는 연암의 『열하일기』「일신수필」에도 언급되
어 있다. 건륭45년(1780년) 7월 21일, 연암이 불어난 강물에 막혀 동
관역에 머물면서 만난 축노인이 베끼고 있던 글에서 본 내용이 그것
이다. 이에 의하면, 주연유는 직예 출신으로 만력 계축년(1613년) 과
거에 장원하였고, 위덕조는 통주 출신으로 숭정 경진년(1640년)에 장
원하였으며, 나홍선은 길수 출신으로 가정 기축년(1529년)에 장원하
였다.(박지원,「일신수필」)

요컨대, 나홍선은 명소청장明消淸長의 기미를 알아 퇴를 결단하고
도학에 전념함으로써 공묘에 제향되기에 이르렀으나, 주연유와 위덕
조는 그러한 기미를 알아채지 못하고 있다가 마침내 국사를 무너뜨
리고 망국을 자초한 추한 자취를 남기게 되었다는 것이다. 여기서도

담헌을 비롯한 항주 두 문사 간의 의견이 일치함을 볼 수 있다.

나홍선처럼 명소청장의 기미를 알아 퇴를 결단하고 도학에 전념한 사례는 엄성·반정균과 동향인 인물 가운데도 있었다. 담헌이 건정동에서 엄성·반정균 등과 2월 3일 처음으로 회동하였을 때 주고받은 필담의 한 토막을 보기로 하자.

> 홍대용: 청컨대, 서림西林선생의 덕행에 대해 대략 말씀해 주십시오.
> 반정균: 은거하여 수도하면서 일이 없이는 성부城府에 들지 않지요. 현달한 벼슬아치로 만나려는 자가 있으면 반드시 준절히 거절한답니다. 어떤 이가 시랑으로 있는 뇌현雷鉉과 통정관인 전유성錢維城과 함께 모두 먼저 대문 앞에 나아가 저서를 구경하려고 해도 마침내 구경할 수 없었지요. 우리 마을의 선배 가운데 고상한 선비로 서개徐介·왕풍汪諷·왕증상王曾祥 같은 이들이 있는데, 역시 모두 시속을 따르지 않고 능히 스스로 우뚝하여 불후한 사람들입니다. 서개와 왕풍은 벼슬한 일이 없는 선비로서 왕조가 바뀐 뒤에 세상을 피하여 벼슬하지 않았고, 왕수재는 30여 세에 과거 보는 일을 접고 응시하지 않았답니다. 그들의 문장과 인품이 우뚝하여 전할 만하지요.

서림선생은 항주의 고고한 문사인 오영방吳潁芳을 가리킨다. 엄성의 형인 구봉 엄과와 친밀하게 왕래하였다고 한다. 오영방에 대한 기록은 『열하일기』의 「속재필담」과 「경개록」에도 보인다. 「속재필담」에서는 연암이 항주 사람 오복吳復을 만나 동향이므로 아는 사람이 아닐까 하여 물었었고, 「경개록」에서는 광동안찰사인 왕신汪新을 만났을 때 서림의 안부를 묻는 대목이 보인다. 오영방뿐만 아니라 서개·왕풍·왕증상 등 항주의 고사들도 모두 주연유나 위덕조와는 달리 왕조소장의 기미를 엿보고 퇴를 결단하여 아름다운 이름을 남기게 되었다는 것이다.

4) 출처出處·영욕榮辱의 분수分數

여기서는 앞 절에서 밝힌 대로 개인의 출처가 개인의 영화나 치욕과 관련되는 자료를 통해 담헌과 중국 문사들 사이의 소통양상을 살펴보고자 한다. 담헌이 건정동에서 엄성·반정균 등과 2월 3일과 4일 두 차례 회동한 뒤 주고받은 서신의 한 토막을 보기로 하자.

> 저의 사문師門은 청음淸陰선생의 현손이고, 나이는 65세이며, 유일遺逸로 현재 국자좨주國子祭酒를 맡고 계십니다. 임금이 자주 불러도 나가 벼슬하지 않고 한거하며 가르침을 베푸니, 배우는 자들이 높여 미호渼湖선생이라 합니다. …
> 난공의 편지에 이르되, … 조금 전에 손수 보내주신 편지를 읽고, 더욱 족하께서 고아하여 속됨에서 벗어나 구차스럽게 입신하기를 구하지 않고, 뜻한 바가 매우 커서 중국의 도정절이나 임화정과 같아 천고에 몇 사람에 불과함을 보았습니다. 그 고풍과 일치에 존경함을 더욱 마지못합니다. 또 영사의 경개를 보니 족히 연원이 있음을 알겠으며, 공안孔顔의 낙樂과 방불하다고 생각합니다. 더욱 사람으로 하여금 멀리 우러러 사모함을 금할 수 없게 합니다.

앞부분은 담헌이 엄성과 반정균에게 보낸 서신의 일부고, 뒷부분은 반정균이 담헌에게 보낸 회답의 일부다. 담헌은 자신의 스승인 미호 김원행이 청절로 중국에까지 널리 알려진 청음淸陰 김상헌金尙憲의 현손이며, 임금의 잦은 부름에도 불구하고 한거하며 교수하는 것을 자랑스럽게 말하고 있다. 출사하는 것보다는 처사로서 지내는 것이 선비로서 치욕을 벗어나 영화로운 길이라는 생각이 드러나 있다.

이에 대한 반정균의 반응 또한 담헌의 생각과 일치하는 것으로 보

인다. 구차스럽게 입신하지 않으려는 담헌을 도잠陶潛이나 임포林逋
와 견주어 칭송하고, 청음의 가문이라는 연원이 있는 미호 선생은 공
자와 안연의 안빈낙도를 실천하는 인물이어서 사모한다고 하였다. 담
헌이나 반정균 모두 벼슬길의 현달을 영화로 여기지 않고, 오히려 한
거나 안빈낙도함을 영화로 여기고 있음을 볼 수 있다.

> 홍대용: 두 분의 과거 기일이 머지않아서 응시 준비에 바쁘실 텐데
> 오래 앉아 번요하게 폐를 끼쳐 미안합니다.
> 엄성·반정균: 그렇지 않습니다. 우리가 여기에 왔지만 본래 과거
> 에 마음을 쓰진 않습니다.
> 홍대용: 그러면 과거에 급제하려 하지 않는단 말인가요?
> 엄　성: 하려고야 하지만 천명에 맡길 뿐입니다. 저희들은 명리에
> 전심하는 사람이 아닙니다.

인용한 대목은 2월 3일 담헌이 처음 건정동으로 항주 문사들을 찾
아가서 나눈 필담의 일부다. 여러 가지 생각나는 대로 문답을 나누다
가 너무 오랫동안 시간을 빼앗았다는 생각이 든 담헌이 결례를 사과
한 데 대해 엄성 등 두 사람의 반응이 나타나 있다. 두 사람이 과거를
보기 위해 연경에 와 있기는 하지만 과거를 통해 명리를 구하고자 하
는 것은 아니라는 얘기다. 이러한 반응의 바탕에는 반드시 출하는 것
만이 영화로운 것이 아니라는 생각이 깔려 있다. 이에 대한 담헌의
반응은 다음의 서신 내용에 나타나 있다.

> 과거에 급제하고 못하는 것은 비록 정해진 천명이 있으나 전심하
> 여 집중하지 않으면 잘되지 못합니다. 이제 과거 날짜가 머지않으
> 니 마땅히 정신을 집중하고 마음을 가라앉혔다가 때를 기다려 움
> 직여야 하는데, 문득 뜻밖의 요란스러움으로 응수하느라 밖에서 번

거롭게 하고 마음 쓰느라 안에서도 어지럽게 해드렸으니 또한 민망하지 않겠습니까? 다만 과거에 급제하여 벼슬하는 영광이 형들의 능사가 되기에는 부족하고, 이 아우의 형들에 대한 바람 또한 이에 있지 않습니다. 비록 그러나 양친의 기대와 집안의 생계를 위해 수천 리를 발섭跋涉한 목적이 있으니, 또한 가히 작은 일이라 할 수 없습니다. 행여 잘 판단하여 가리시기 바랍니다.

2월 3일과 4일, 두 번의 만남 뒤인 6일 담헌이 엄성 등에게 보낸 서신의 일부다. 여기서도 담헌 일행이 과거를 보러 온 엄성 등을 일방적으로 찾아가 방해한 데 대해 사과의 뜻을 표하고, 이어서 엄성 등에게 있어서 과거하여 벼슬하는 것이 전부가 될 수 없으며, 담헌의 그들에 대한 기대 또한 거기에 있지 않음을 밝힌 글이다. 출처의 문제에 대해 담헌 자신의 입장에서 주장을 편 것이 2월 24일 육비에게 보낸 다음의 서신 내용이다.

저로 하여금 과거에 급제하고 영화의 길을 밟아 술객術客의 말과 같이 되었더라면, 저 명리의 마당과 사환의 바다 사이에서 떴다 가라앉았다 했을 것이니, 이는 가련한 일이지 어찌 크게 기뻐할 일이 되겠습니까? 이제야 어제의 통쾌하고 즐거웠던 일이 이른바 기화奇禍를 액막이한 것인 줄을 알겠습니다. 이른바 과거에 급제한다 영화로운 길이다 하는 것이 이제부터는 물고기가 강호에 노닐며 서로 잊어버리듯 할 것입니다.

여기서 말한 '술객의 말'이라는 것은, 이 글을 쓰기 10년 전 담헌이 한 술객을 만났는데 병술년이 되면 크게 형통하여 과거에 장원해서 크게 영귀하게 될 것이라고 예언한 것을 말한다. 담헌이 자신은 벼슬길에 집착이 없으며 그렇게 되기에는 자신의 능력이나 성격에 맞지 않는다고 하자, 술객은 운명을 받아들이지 않으면 기화가 닥치거나 크게 기쁜 일이 생길 것이라고 하였다.

그 뒤 병술년이 되어 과거에 급제하는 대신 중국 땅을 밟게 되어 그
것이 기쁜 일이라고 여기다가 압록강을 건넌 뒤로 만나는 것이 모두
험악한 산천과 환경, 용렬한 인물뿐이어서, 이것이 바로 술객이 말한
기화가 아닌가 여기기도 하였다는 것이다. 그러다가 연경에서 육비와
엄성 등을 만나 간담을 헤치고 진정을 토로하며 친교를 맺게 되자, 다
시 이것이 술객이 말한 큰 기쁨이라고 생각하게 되었다고 하였다. 이
마당에 출하여 과환이니 영도니 하는 것은 아랑곳할 겨를이 없다는
것이다. 그렇다면 이들이 출하지 않고 처하여 과환이나 영도를 대신해
서 찾을 수 있는 보람은 무엇일까? 담헌의 생각을 들어보자.

> 과거에 실패한 것은 모두가 운수에 매인 것이어서, 비록 어버이를
> 영화롭게 하는 지방 관원으로 임용되는 계획에는 혹시 한때의 실
> 망을 면하지 못할지라도 현제의 아량과 달관으로 마음속에 근심은
> 없을 줄로 압니다. 또한 친구인 제가 기대하는 뜻은 과거와 벼슬
> 밖에 있었으니, 위로의 말보다는 오히려 축하를 드려야겠습니다.
> 강호자연의 즐거움은 금관조복의 영화로움을 잊을 수 있는 것이고,
> 덕의의 배부름은 고량진미의 맛을 당해낼 수 있는 것이며, 아름다
> 운 소문과 드넓은 명예가 어버이를 천고에 빛나게 해드릴 것입니
> 다. 삼생지공三牲之供과 전성지양專城之養이 무슨 소용이 있겠습
> 니까? 편지에 염락濂洛의 글을 잠심해 본다고 하였는데, 이것이 바
> 로 그 덕의의 근본이 되고 아름다운 명예의 바탕이 되는 것입니다.
> 과거에 불리했던 것은 하늘이 곤란과 고통을 더 겪게 하여 장차 현
> 제에게 큰 임무를 내리려는 것입니다. 이것이 바로 제가 축하를 드
> 리는 까닭입니다. 현제의 생각은 어떤지 모르겠군요.(엄성에게 보
> 낸 편지)

이 글은 담헌이 귀국한 뒤 엄성에게 세 번째 보낸 서신의 일부다.
엄성이 과거에 실패한 소식을 듣고 그것을 위로하기보다는 오히려

학문에 전념할 것을 권면하는 내용이다. 금관조복·고량진미·삼생지공·전성지양 등은 출사에 따른 영화라고 할 수 있다. 그러나 이들은 지속적인 영화가 될 수 없고 자칫 치욕으로 다가올 수도 있다. 그런 까닭에 담헌은 강호자연의 즐거움이나 덕의의 배부름을 통한 아름다운 소문과 드넓은 명예가 이들보다 더욱 영화로운 것이 될 수 있다고 한 것이다. 담헌에게 있어서 덕의를 배부르게 하는 일은 이를테면 염락에 잠심하는 것이다. 즉, 천인성명天人性命을 궁구하는 학문에 전념하는 길이 가장 영화로운 길이라는 생각이 깔려 있다.

연암 박지원은 「회우록서」에서 담헌과 항주 문사 3인의 만나 결의 형제하고 필담한 이야기에 대해 '「천명과 인성의 근원」, 「주자와 육상산의 학술의 구분」, 「진퇴·소장의 기미」, 「출처·영욕의 분수」' 같은 것에 대해 토론하였다고 하였다.

이 글에서는 연암의 구분에 따라 담헌과 항주 문사들 사이의 지식 소통이 어떻게 이루어졌는가를 살펴보았다. 이를 위해 「건정동필담」 등 필담 자료와 「항전척독」 등 서간 자료를 함께 검토하였다.

담헌과 항주의 세 문사들은 대체로 성명을 인간의 본성이라는 측면에서 파악하고 있다는 공통점이 있다. 특히 담헌은 성명을 구분하여 실덕이 나에게 있는 것을 성이라 하고, 이름이 남에게서 이루어지는 것을 명이라고 하였다. 이는 맹子의 사상과 다름이 없어 보인다.

맹자는 성과 명이 본래 하나로서 천이 나에게 주었다고 보면 명이 되고, 내가 받았다고 보면 성이 되는 것이라고 보았다. 그러므로 성은 인간의 본성으로서 인간이 인간으로 존재할 수 있는 존재원리가 되며, 명은 운명의 의미와 함께 인간의 주체적 자각을 통해 사명으로 생각되는 것이다.

천명과 인성의 근원에 대한 논의는 주자의 학설과 육왕의 학설 비교로 자연스럽게 이어졌다. 담헌은 주자의 학설을 옹호하면서 육왕의 학설을 비판하기는 하였으나 이들과 깊은 필담을 나누고 서신을 주고받는 사이에 주자학설을 객관적인 입장에서 바라볼 수 있는 계기를 마련할 수 있었다.

이 땅의 유자들은 주子를 존숭할 줄만 알았지 그 경의의 의심되고 논난되는 점에 대해서는 그저 부화뇌동하여 한결같이 엄호하기만 하고 남의 입을 막으려고만 하니, 이는 향원鄕原의 마음으로 주자를 바라보는 것이라고 하였다.

진퇴와 출처에 대해서는 담헌과 항주의 3인이 의견의 일치를 보이고 있다. 명리의 마당과 사환의 바다에서 부침하는 자들이 태반인 세상에서 이들은 입신행기하는 군자가 되기를 바라면서 과거니 영도니 하는 것은 물고기가 강호에서 노닐면서 서로 잊어버리듯 마음에 두지 않을 것이라고 하였다.

담헌이 필담과 서신왕래라는 새로운 형식을 통해 중국의 문사들과 지적인 교유를 한 전례는 그대로 연암의 『열하일기』에 이어짐으로써, 중세 후기 한·중 간 지식소통의 새로운 전기를 마련하였다는 데 그 의의가 있다고 할 것이다.

제2부

시각문화와 경계 짓기

Ⅰ

정대약의 『정씨묵원』

정유선

1. 『정씨묵원』의 체제와 내용
2. 『정씨묵원』의 문화적 의미

　16, 17세기 중국의 강남지역은 상업자본주의의 발달로 사회·문화적으로 커다란 변화를 맞이하게 되었다. 이러한 변화로, 사회·문화적 특권을 누리는 계층이 기존의 문인들만이 아니라 축적된 부를 인문 교육에 투자하여 '교양인'이 되고자 했던 상인까지 포함되어 그 범위가 확장되었다. 때문에 이 시기 들어 도서 출판과 유통의 급증현상은 상인들이 새로운 독자층으로 대두되는 것과 깊은 관련을 갖는다.[1] 이는 당시 상인들이 기존 문인사회에 진입하기 위해 기울인 문화적 노력들이 출판과 유통의 메커니즘 변혁의 원동력으로 작용했다는 의미이기도 하다. 이 같은 사회·문화적 현상을 반영하고 있는 대표적인 예로 휘상徽商이 제작한 묵보墨譜를 들 수 있다.

---

1) 오오키 야스시, 노경희 옮김, 『명말 강남의 출판문화』, 소명출판, 2007, 30~48, 103~133쪽 참조.

묵보는 먹 표면 장식도안집으로, 먹 공방에서 만든 먹을 선전하기 위한 홍보 브로슈어의 성격을 지닌 책자이다. 묵보는 송대宋代 이효미李孝美가 처음 제작하기 시작하여 16, 17세기 휘상들에 의해 매우 활발하게 출판되었다. 안휘지역은 예로부터 품질 좋은 먹 제작으로 유명하던 곳으로, 남당南唐시기부터 먹 제작이 시작되어 명대에 이르러서는 상업의 발달과 문인의 먹 제작 참여로 인해 이곳의 묵장墨匠만 120여 명에 달할 정도로 성행하였다. 당시 휘묵은 그 품질과 디자인에 있어 최고의 수준을 자랑하며 중국 전역은 물론 해외에까지도 전해졌다.2) 이러한 활발한 먹 제작으로 묵보 출판 역시 그 규모와 구성에 있어 확대되고 발전되었다. 이 시기 휘상에 의해 출판된 묵보로는 명明·심계손沈繼孫의 『묵법집요墨法集要』, 명·방우노方于魯의 『방씨묵보方氏墨譜』, 명·정대약程大約의 『정씨묵원程氏墨苑』, 청淸·장인희張仁熙의 『설당묵품雪堂墨品』, 청·송낙宋犖의 『만당묵품漫堂墨品』, 명·반방개潘方凱의 『묵평墨評』, 청·조성신曹聖臣의 『조씨묵림曹氏墨林』, 청·왕근성汪近聖의 『감고재흑수鑑古齋黑藪』 등이 있다.3)

그중 휘주지역 유상儒商이었던 정대약(1541~1616년)이 명明 만력萬曆 33년(1605년)에 출판한 『정씨묵원』은 정진탁鄭振鐸이 그의 저작 『겁중득서기劫中得書記』에서 '국보國寶'라고 칭하며 인간 세상에는 다시 있을 수 없는 책이라고 극찬할 정도로 내용과 예술성에 있어 완성도가 매우 높아 이 시기 묵보를 대표한다고 할 수 있다.

정대약은 명 가정嘉靖, 만력萬曆 연간에 활동하던 휘주徽州 흡현翕

---

2) 倪淸華, 「徽州文人自制墨」, 『收藏家』, 2006.3.

3) 『四庫全書叢目』, 「譜錄類」와 張海鵬의 「論徽商經營文化」(『安徽師範大學學報』, 第27卷 第3期, 1999.8) 참조.

縣 사람으로, 자字는 유박幼博, 또는 군방君房이며, 조야莜野, 현거사
玄居士, 홍몽씨洪濛氏, 현현씨玄玄氏, 현현자玄玄子, 독성객獨醒客, 장
산방민郭山放民 등의 호號를 지니고 있다. 그는 어려서 집안이 가난
해 행상으로 돈을 벌어 기반을 마련한 뒤 고리대금업을 하여 막대한
재산을 모으게 되었다.4) 그는 거부가 된 후 골동품에 관심을 갖게 되
는데, 특히 문인을 상징하는 문방사우 가운데 하나인 고묵古墨을 매
우 좋아 하였다.5) 또 그는 시간이 날 때면 옛 사람들의 제묵법制墨法
을 연구하다 결국 거금을 투자하여 자신이 직접 먹 제작에 나서게 되
는데, '수연화교법搜煙和膠法'을 터득하게 되면서 당시 먹을 제일 잘
만들기로 이름났던 묵장 나소화羅小華보다 더 뛰어나게 되었다.6) 또
그는 만력 초 조정에 먹을 진상하였으며 홍려사鴻臚寺 서적 중개상인
서반序班7)을 맡아 서적 유통을 담당하기도 하였다. 한편으로 그는 학
업에도 뜻을 두어 국자감國子監에서 수학하였고 척원좌戚元佐 문하
에 들어가 시문을 배우기도 하였으며, 과거에도 여러 차례 도전하였
으나 모두 낙방하여 고향으로 돌아와 먹 제작에 전념했다.8) 공명에
대한 미련을 완전히 버리고 실의에 빠져 고향으로 돌아온 정대약을
기다리고 있는 것은 가정형편이 어려워 자신의 먹 공방 사환으로 데
리고 있으며 제묵법을 가르치던 방우로의 배신이었다. 때문에 정대약
은 억울한 누명을 쓰고 감옥에 갇히게 되었고, 그동안 방우로는 정대
약의 모든 것을 가로채 새로운 먹 공방을 차리고 자신이 제작한 먹을

---

4) 앞의 책, 「寶墨齋記」, 『人文爵里』 권8 참조

5) 앞의 책, 「墨苑自敍」, 『人文爵里』 권3 참조

6) 앞의 책, 「程幼博墨讚」, 『人文爵里』 권6 참조.

7) 안대회, 『조선의 프로페셔널』, 휴머니스트, 2007, 227~228쪽 참조.

8) 翟屯建, 「程大約生平考述」, 『中國文化研究』, 2000.3 참조.

선전하기 위해 『방씨묵보』를 출판했다. 정대약은 감옥에서 나와 방우로가 『방씨묵보』를 출간한 것을 알고 발분하여 『정씨묵원』을 출판하게 된다. 이렇게 탄생된 『정씨묵원』은 정대약이 16, 17세기 상인과 문인을 넘나들며 겪었던 모든 인생역정과 문화적 정체성이 고스라니 담겨 있는 문화자서전이자, 먹에 대한 그의 애정과 노력의 결정체라 할 수 있다.

따라서 본 글은 정대약의 『정씨묵원』에 대한 고찰을 통해 명말 휘주 출신 유상들의 문화적 정체성과 이 책이 갖는 문화적 의의를 살펴보는 데 목적을 둔다. 필자는 우선 본 연구를 위해 베이징도서관에서 소장하고 있는 명 만력 연간 정대약의 자난당滋蘭堂에서 간행한 채색 투인본彩色套印本의 영인본 『정씨묵원』9)을 기본텍스트로 사용하였음을 밝혀 둔다.

1. 『정씨묵원』의 체제와 내용

『정씨묵원』은 자란당에서 명 만력 22년(1594년)부터 판각을 시작해 만력 33년(1605년)에 출간되었고, 만력 37년(1609년)에 재판을 찍었다. 이 책은 각 분야에서 당대 최고의 전문가들의 공동 작업으로 제작되었다. 먹의 갖가지 문양 설계와 밑그림은 안휘 휴녕休寧 출신의 유명한 화가 정운붕丁雲鵬이 그렸고,10) 판각은 최고 각공 집안인

---

9) 程大約, 『程氏墨苑』, 『中國古代版畵叢刊二編』 第六輯, 上·下, 上海古籍出版社, 1994.10

10) 정운붕은 吳左千·兪仲康 등과 함께 휘주의 묵장 방우로(1580~1620년 활동)가 1589년에 美蔭堂에서 편집하고 출판한 『방씨묵보』(1588)의 밑그림도 그렸다. 『방씨묵보』는 國寶·國華·博古·法寶·洪寶·博物 등 6개 주제로 총 380점의 도안이 분류되어 수록되어 있으며, 휘주의 刻工 黃守言 등이 판각했다.

〈그림 1〉　　　　　〈그림 2〉　　　　　〈그림 3〉　　　　　〈그림 4〉
정운붕의　　　　「묵수손墨水巽」　　　　정운붕의　　　　「동악태산東岳泰山」
「소상도掃象圖」　　　　(980쪽)　　　　「산수山水」　　　　(234쪽)

신안新安 황씨黃氏 집안의 황인黃鏻이 작업했다. 정운붕은 먹의 농담濃淡 없이 진한 선만으로 표현하는 백묘법白描法을 사용한 도석인물화道釋人物畵와 명말 문인화풍에 영향을 받은 복고적인 산수화에 뛰어 났는데, 이러한 그의 특유한 화풍으로 다양한 소재의 묵보를 그렸다.11) 그의 그림과 『정씨묵원』의 묵보를 비교해 살펴보면 이를 쉽게 알 수 있다.

　정운붕의 묵보제작 참여는 서화제작에 필수품이었던 먹이 지적이면서도 예술적인 재능을 발휘할 수 있는 예술품으로 변모하는 계기가 되었다.

　이 책은 형식과 내용에 따라 크게 「묵도墨圖」, 「인문작리人文爵里」, 「부록附錄」 세 부분으로 나눌 수 있다.

---

11) 고비야시 히로시쓰, 『중국의 전통판화』, 시공사, 2004, 91쪽 참조.

1) 묵도墨圖

『정씨묵원』 첫 번째 부분에는 1권에서 12권으로 구성된 「묵도墨圖」
가 실려 있다. 「묵도」에는 먹 표면에 들어갈 도안과 도안마다 여러 명
사들이 이에 대해 해설을 해 놓은 시문으로 구성되어 있다. 『정씨묵원』
에 실린 묵보는 모두 401점[12])인데, 「묵도」 부분에는 393점이 실려 있
다. 「묵도」는 각 제재에 따라 현공玄工·여지輿地·인관人官·물화物
華·유장儒藏·치황錙黃 등 6개 부문으로 분류되어 있고 각 부분은 다
시 상하로 나뉘어 모두 열두 권으로 이루어졌다. 현공 부분에는 주로
별자리, 신선, 상상 속의 동물 등 신비하고 오묘한 것을 제재로 하는
묵보 75점이 수록되어 있다. 여도 부분에는 산수, 누각, 건물, 현세現世
와 상상 속의 명승지 등을 그린 묵보 71점이 수록되어 있다. 인관 부
분에는 실제인물, 민간고사·소설·희곡 작품 속의 인물을 그린 묵보

〈그림 5〉	〈그림 6〉	〈그림 7〉
「일월중광日月重光」	「성숙부星宿符」	「오악비진도五嶽飛眞圖」
(58쪽)	(186쪽)	(227쪽)

---

12) 이 숫자는 『정씨묵원』에 수록된 묵보의 도판 개수, 즉 먹 하나에 들어가는 모든 그림을 한 세트로
하여 헤아린 개수이다.

42점이 수록되어 있다. 물화 부분에는 화초花草, 수목樹木, 금수禽獸, 수석水石, 기물器物 등 자연계에 있는 모든 사물이 그려져 있는 묵보 101점이 수록되어 있다. 유장 부분에는 역경이나 서경 등 유교 경전의 문구와 관련 그림이 그려진 묵보 55점 수록되어 있다. 치황 부분에는 불교와 도교에 관련 된 그림이 그려진 묵보 49점이 수록되어 있다.

여기에서 주목할 점은 도안 가운데 55점은 4색 혹은 5색으로 이루어진 다색쇄의 묵보가 수록되어 있다는 것이다. 이러한 기법을 묵보에 사용한 경우는 『정씨묵원』이 처음이다. 이 가운데 제1권 현공玄工 하下 편에 수록되어 있는 「비룡재천飛龍在天」은 『정씨묵원』의 대표적인 채색묵보로 널리 알려져 있다.

〈그림 8〉
「곤륜천주崑崙天柱」
(224쪽)

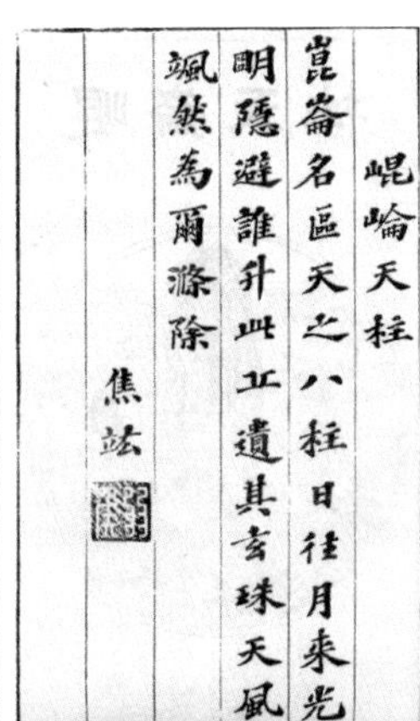

〈그림 9〉 초굉의
「곤륜천주崑崙天柱」 해설
(223쪽)

〈그림 10〉
「비룡재천飛龍在天」
(121쪽)

2) 시문詩文

두 번째 부분은 「인문작리人文爵里」라는 제목으로 모두 여덟 권卷으로 이루어졌는데, 여기에는 모두 정대약의 묵보 제작을 기념하기 위해 여러 명사들이 찬讚, 제사題詞, 시詩 등 다양한 문체로 지은 서발문序跋文이 수록되어 있다. 이를 다시 세 부분으로 나눌 수 있다.

① 서문: 정대약이 지은 서문 「묵원인문작리서墨苑人文爵里序」가 실려 있다.

② 목차: 「인문작리人文爵里」에 실린 시문의 목차 부분으로, 글을 수록한 명사들을 지역과 과제科第의 종목 두 종류로 분류하여 정렬하고 있다.

우선 「묵원성씨작리墨苑姓氏爵里」라고 하여 글을 수록한 명사들을 지역별로 정렬하고 각 명사의 이름 밑에는 자字, 관적貫籍, 관직官職 등 해당 명사의 신상명세사항을 자세히 기록하고 있다.

그다음에는 「묵원인문墨苑人文」이 실려 있는데, 명사들을 과제科第 종목별로 새로 다시 정리하고, 각 명사 이름 아래 號와 해당 명사가 정대약이 만든 묵과 묵보에 관해 쓴 시문의 제목을 적어 두었다. 이 명단에는 북경, 남경, 강남지역, 복건지역, 호광지역, 광동지역, 광서지역, 산동지역, 섬서지역, 사천지역, 운남지역 등 28 개 등 도시13)에 있는 각계각층 명사들로 첨순신詹舜信, 정응태丁應泰, 반만사潘萬嗣, 오가吳嘉, 문진개文震盖, 양도빈楊道賓, 고기원顧起元, 송응창宋應昌, 주지번朱之蕃, 초굉焦竑, 왕량정汪良楨, 심개沈湝, 진심룡陳心龍,

---

13) 北京, 南京, 강남지역: 蘇州, 常州, 鎭江, 徽州, 安慶, 折江, 嘉興, 寧波, 紹興, 溫州, 鏡州, 南昌/ 복건지역: 福州, 泉州, 興化/ 湖廣지역: 武昌, 漢陽, 黃州, 承天/ 廣東지역: 廣州/ 廣西지역: 南寧/ 山東지역: 濟南, 兗州/ 陝西지역: 西安/ 四川지역: 重慶. 雲南지역(앞의 책, 1101~1132쪽 참조)

진계유陳繼儒, 오회吳會, 엄징嚴澂, 심각沈㴋, 동기창董其昌, 도륭屠隆, 강동지江東之, 조붕징趙鵬徵 등 92명의 이름이 올라 있다.14)

③ 시문: 앞서 정리해 두었던 목차 순서에 따라 해당 명사들이 쓴 필체 그대로 시문을 수록해 놓았다.

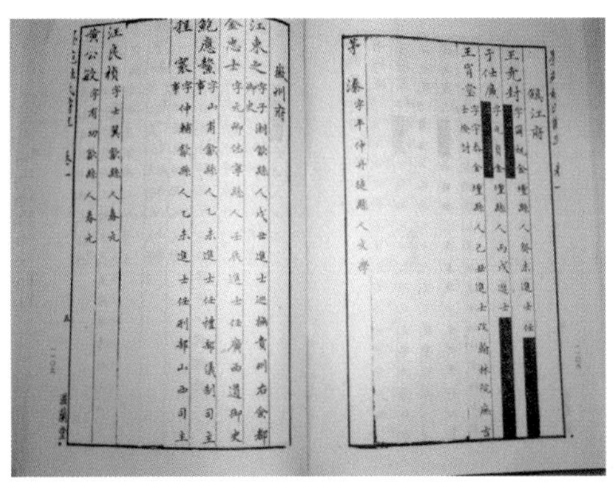

〈그림 11〉 참여 명사의 명단

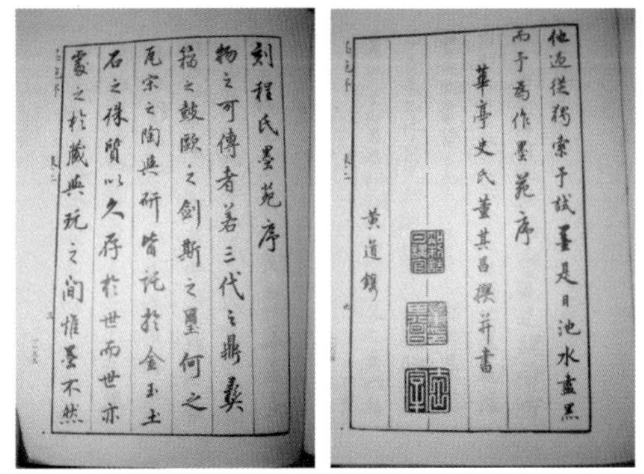

〈그림 12〉 동기창 서발문 〈그림 13〉 동기창 서명

---

14) 앞의 책, 1133~1174쪽 참조.

정대약은 당대 명사들에게 자신이 만든 먹을 건네며 서발문을 부탁하여 그의 묵보에 실었는데, 아마도 이를 통해 자신의 각계각층 인사들과의 폭넓은 교유를 과시하고 있는 것으로 보인다. 바로 누구보다도 상류문인계층으로 상승하길 원했던 정대약의 먹과 묵보제작은 문인들에게 없어서는 안 될 먹을 매개로 문인사회와 접촉을 시도하고 그 자신 역시 그들과 같은 교양인이 되고자 했던 문화적 노력이자 문화적 입지의 확장이라고 볼 수 있다. 때문에 그의 먹과 관련된 사업은 생계를 도모하기 위해서라기보다는 문인계층과 고상한 문화를 공유하기 위한 하나의 방편에 더 가깝다고 볼 수 있다.

3) 부록附錄

이 부분은 1605년『정씨묵원』초판이 발행된 이후, 다시 4년 뒤 만력 37년(1609년) 재판을 찍을 때 추가 증보한 부분이다. 여기에는 「이마두제사급기유라마주음적천주교利瑪竇題詞及記有羅馬注音的天主教」과 「중산랑전中山狼傳·속중산랑전續中山狼傳」이 추가로 수록되어 있다.

첫 번째 부록은 「이마두제사급기유라마주음적천주교利瑪竇題詞及記有羅馬注音的天主教」로, 이탈리아의 예수회 선교사 마테오리치(Matteo Ricci, 1552~1610년)가 지은 한자음을 로마자로 표기한 묵보 제사題詞와 천주교 종교화 4점이 실려 있다. 마테오리치는 최초로 중국에 천주교를 전교한 선교사로, 1583년 중국에 왔으며 중국이름은 이마두利瑪竇이다. 그는 사대부계층에게 천주교를 포교하지 않으면 중국선교가 힘들 것을 감지하고, 이를 위해 40세가 넘어서 중국 고전을 공부하여 당시 최고의 지식인 반열에 오르면서 문인사대부들과 교유하게 된다. 또한 그는 서양의 자연과학서적 등을 중국어로 번역

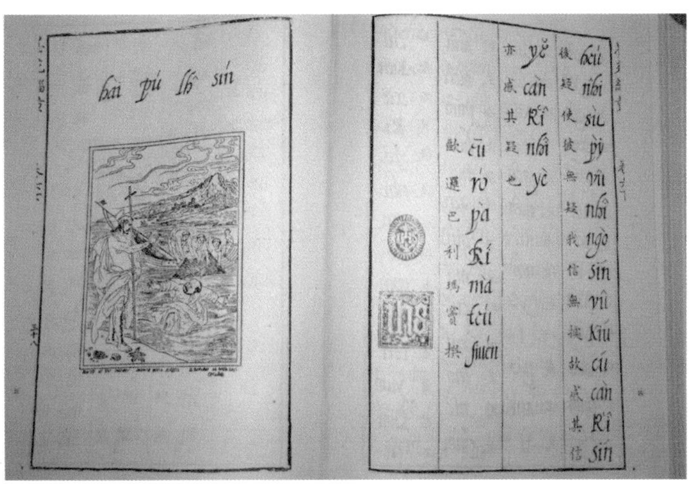

〈그림 14〉 한자음 로마자 표기(부록1 4, 5쪽)

해 서구문명을 전했으며, 천주교 교리를 중국어로 저술해 사대부들에게 찬사를 받기도 하였다. 정대약은 만력 33년(1605년) 겨울 그가 만든 명품 먹과 갓 간행한 『정씨묵원』을 들고 서양인으로 중국문화에 정통하여 당시 이름을 날렸던 마테오리치를 만나러 북경으로 갔다. 이에 마테오리치는 정대약에게 먹과 묵보를 선물로 받고 선교를 위해 4점의 동판으로 찍은 종교화와 그림마다 로마자로 중국어 발음을 표기한 한문 제사題詞로 답례하였다. 정대약은 마테오리치의 답례품을 가지고 돌아와 바로 화가 정운붕과 각공 황인에게 부탁하여 서양 동판화의 풍격이 그대로 살아 있는 듯이 밑그림을 그리고 판각하여 『정씨묵원』 편말에 증보增補하여 수록했다.15)

　두 번째 부록에는 정대약이 교감한 송대宋代 사량謝良의 우언소설 「중산랑전中山狼傳」과 사량의 작품을 바탕으로 자신이 직접 지은 「속

---

15) 馬群鴻, 「程君房訪問的利瑪竇雪泥鴻爪」, 『文化時空』, 2003.11 참조.

중산랑전續中山狼傳」이 수록되었다. 정대약은 만력 33년 북경에 올라 갔을 때 송대 사량의 「중산랑전中山狼傳」을 손에 넣게 되었다. 이 소설은 동곽 선생이 위험에 처한 늑대를 구하였다가 오히려 늑대에게 잡아먹힐 위기를 맞게 된다는 내용으로, 늑대의 배은망덕과 선비의 고루함을 풍자하고 있다.16) 그는 『정씨묵원』에 자신을 배신한 방우로의 만행을 힐난하고 경계하기 위해 두 편의 소설을 수록하였다.17) 또 본문 중간에는 정운붕이 그린 소설 내용을 담은 삽화 4점이 함께 실려 있는데, 상도하문上圖下文의 기존 소설 삽화와는 달리 두 쪽 전면에 걸쳐 그린 삽화형태를 띠고 있다. 삽화 4점 모두 이야기 내용을 설명하는 장면이라는 것을 잊을 정도로 세밀한 터치와 세련된 구도를 지닌 한 폭의 산수화와 같은 예술작품이라 할 수 있다.18)

〈그림 15〉『중산랑전中山狼傳』 이야기 삽화(부록2 8, 9쪽)

---

16) 중국소설연구회, 『중국소설사의 이해』, 학고방, 2002, 86쪽.

17) 앞의 책, 程大約의 『續中山狼傳』 참조.

18) Hegel, Reading Illustrated Fiction in Late Imperial China, Stanford University Press, 1976 153쪽 참조.

2. 『정씨묵원』의 문화적 의미

명말 부상富商들이 상류사회에 합세한 이후 사회적으로 물질, 공간, 예술 방면에 막대한 자금을 들이는 사치풍조가 만연하였다. 이러한 소비경향은 어떤 특정 물질의 수집에 대한 벽癖에 가까운 열광과 감상, 호사스러운 원림 조성, 장서의 수집과 장서루의 축조, 개인 가반의 운영 등의 문화현상으로 나타났다.[19] 그들은 상품으로서 가치가 될 만한 사물을 발굴하는 데 관심을 갖게 되는데, 그중 골동품 수집에 특별한 노력을 들였다. 이에 가장 적극적으로 참여한 이들은 풍부한 경제력을 바탕으로 한 휘상들이었다.[20] 휘상들의 이러한 행위는 학문연구를 위해서가 아니라, 자신의 신분과 지위 및 재력을 다른 사람들에게 보여 주기 위함이었다.[21] 당시 각종 문화적 자산을 소유하고 그것을 감상하는 일은 상류층 엘리트 사회 내부의 지위를 공고히 하기 위한 문인들만의 특권이었다. 무엇보다도 골동품과 예술품에 대한 폭넓은 지식은 문인이 되는 첫 번째 조건이었다. 골동품과 예술품을 소유하고 감상할 수 있는 감식안을 가지는 것은 소유자 개인의 현재와 과거의 사회문화적인 지위를 보여주는 높은 문화적 자산이기 때문이다.

정대약 역시 이를 충실히 수행했던 휘상 가운데 하나로 고묵에 심취하였다. 정대약의 골동품 고묵 애호 상황을 국자감에서 함께 동문 수학하던 친구 조붕정趙鵬程이 잘 설명해 주고 있다.

19) 巫仁恕의 「晚明文士的消費文化」(『浙江學刊』, 2005.6)과 孫晶의 「徽商的物質文化生活及其對徽商商業發展的影響」(『安徽史學』1999年 第1期) 참조.

20) 王世貞, 『觚不觚錄』, 『叢書集成初編』, 商務印書館, 1937, 17쪽, 참조.

21) 沈德符, 『萬曆野獲編』 卷26, 「玩具・假骨董」, 中華書局, 1997, 655쪽 참조.

　　유박은 고묵을 지독하게 좋아 하여 진당 이래로 남아 있는 먹을 팔
　　러 오는 자가 있으면 반 넘게 결손되어 있어도 높은 값을 치러서라
　　도 기필코 그것을 사고야 말았다.22)

　정대약은 고묵에 심취하여 당시 남아 있는 옛 먹이란 먹은 아무리
비싼 값을 치르더라도 모두 사 들일 정도로 고묵 수집광이었다. 그
자신도 『정씨묵원』 자서自敍에서 고묵 수집에 대한 집착을 스스로
'벽癖'이라 표현하며 자술하고 있다.23) 이는 그가 고가의 물질적인
비용을 치루고 골동품을 소유함으로써 기대되는 문화적 이익을 취했
던 것이라 할 수 있다.

　정대약의 벽癖에 가까운 먹에 대한 심미취향은 이전의 필기구로서
기능성 위주의 먹을 예술성이 가미된 관상용 명품 먹으로 생산하게
되는 결정적인 역할을 하였다.24) 바로 먹은 그 주요 수요자가 문인
사대부들로서, 정대약은 그들의 필수품이라 할 수 있는 먹을 예술의
경지에 올려놓았던 것이다. 정대약은 먹과 묵보 제작을 매개로 각계
각층의 명사들과 교유하고 그들에게 자신의 예술과 골동품에 대한
안목과 문화적 교양을 알리고자 했던 것이다. 이는 정대약 자신은 비
록 과거에 낙방하여 정치적인 지위는 얻지 못 하였으나 문화적 지위
는 고급문화전통을 독점하며 타 집단과 차별화하며 경계를 지어 왔
던 문인 사대부계층에 속해 있다는 의미를 다분히 포함하고 있다.

　정대약의 이러한 일련의 문화행위는 프랑스 사회학자 피에르 부르

---

22) "幼博酷嗜古墨, 人有携晋唐以下遺墨來售者, 卽殘缺過半, 必以重價購之."(앞의 책, 「墨讚」『人文爵里』
　　卷6).

23) 앞의 책,「墨苑自敍」『人文爵里』卷3: "嘉靖甲子, 余業成均. 有賈玩者窺余之癖, 大索于名家… 每以所
　　得來購."

24) 晏揚・陳美英,「古墨瑣談」,『南方文物』, 2000年 第2期 참조.

디외(Pierre Broudieu, 1930~2002년)가 주장하고 있는 문화와 취향의 계급 구별짓기와 일맥상통한다. 부르디외는 소비되는 문화상품이 갖는 본성과 소비방식을 통해 드러나는 문화 성향과 문화적 능력이 소비자의 범주와 영역을 구분한다고 했다.25) 따라서 정대약은 문화적 취향의 측면에서 일상품 먹의 '필요'보다는 예술품 먹의 '감상'에 비중을 두었으며, 자신이 만든 명품 먹을 최대한 알리기 위해 묵보 역시 다른 이들의 그것과 차별화시켜 제작하였다. 물론 그 이면에는 자신을 배신한 방우로가 만든 『방씨묵보』보다 더욱 뛰어나고자 하는 정대약의 개인적인 경쟁심과 상업성을 고려하였음도 배제할 수 없다.

따라서 본 장에서는 정대약의 차별화된 묵보 제작 방법을 통해 문인의 정치적 지위는 물론 문화적 지위까지 갈망했던 유상 정대약의 문화적인 입장이 반영된 『정씨묵원』이 갖는 문화적 의미를 조명해보고자 한다.

1) 새로운 판화예술 전개

정대약의 『정씨묵보』가 당시 기존의 묵보와 차별되는 대표적인 특징으로 다음의 두 가지를 들 수 있다.

첫째, 최초로 다색쇄판多色刷版 기술을 사용했다. 이 묵보에는 앞서 2장 1절에서 언급한 바와 같이 모두 55점의 다색 인쇄된 묵보가 수록되어 있는데, 이를 정리하면 다음과 같다.

> 제1권 현공玄工 상上: 「태극도太極圖」, 「근음근양根陰根陽」 「일초
> 승일初升」, 「태미원太微垣」, 「북두칠성北斗七星」, 「천보구여

25) 부르디외 저, 최종철 역, 『구별짓기: 문화와 취향의 사회학』상, 새물결, 1995, 37쪽 참조

天保九如」, 「월초현月初弦」, 「오성취규벽五星聚奎壁」, 「금경
　　　　로金莖露」, 「부한사浮漢槎」

제2권 현공玄工 하下: 「비룡재천飛龍在天」, 「천로대정天老對庭」

제3권 여도輿圖 상上: 「곤륜천주崑崙天柱」, 「룡문龍門」, 「금고수벽
　　　　金膏水碧」, 「옥동도화玉洞桃花」

제4권 여도輿圖 하下: 「한궁춘漢宮春」, 「현국향玄國香」, 「천록영창
　　　　天祿永昌」, 「결신루結蜃樓」, 「평실萍實」

제5권 인관人官 상上: 「구자묵九子墨」, 「결기結綺」

제6권 인관人官 하下: 「낙일방선호落日放船好」, 「서규병악瑞葵幷
　　　　萼」, 「정향송자후程鄕松滋侯」

제7권 물화物華 상上: 「백록도百鹿圖」1, 2, 「태평유상太平有象」, 「오
　　　　색봉지운五色鳳池雲」, 「자룡연紫龍涎」, 「분향련分香蓮」, 「고
　　　　송심古松心」

제8권 물화物華 하下: 「유남유금惟南有金」, 「오송五松」, 「촉사觸邪」,
　　　　「천마天馬」, 「수영水靈」, 「구미호九尾狐」, 「구비협접俱飛蛺蝶」

제9권 유장儒藏 상上: 「복희팔괘도방위宓羲八卦圖方位」, 「룡행우
　　　　시龍行雨施」, 「명량작리明兩作離」, 「감수천지坎水洊至」, 「정
　　　　황이鼎黃耳」, 「대인호변大人虎變」

제10권 유장儒藏 하下: 「거천주즙巨川舟楫」, 「종사우螽斯羽」

제11권 치황錙黃 상上: 「불괴법운不壞法雲」, 「삼생도三生圖」, 「현
　　　　광영지玄光靈芝」, 「보수저지寶樹低枝」

제12권 치황錙黃 하下: 「전단해旃檀海」, 「삼생화三生花」, 「삼생과
　　　　三生果」[26]

　이 다색 묵보는 대부분 4색 또는 5색으로 인쇄되어 있는데, 하나의
판목 혹은 두 개의 판목 위에 각 부분으로 나눠 색을 칠한 후 한 번에
인쇄를 하였다.[27] 이 책 제작에 사용된 다색인쇄 방식은 비록 초보적
인 단계의 다색쇄이긴 하지만, 묵보는 물론 판화기술사상 다색판화로
의 첫 번째 발을 내딛는 작업이었다.[28]

---

26) 작품 순서대로 앞의 책 9, 10, 26, 34, 44, 66, 77, 80, 86, 106, 121, 130, 224, 264, 272, 292, 316, 330,
　　355, 356, 362, 412, 445, 478, 489, 517, 531, 532, 550, 566, 598, 612, 652, 656, 698, 705, 706, 707,
　　708, 712, 771, 776, 782, 784, 798, 808, 868, 892, 932, 938, 968, 978, 1020, 1073, 1074쪽 참조.

27) 앞의 책 부록에 실린 李之檀의「程氏墨苑跋」4쪽 참조.

둘째, 최초로 서양 종교 동판화를 수록했다. 정대약은 자신의 묵보를 돋보이게 하기 위해 100여 명에 달하는 정치, 경제, 사회, 문화, 종교계 등 각 분야 명사들의 발문에 만족하지 않고 서양에서 온 선교사 마테오리치를 찾아 가서 교유를 시도했다. 『정씨묵원』 부록에 실린 마테오리치의 제사題詞에 삽입된 4점의 그림은 벨기에의 유명한 동판화가 마틴 드 보스(Martin de Vos, 1532~1603년)가 그린 동판화이다. 이 동판화는 당시 정대약의 묵보 선전 효과

〈그림 16〉
천주상天主像(부록1, 16쪽)

뿐 아니라, 명말 이후 중국화단과 판화예술계에 커다란 영향을 끼쳤다. 16세기 세부묘사를 특징으로 하는 북유럽미술과 사실적 원근법과 음영법을 특징으로 하는 르네상스 미술을 성공적으로 결합시킨 동판화 기법이 중국에 소개되어 화원화가와 판화 밑그림 화가들은 이를 습득하려고 노력하였다.29) 또 부가적인 효과로는 오늘날 로마자로 중국어음을 표기하여 당시의 중국어음 연구에 일조하고 있다.

2) 고급문화의 대중화

정대약은 『정씨묵원』 제작을 통해 자신의 예술과 문화에 대한 안목과 교양을 문인계층에 알리기 위해 한 작업이었지만, 결과적으로 이를 통해서 정대약을 포함한 문인계층의 심미취향을 대외적으로 공

---

28) 고바야시 히로미쓰, 앞의 책, 92쪽 참조.

29) 고바야시 히로미쓰, 앞의 책, 94쪽 참조.

개하여 문인지망생들에게 교과서 내지는 참고서를 제공한 셈이다. 다시 말해, 정대약은 엘리트문화 세계를 갈망하는 독자를 대상으로 자신이 '완물익지玩物益智' 했던 고급 취향의 문화규칙을 상업성과 접목시켜『정씨묵원』을 발간했던 것이다. 이로써 경제력을 문화적 힘으로 바꾸는 방법을 찾는 모든 사람들은 언제든 시장에서 고급 문화지식을 출판인쇄로 대량생산된 상품으로 구입할 수 있게 되었다. 이러한 현상을 문화전파의 각도에서 본다면, 정대약은 상류문인계급의 고급문화지식을 상품화하여 많은 사람들에게 널리 알리는 지식의 대중화를 전개하였던 것이다. 그의 이러한 작업을 크게 두 가지로 살펴볼 수 있다.

첫째, 다양한 고급문화를 공동작업으로 대량생산했다는 점이다. 이는 기존의 문인사대부의 그림과 같이 화가가 하나하나 직접 그려 완성한 뒤, 그들만의 폐쇄된 공간에서 소수만 감상하는 것이 아니라, 인쇄로 생산매체를 바꿔 다량으로 출판하여 원하는 사람이라면 모두 이를 공유할 수 있게 되었다는 데 큰 의미가 있다. 출판인쇄는 기획단계에서부터 모든 일이 반드시 철저하게 분업화되는데, 여기에 참여하는 출판기획자, 밑그림 화가, 목판 각공, 서적판매상 등이 상호 긴밀한 네트워크를 통해 이루어지는 공동 작업이다. 이러한 과정을 거쳐 인쇄된 출판물은 무한정하게 재생이 가능하여 주문품은 물론 기성품으로도 만들어져 시장에 유통되어 진열대에서 소비자를 기다릴 수도 있게 되었다.

따라서 공동 작업으로 제작된 인쇄출판물은 문자해독 계층을 확대시키고 예술과 고전 저작들을 접할 수 있는 기회의 폭을 넓혀 지적 자극을 촉진시킬 수 있다.『정씨묵원』에서 제공하는 문화지식은 당시 유명한 화가 정운붕의 그림, 100여 명에 가까운 각계각층 명사의 문장과 글씨 및 인장, 각종 희귀한 물건과 상상 속의 인물, 유불도 사상과 서양 종교, 고급삽화본이 들어 있는 문언소설 등으로 매우 다양하다. 이는 정대약이 상업적인 면을 고려해 책을 기획하는 단계에서 상층문인에서 문인계층으로 진입하고자 하는 상인계층에 이르기까지 다양한 독서층을 의식하고 더 많은 독자들을 확보하고자 시서화각詩書畫刻에서 문언소설까지 다채로운 문화상품을 수록하였다고 볼 수 있다. 즉, 정대약은 이전의 서적중개상인 서반을 맡은 경험으로 인쇄출판생산망과 서적유통경로를 꿰뚫고 있어 각계각층의 문화심미취향과 문화의 흐름을 누구보다 잘 파악하였던 것이다. 이러한 정황으로 볼 때, 정대약이 본인의 의도와는 상관없이 상품으로서 가치가 될 만한 물품과 문화를 발굴하고 거기에 상업성을 부여했다는 것은 부정할 수 없을 것이다.

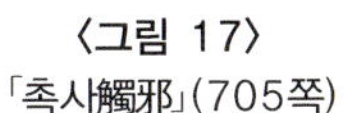

〈그림 17〉
「촉사觸邪」(705쪽)

〈그림 18〉
「천로대정天老對庭」(130쪽)

따라서 『정씨묵원』은 마치 한 권의 컬러 지식백과사전을 방불케
하여 독자들의 지적 욕구와 흥미를 끌기에 충분했으며, 이후 후대의
묵보 출판에도 큰 영향을 끼쳤다.30)

둘째, 문화 지식을 시각화했다는 점이다. 정대약은 지식을 그림이
나 도안을 이용하여 시각화한 이미지를 통해 텍스트 내용을 이해하
도록 했다. 이러한 내용은 기존의 묵보에서는 보이지 않고 있다. 예를
들어, 『방씨묵보』는 국보國寶·국화國華·박고博古·법보法寶·홍보
洪寶·박물博物로 구성되어 있어 대부분 박물博物에 대한 묵도墨圖가
주를 이루고 있다. 그러나 『정씨묵원』에는 박물에 관한 내용 외에 「유
장儒藏」과 「치황鑑黃」이라는 장절을 따로 만들어 유교, 불교, 도교 경
전의 내용을 시각화하고 이에 대한 해설을 자세히 곁들이고 있다. 이
처럼 유교 경전의 경우는 불교나 도교 경전의 그것과 달리 좀처럼 보
기 드문 현상으로, 『정씨묵원』에서는 비교적 많은 부분이 할애되어
있다. 그중 「유장」에 수록된 묵보를 유가경전별로 정리하면 다음과
같다.

> 주역周易: 「육십사괘도六十四掛圖」, 「룡행우시龍行雨施」, 「빈마지
> 정牝馬之貞」, 「명량작리明兩作離」, 「감수천지坎水洊至」,
> 「수풍신명隨風申命」, 「천뇌주기洊腦主器」, 「겸산간지兼
> 山艮止」, 「려택위태麗澤爲兌」, 「군자해君子解」, 「정황이
> 鼎黃耳」, 「홍점우륙鴻漸于陸」, 「명학재음鳴鶴在陰」, 「대
> 인호변大人虎變」, 「유곡천교幽谷遷喬」, 「삼변대성도三變
> 大成圖」, 「묵괘墨卦」, 「거천주즙巨川舟楫」, 「공묵사도恭
> 墨思道」, 「황종黃琮」, 「소화옥昭華玉」
> 시경詩經: 「고양羔羊」, 「감당甘棠」, 「우피조양于彼朝陽」, 「록명鹿
> 鳴」, 「원앙우비鴛鴦于飛」, 「보곤補袞」, 「종사우螽斯羽」,

---

30) 楊歡, 「漫話徽墨」, 『文史雜誌』, 2003年 第6期.

「저구雎鳩」, 「구역九罭」

서경書經: 「집오서輯五瑞」, 「자십유이咨十有二」, 「동재주역東齋注
　　　　易」, 「명왕신덕明王愼德」, 「현양교시玄壤喬矢」, 「귀마방
　　　　우歸馬放牛」, 「대한림우大旱霖雨」, 「약작재재若作梓材」,
　　　　「조정염매調鼎鹽梅」, 「현연현술玄兗玄鈸」

예기禮記: 「송백지유심松柏之有心」, 「죽전지유균竹箭之有筠」, 「포
　　　　벽蒲璧」-「곡벽穀璧」

사기史記: 「인승직引繩直」

좌전左傳: 「대행사초大行使楚」

열자列子: 「길일계사吉日癸巳」

서법書法: 「고산한례嶠山漢隷」, 「시제문자始制文字」, 「하우서夏禹
　　　　書」, 「사주서史籒書」, 「李斯書」[31]

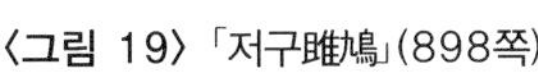

〈그림 19〉「저구雎鳩」(898쪽)

〈그림 20〉「자십유이咨十有二」(820쪽)

---

31) 앞의 책, 순서대로 772, 776, 778, 782, 784, 788, 790, 792, 794, 796, 798, 800, 804, 808, 844, 851,
852, 868, 875, 880, 914, 810, 812, 816, 818, 842, 888, 892, 898, 917, 814, 820, 822, 826, 828, 830,
834, 884, 886, 918, 838, 840, 891, 902, 870, 907, 909, 911, 912, 915, 916, 913쪽 참조.

이러한 현상은 당시 유교의 영향력 약화로 인해 문인들 간에 텍스트 중심의 커뮤니케이션의 매력이 상실되고 이미지 중심의 시각매체를 통한 커뮤니케이션이 우위를 차지하게 되는 것과 일맥상통하는 것이라 볼 수 있다. 이와 동시에 지식을 갈구하는 상인들의 입장에서 해석하자면 시각화된 문화지식은 문자 전달방식보다 쉽고 실체적인 지식과 정보를 제공받을 수 있다는 점에서 상인들에게 큰 호응을 얻었다. 이와 같이 기존의 문자텍스트에 대한 이미지텍스트의 우위는 대량생산과 함께 근대의 징후를 나타내는 문화현상이라 볼 수 있다.[32)

지금까지 정대약의 『정씨묵원』에 대한 고찰을 통해 살펴본 결과, 휘주 출신 유상이 16, 17세기 문화의 새로운 수요자이자 주체자로 대두되면서 강남지역의 출판과 유통의 메커니즘을 변화시켰다. 이러한 맥락 속에서 정대약이 제작한 『정씨묵원』을 문화적인 측면에서 그 의미를 정리하면 다음과 같다.

첫째, 『정씨묵원』은 16, 17세기라는 근대로 가는 문턱에서 문인과 상인을 넘나들며 운신했던 정대약과 같은 휘주 출신 유상들의 문화적 입장을 대변해 주고 있다. 이들은 정치·사회·문화적으로 문인계층으로 들어가고자 부단히 노력하였으나 상인으로서의 면모를 완전히 떨쳐버리지 못 하였으며, 사상 역시 유불도 삼교는 물론 서양종교문화도 수용하였을 정도로 대단히 개방적이었음을 알 수 있었다.

둘째, 『정씨묵원』은 현공玄工·여지輿地·인관人官·물화物華·유장儒藏·치황錙黃 등 다양한 모티프를 제재로 하여 시대조류를 이루던 '박물博物'과 '완물익지玩物益智'의 문화현상을 대표하고 있다.

---

32) 이은상, 「명말청초 강남 문인사회의 『西廂記』출판과 후원」, 『중국학논총』 24집, 2007.12.

셋째, 텍스트로 되어 있는 유불도 및 갖가지 지식을 시각화한 그림
과 도안, 그리고 해설을 달아 출판하여 문화지식을 필요로 하는 소비
자에게 알기 쉽게 제공하여 고급문화 지식의 확산에 일조했다.

넷째, 『정씨묵원』은 문인화가 정운붕과 각공 명인 황인의 영입, 4,
5색의 다색인쇄, 양면 전체에 걸쳐 그려진 대형판형, 서양 동판화의
기법 전래 등으로 새로운 판화 예술을 전개했다.

본고는 지금까지 학계에 잘 알려져 있지 않은 정대약의 『정씨묵원』
과 이 책이 갖는 문화적 가치를 소개하는 데 일차적인 목적을 두었다.
이후의 작업을 통해 이에 관한 심도 있는 연구를 진행할 예정이다.

Ⅱ

청대 시각적 교육매체로서의 연화

이은상

　연화年畫는 중국에서 새해에 가정이나 가게의 문이나 벽에 붙여 '벽사辟邪·진경進慶·길상吉祥·감계鑑戒'를 기원하는 민화로서, 중국인들의 삶에 대한 욕망과 염원이 총체적으로 반영된 일종의 아이콘이다. 연화는 중국의 대중들이 문자 텍스트 대신 이미지로 세계를 이해한 일종의 시각적 커뮤니케이션 매체이다. 중국 대중들의 염원을 시각적으로 기호화한 아이콘이라고 할 수 있는 연화는 중국의 민족성과 풍속 및 생활철학의 관념체계, 궁극적으로는 아비투스가 담겨 있는 중요한 문화유산이다. 부르디외Pierre Bourdieu(1930~2002년)가 제시하는 '아비투스habitus'는 특정한 사회적 환경에 의해 획득된 성향, 사고, 인지, 판단과 행동의 체계를 의미한다. 부르디외는 사회문화의 공간을 위계화된 구조로 본다. 사회공간 속에서, 지배계급은 위계화된 기존의 상징질서체계를 피지배계급에게 정당한 것으로 오인시키기 위해 애쓴다. 이 질서는 가정 및 교육체계를 통해 개인에게 내면화되어 사고, 판단, 취향의 체계인 아비투스를 형성한다. 다시 말해서 아비투스는 사회질서와 권력을 객관화시켜 스스로 인정하도록 인간 내부에서 작동하는 기제이다.

'문화를 시각화하기'. 이 말은 피터 페리클레스 트리포나스가 일본문화에 대해 바르트가 쓴 『기호의 제국The Empire of Signs』을 분석하면서 만들어낸 용어이다. 연화 또한 중국문화를 시각화한 것이라고 볼 수 있다. 중국문화의 시각화는 목판인쇄의 발달로 동일한 이미지를 대량 생산, 유통하게 됨에 따라 가능했다. 중국의 역사와 철학, 문학, 풍습 등 모든 문화를 망라하는 연화는 중국문화를 시각적으로 기호화한 다양한 아이콘의 세계이다.

한 특정한 시대와 사회에서 관습적으로 통용되는 코드, 그리고 코드화된 이미지를 범주화하는 것은 매우 의미 있는 작업이다. 코드는 특정한 시대와 사회의 이데올로기의 표현이다. 따라서 코드의 해독과 분류를 통해 이데올로기에 대한 파악이 가능하다. 이러한 맥락에서 연화 연구는 매우 중요하지만 학자들의 주목을 받기 시작한 것은 최근의 일이다. 중국의 연화 연구는 왕수촌王樹村과 포송년蒲松年이 선구적인 역할을 했다. 특히 연화 연구 분야를 개척한 왕수촌은 평생을 연화의 수집과 연구에 바쳤다. 그들의 연구업적을 바탕으로 심홍沈泓은 『무강 연화로의 여행武强年畫之旅』(2006), 『연화年畫』(2009) 등 최근 활발한 저술활동을 보여준다. 중국의 연화에 관한 연구논문의 수량은 대단하다. 그러나 대부분 王樹村과 蒲松年의 연구결과를 벗어나지 못하고, 개설적인 수준에 그치고 있다. 서구의 연화 연구는 박물관에 소장된 연화에 대한 해제에서 출발하였는데, 서구의 연화 연구는 중국에 비해 소수의 학자들에 의해 진행되고 있지만 심도 있는 연구를 보여준다.

연화를 소재별로 (1) 신선류, (2) 고사류, (3) 풍속과 일상생활, (4) 길상 인물 및 동식물 그리고 (5) 기타 등 5가지 소재로 분류할 수 있다. 신선류는 종규鐘馗, 삼황三皇, 관음觀音, 조신竈神, 문신門神, 재신財神, 신선神仙, 관제關帝, 팔선八仙, 마조馬祖 등 불교와 도교 그리고 유교에서 전래된 신이며, 고사류는 신화, 전설, 민간전승, 역사소설, 희곡 등 이야기이다. 풍속과 일상생활은 세시풍속 및 일상생활이며, 길상 인물 및 동식물은 상서로운 인물(동자, 미인), 동식물 등이 이에 속한다.

연화를 기능별로 크게 (1) 길상, (2) 벽사, (3) 감계 등 세 가지로 분류할 수 있다. 길상은 장수나 신분 상승 그리고 물질적 욕구 등 인간의 욕망을 담은 연화이며, 벽사는 나쁜 귀신이나 액운을 물리치고 싶은 욕망을 담은 연화이며 마지막으로 감계는 교훈적인 메시지를 담은 연화이다.

중국 문화를 시각화한 연화는 아이콘의 세계이다. 예를 들어, 청나라 때 산서성山西省 임분臨汾에서 생산된 「기린송자麒麟送子」에서 대중은 천하태평을 상징하는 기린, 아들을 내려준다는 천녀天女, 천녀와 함께 기린의 등에 타고 있는 동자 그리고 동자가 손에 들고 있는 군자를 비유하는 연꽃 등의 아이콘들을 결합하여 이 그림이 태평시대에 기린이 보내온 동자가 성장한 뒤 현량한 인재가 되어 치국을 돕는다는 사실을 인식할 수 있다.

중국인들이 새해에 벽사와 길상을 기원하는 그림을 가정의 벽에

붙이기 시작한 것은 당나라 때
부터였으니, 연화의 역사는 오래
되었다. 명대 후반기 목판인쇄술
의 발달로 이미지의 대량 생산
과 유통이 가능하게 됨에 따라
16세기 후반부터 17세기 전반까
지에 해당되는 명말청초 때에
소설과 희곡 삽화본, 화보畵譜,
묵보墨譜 등의 시각매체가 대량
으로 출판되어 유통되었다. 연화
의 생산과 유통이 급증하기 시
작한 것은 1660년대부터이다. 명
대 후반부터 성행했던 시각매체

〈그림 1〉「기린송자」. 청대. 산서 임분.
채색인쇄. 40×28cm

의 출판과 유통이 쇠락의 길을 걷기 시작한 직후이며 이민족 정부의
통치 권력을 공고히 하기 위해 유교로써 백성들의 마음을 순화시키
고자 노력했던 강희제康熙帝(재위 1662~1722년)와 옹정제雍正帝(재위
1722~1735년) 그리고 건륭제乾隆帝(재위 1736~1795년)의 치세기간과
시기적으로 맞물린다. 강희제와 옹정제는 백성들을 교육하기 위해
「성유聖諭」와 「광훈廣訓」을 공포했고, 건륭제 때는 그들의 노력이 어
느 정도 결실을 보았다. 본 글에서는 이와 관련하여 이 시기 시각적
교육매체의 역할을 했다는 측면에서 연화를 조명해 보고자 한다.

1. '이미지텍스트'와 아이콘의 유통

〈그림 2〉「장량취소파초병」. 청대. 천진 양류청. 58×104cm

　'이미지텍스트imagetext'는 한 작품 속에 이미지와 텍스트가 결합
된 형태를 말한다. 이미지와 텍스트가 상호보완적으로 결합되어 있는
연화는 Mitchell이 말하는 '이미지텍스트'라고 할 수 있다. 연화의 가
장 일반적인 '이미지텍스트'의 형태는 「청하교清河橋」, 「회형주回荊
州」, 「공성계空城計」, 「장판파長板坡」, 「가관진록加官進祿」, 「어룡변
화魚龍變化」, 「만상갱신萬象更新」, 「평안부귀平安富貴」, 「유왕봉화희
제후幽王烽火戲諸侯」, 「단도부회單刀赴會」, 「천관사복天官賜福」, 「문
무장원文武壯元」, 「팔선경수八仙慶壽」, 「마도담계馬跳潭溪」 등과 같
이 그림과 함께 그림의 내용을 압축한 키워드가 붙는 경우이다. 여기
에다 인물 옆에 그의 이름이나 관련된 텍스트를 자막처럼 써 넣는 경
우도 있고, 이야기를 여러 장면으로 나누고 관련된 텍스트를 자막처

럼 붙여 놓은 연환화의 형태도 있다.

예를 들어 청대 천진天津 양류청楊柳靑에서 생산된「장량취소파초병張良吹簫破楚兵」이란 제목의 연화를 살펴보자. 그림의 왼쪽 장막에는 유백油白으로 얼굴 분장을 하고 경극 무대의상을 입고 있는 사람이 앉아 있다. 검보에서 유백은 주로 독불장군처럼 거만하고 고집불통인 성격의 배역을 상징적으로 표현한다. 그렇다면 장막 가운데 앉아 있는 사람은 항우項羽이며 그의 곁에 서 있는 여인은 우미인虞美人이다. 장막 아래 서 있는 한 마리 검은 말은 아마도 항우의 애마 추騅일 것이다. 그림의 상단 중앙에 학을 타고 퉁소를 불고 있는 사람은 다름 아닌 장량이다. 이 연화는 '사면초가'에 관한 이야기를 시각적으로 보여준다. 한나라의 장량이 퉁소로 초나라 노래를 연주하면서 병사들에게도 사방에서 초나라 노래를 부르라고 명하자 이 노래를 들은 항우는 초나라 군대가 이미 한나라에 항복한 것으로 착각하여 애첩 우미인과 장막에서 술을 마시며「해하가垓下歌」를 부르고 우미인은 결국 자결했다. 이 연화를 보는 사람은 항우와 우미인, 준마 추 그리고 학을 타고 퉁소를 불고 있는 장량의 아이콘들을 통해 이 그림에서 말하려는 스토리를 알 수 있다. 그림의 왼쪽 상단에 적혀 있는 '장량이 퉁소를 불어 초나라 군대를 쳐부수다.'란 뜻의「장량취소파초병」과 송대 고승高承의『사물기원事物紀原』에 의거한 오른쪽에 적혀 있는 관련 텍스트는 그림의 상황을 보다 상세하게 설명해준다.

청대 초반인 1660년대부터 연화가 출판을 통해 널리 유통되었다. 읽는 문화보다 눈으로 보는 시각문화가 우위를 차지한 시기이다. 당시 목판인쇄술의 발달로 사람들은 시각을 통해 세상을 지각하게 되었던 것이다. 지식은 시각을 통해 얻어지고 경험은 눈을 통해 확인하

게 되었다. 이렇게 볼 때, 연화는 당
시 사람들의 시각 커뮤니케이션을
담당했던 주된 매체였다고 볼 수
있다. 기호화된 사상이나 정보를 담
고 있는 연화에는 당시 사람들이
관습적으로 공유했던 수많은 코드
와 스토리들이 담겨 있다. 그들은
코드와 코드를 유기적으로 연결하
여 해독할 수 있는 ‘비주얼 리터러
시visual literacy’를 갖고 있었다. 연
화를 통해 ‘비주얼 커뮤니케이션visual
communication’이 행해졌던 것이다.

〈그림 3〉「삼성고조」. 청대. 사천
면죽. 52×30㎝

　연화에는 관습화된 아이콘들이
많다. 이 아이콘들은 연화뿐만 아니라 다양한 매체를 통해 널리 유통
되었다. 예를 들면, ‘복록수福祿壽’, 즉 사람들의 관직과 작위를 관장
하는 복성福星, 공명功名과 봉록을 관장하는 녹성祿星 그리고 사람들
의 장수를 관장한다는 수성壽星 등 ‘삼성三星’은 연화에 자주 등장하
는 아이콘들이다. 새해에 사람들은 이 삼성의 그림을 벽에 붙여 승진
과 만사형통 그리고 수명이 남산처럼 장생불로하기를 기원했다. 「삼
성고조三星高照」 연화에서 머리에 전시천관모展翅天官帽를 쓰고 천
의天衣를 입고 상아로 만든 홀을 쥐고 가운데에 서 있는 인물은 복성
이며, 그 옆에 녹색 생원포生員袍를 입고 머리에 연건軟巾을 쓴 이는
녹성이다. 백발에 흰 수염 그리고 황색의 도포를 입고 호롱박이 달린
지팡이를 짚고 있는 인물은 수성이다. 그의 옆에는 한 동자가 등에

〈그림 4〉 벽돌에 부조한 삼성. 2003년에 Ronald Knapp가 촬영

큰 복숭아를 짊어지고 있는데 이것은 천년을 장수함을 상징한다. 삼성이 운대雲臺 위에서 인간세상을 내려다보고 있는 것은 이들이 사람들에게 복을 내리려는 것을 표현한 것이다.

수성의 전형적인 모습은 유난히 큰 머리와 길쭉한 귀 그리고 길게 자란 흰 눈썹에 오른손에는 장수를 상징하는 복숭아를 들고 왼손에는 불사약이 담겨 있는 표주박이 달린 지팡이를 들고 있는 노인으로 그려진다. 그의 곁에는 간혹 학이나 사슴이 함께 있기도 하고, 배경으로 사계절 푸른 소나무나 삼나무가 자리 잡기도 한다. 또한 젊음을 상징하는 사내아이가 복숭아를 손에 들고 그의 곁에 있기도 한다. 장수를 상징하는 수성의 이미지는 그림을 보는 사람들에게 장수를 향한 바람을 불러일으키기에 생일선물로 애용된다. 수성은 대체로 연화뿐만 아니라 자기나 목각 등 다른 매체들을 통해 복성 및 녹성과 함께 삼성의 하나로 묘사된다. 수성을 비롯한 삼성은 '복·록·수'를 바라는 일반 대중 사이에서 널리 유통되던 '욕망의 아이콘'이었다. 그림에 나타난 아이콘들을 조합하여 그림을 보는 이들은 이 그림이 '복록수'를 상징하는 '삼성'임을 인식하게 된다.

2. 청대 강희제의 성유와 시각적 교육매체로서의 연화

청나라의 황제들은 권력을 유지하기 위해 두 가지 과업에 직면했다. 유교적 사회·정치질서를 보존하고 非한족 지배자로서 권력을 유지하는 것이었다. 강희제와 옹정제 그리고 건륭제 등 청대 초반의 청나라 황제들은 정치 질서의 확립은 이데올로기의 통제를 통해 이루어진다고 믿었다. 한족이 아닌 이민족 지배자로서 권력을 유지하기 위해서는 교육받은 엘리트들과 일반 대중의 마음을 순화시켜야 하며 非유교적, 非도덕적, 反만주적 그리고 음란하고 선동적인 사상 등 이단의 악영향을 제거해야 한다고 생각했다. 이러한 맥락에서 청나라 만주족 정부는 공식적인 이데올로기로 정주程朱 이학理學을 표방하고, 정주학파程朱學派에서 주석한 유교 경전을 과거시험을 위한 텍스트로 삼았다. 이것은 출사出仕를 유일한 목표로 삼는 유생들이 학문 방향을 잡는 데 결정적인 영향을 끼쳤다. 청나라 정부는 또한 엄격한 문학검열을 통해 문인들의 문예활동을 철저히 통제했다. 백성의 마음을 순화시키기 위해 청나라 정부가 마지막으로 취한 조치는 유교 사상을 백성들에게 교육시키는 것이었다.

강희제는 1670년에 '화치化治'를 공식화하여 실행에 옮겼다. 왕의 문화적 영향력인 '덕德'으로 백성들을 교화시키겠다는 것이다. 다시 말하면, 무력을 사용하지 않고 오로지 도덕의 힘만으로 '천하'세계에 안녕과 질서를 가져올 수 있는 정치를 해보겠다는 것이다. 도덕 질서는 정치 질서의 기반이며, 통치는 백성들을 도덕적으로 변화시키는 과정이라고 보았다.

중국을 통치하는 중요한 기초 가운데 하나는 사회의 모든 차원에서 의례를 엄숙히 거행하는 것이었다. 민간질서의 본질의 관계의 층위를 구별하는 것이었다. 황제는 위대한 질서의 장려자였다. 매일 아침마다 모후에게 문안을 드리고, 선황에 대한 존경을 나타내는 의식을 지내는 것을 비롯하여 다양한 행동을 수행함으로써 황제는 대중 앞에서 자신의 지위를 주장하고 강화시킬 수 있었다. 유교적 통치의 또 다른 강점은 피지배자들의 도덕적인 승인을 끊임없이 추구한다는 데 있었다. 이것은 송명이학의 가르침에 관한 서적의 출판과 교육을 지원하고, 연중의 절기와 천인天人의 상호관계를 표시하는 의례를 유지하고, 피지배자의 복종을 요구할 수 있는 미덕을 군주에게 부여하는 모범적인 행동을 일상적으로 과시함으로써 이루어졌다.

이러한 맥락에서 청나라 강희제는 백성들의 일상적인 행동을 지도하기 위해 1670년에 「성유聖諭」 16조를 공포했다.

1. 효제를 도탑게 함으로써 인륜에 중점을 둔다.
2. 종족들에게 독실함으로써 화목을 밝힌다.
3. 이웃과 화목하게 지냄으로써 쟁송을 그치게 한다.
4. 농상農桑을 장려함으로써 의식을 풍족하게 한다.
5. 절검節儉을 숭상함으로써 재용財用을 아낀다.
6. 학교를 융성시킴으로써 선비의 습속을 바로잡는다.
7. 이단을 축출함으로써 정학正學을 높인다.
8. 법률을 강습함으로써 무지함에 빠지지 않는다.

9. 예양禮讓을 밝힘으로써 풍속을 도탑게 한다.
10. 본업에 힘씀으로써 민지民志를 안정시킨다.
11. 자제들을 가르침으로써 그릇된 행위를 못하게 한다.
12. 무고誣告를 잠식시킴으로써 선량한 사람들을 온전하게 한다.
13. 도망자를 숨겨주지 않음으로써 죄에 연루되지 않는다.
14. 세금을 완납함으로써 독촉과 벌금의 불편을 없앤다.
15. 보갑제에 참여함으로써 도적을 그치게 한다.
16. 원한의 마음을 품으로써 목숨을 소중히 한다.

강희제는 「성유」를 중국 전역의 모든 가정에 보급하도록 명했다. 그래서 당시 청나라의 인구가 1억5천만 명이었는데 3천만 장의 「성유」를 유포했다. 또한 중앙정부는 매월 1일과 15일에 집회를 열어 백성들에게 「성유」를 강술하게 했다. 본문은 단순한 방언을 쓰거나, 고전의 인용으로 윤색하거나, 아니면 순박한 촌민들이 기억할 수 있도록 반복하는 형태로 수정될 수도 있었다. 같은 맥락에서 중앙정부는 『주역』, 『서경』, 『시경』, 『예기』, 『춘추』, 『효경』, 사서 그리고 정주학파의 『효경연의孝經衍義』, 『주자전서朱子全書』, 『성리정의性理精義』 등을 간행하게 했다.

1670년 이후에는 「성유」에 대한 상당수의 논평, 해석, 각색 등이 출현한다. 종화민鍾化民(1537~1597년)이 명나라 태조가 공표했던 『육유六諭』 저변화의 일환으로 1587년에 그림을 곁들여 평이하게 설명한 『성유도해聖諭圖解』를 간행하여 중국 전역에 유포시킨 것과 呂坤(1536~1618, 1574년 進士)이 여성 교육을 위해 劉向의 『烈女傳』에 나오는 이야기들을 보다 쉽고 재미있게 재편집하여 1590년에 간행한 『규범도설閨範圖說』은 좋은 모델이 되었다. 또한 대중 특히 아동들의 교육에 적합한 교훈적 이야기들로 이루어진 곽거경郭居敬(1295~1321

활동)이 편집한 「이십사효二十四孝」의 도해본이 목판본과 화첩의 형태로 널리 유통되었다. 이러한 작업은 고급문화의 담당자들이 의식적으로 그리고 강력하게 대중문화를 형성하려고 노력했던 실례이다. 본래 어린 황제나 황자들을 교육하기 위한 의도로 제작된, 교훈적인 이야기의 도해본인 장거정張居正(1525~1582년)의 『제감도설帝鑒圖說』과 초굉焦竑(1540~1620년)의 『양정도해養正圖解』가 명말 때부터 널리 유통되었다.

1679년에 진병직陳秉直은 『성유합률직해聖諭合律直解』을 간행하여 중국 전역에 유포시켰고, 1681년에는 양연년梁延年이 여성과 아동 그리고 문맹 대중들을 위해 「성유」를 그림으로 설명한 『성유상해聖諭像解』를 간행하여 유포시켰다. 은수恩壽는 『성유상해』를 황제에게 바치며 이 책이 재간再刊되어 전국에 유포되어야 함을 주장하는 상소를 올렸다. 「성유」가 '백성을 교화하고 풍속을 바로잡는 데' 기초가 됨을 인정한 중국 정부는 1902년에 『성유상해』의 출판을 허락하고, 간결하고 이해하기 쉬운 설명을 덧붙인 그림은 여성과 아동들이 쉽고 명확하게 이해할 수 있게 하기 때문에 우매한 대중을 교육하는 데 도움이 됨을 인정했다.

강희제의 뒤를 이은 옹정제 또한 1724년에 「성유」에 덧붙여 거의 1만 자에 달하는 「성유광훈聖諭廣訓」을 공표했다. 강희제와 옹정제가 「성유」와 「광훈」을 공표하고 백성들에게 보급하려는 목적은 '윤기倫紀를 밝히고, 명분을 판별하고, 인심을 바로잡고, 풍속을 바르게 하려는' 데 있었다. Victor H. Mair의 표현을 빌자면, 일반 백성들에게 파고들 수 있도록 유교 정통사상의 핵심을 전달하려는 것이었다. 청나라 정부는 풍속을 바로잡음으로써 사회질서를 유지하기 위해 도덕규

범에 관한 책의 출판을 후원했다. 그러나 이러한 출판은 대중의 문해력 부재에 의해 난관에 봉착했다. 대다수의 대중은 원문을 거의 이해할 수 없었다. 「성유」와 「광훈」을 백성들에게 쉽게 이해시키기 위해 출판한 책들을 읽기 위해서는 높은 수준의 문해력이 필요했으며, 일반 대중이 구매해서 읽기에는 고가였다. 그래서 이러한 책들은 관리를 비롯한 지방 엘리트층이 문맹 대중에게 「성유」를 교육하기 위한 지침서의 역할을 하는 데 그쳤다. 결과적으로 대다수 문맹 대중에 대한 「성유」 교육은 이러한 책들을 통해서가 아니라 다른 루트를 통해 이루어졌다. 매달 두 차례 향약 모임을 통해 「성유」에 익숙한 문맹 대중은 「성유」를 재미나게 들려주는 이야기꾼의 스토리텔링과 유교의 도의적 메시지를 통속적으로 재해석한 연화와 같은 통속적인 매체를 통해 이해했다.

청나라 때 판화로 인쇄한 「이월이용대두二月二龍擡頭」와 같은 연

〈그림 5〉 「이월이용대두」. 청대. 산동 유현. 30×45㎝

화가 마을에 존재했다는 것은 중앙정부의 은택이 미쳤음을 보여준다. 이 연화는 「춘우도春牛圖」와 같은 농민들이 애용하던 일종의 '달력 그림'으로 절기를 알려주기 위한 시각적 '안내 표지'라고 할 수 있다. 옛날 농촌에는 달력이 없었고 음력의 절기 역시 날짜가 고정되어 있지 않았기 때문에 이 '달력 그림' 연화는 농사의 절기를 표시하는 기능을 갖고 있었다. 「춘우도」는 농사의 절기를 표시하는 기능을 갖고 있다. 만약 입춘立春을 납월臘月 가운데 그리고, 망신芒神이 소 앞에 위치하면 봄이 일찍 왔음을 의미한다. 입춘을 정월 안에 그리고 망신이 그 뒤에 위치하면 땅이 얼어 풀리지 않았으니 밭을 갈기 이르다는 것을 의미한다. 간지가 '임계壬癸'가 되면 비 오는 날이 많아 망신은 신발을 신고 등장한다. 망신이 한쪽은 맨발이고, 또 다른 한쪽은 신을 신고 등장하면 바람과 비가 순조롭다는 의미를 표현한 것이다.

용이 고개를 쳐든다는 것은 봄이 시작됨을 뜻한다. 『연경세시기』에 따르면 "음력 2월 2일은 옛날에는 중화절中和節이었다. 요즘 사람들은 이날을 용이 고개를 쳐드는 날이라고 한다." 『당서唐書·이필전李泌傳』에 따르면 당나라 덕종德宗은 이필의 제안으로 정월회正月晦(정월 그믐)를 폐지하고 2월 초하루를 중화절로 삼고는 문무백관들에게 농서農書를 지어 올리게 하여 근본에 힘쓰고 있음을 보였다. 후에 중화절이 되면 황제는 솔선수범을 보이기 위해 조정대신들을 이끌고 경도京都 근처에 있는 적전籍田에 가서 밭을 직접 갈았다. 그림에는 황제가 황포를 입고 채찍을 들고 쟁기를 부려 밭을 갈고 있고 그 뒤에는 한 관리가 황제를 위해 일산日傘을 받쳐 들고 있다. 문관과 무장이 그 앞에 공손히 서 있다. 황후는 손에 홀을 쥐고 수레에 앉아 있고, 한 환관은 밭을 향해 가고 있고 그 앞에는 금과金瓜(봉 끝이 참외 모

양으로 된 의장용 병기)와 도끼를 든 의장대가 있다. 그림의 위에는
다음과 같은 글이 적혀 있다.

> 2월 2일에 용이 머리를 쳐든다.
> 만세를 누릴 황제께서는 황금소를 부리고
> 구경九卿과 사상四相은 앞을 향해 걸어간다.
> 팔대 조신들은 뒤에 서 있고
> 정궁正宮의 황후는 음식을 가져오네.
> 백성들을 보우하사 천하가 풍년일세.

중농정책을 펼친 청나라 정부는 농경사회에서 안정과 질서는 남녀
와 '사士·농農·공工·상商', 즉 '사민四民'의 엄격한 역할 분담에서
보장된다고 보았다. 이러한 맥락에서 청나라 정부는 원나라 때 왕정
王禎이 쓴『농서農書』(1313년)와「경직도耕織圖」를 간행하고 유포시
켰다. 심지어 강희제는「경직도」에 직접 제서題書했다. 남자는 밭을
갈고 여자는 베를 짠다. 남녀의 역할을 엄격히 규정한 것이다.「경직
도」와「이월이용대두」의 내용이 흡사하다. 이 밖에도 연화에는『농서』
와「경직도」를 통속적으로 재해석한「남십망男十忙」,「여십망女十忙」,
「신회여십망新繪女十忙」,「농가근망農家勤忙」 등과 같은 그림이 많다.
『농서』를 통해 유통되고, 이야기 속에 기호화(encoding)하고 연화를
통해 재생한다.

3. 소설/희곡 연화의 교육적 측면

명말 목판인쇄술의 발달로 동일한 이미지의 대량생산과 유통이 가
능해졌다. 인쇄술의 발명으로 인간은 시각을 통해 세상을 지각하게

된다. 지식은 시각을 통해 얻어지고 경험은 눈을 통해 확인하게 되었다. 인쇄술의 발달로 동일한 텍스트와 이미지의 반복적인 대량 생산이 가능하게 되었다. 캐나다의 매체 연구자인 맥루언이 말한 '매체가 메시지이다.'라는 말 속에는 문화의 형식, 특히 커뮤니케이션 기술이 한 사회의 감정과 취향의 지배구조를 변화시킬 수 있다는 통찰이 깔려 있다.

연화는 이러한 배경에서 성행하게 된다. 소수 식자층들과는 달리 텍스트에 접근이 어려웠던 대다수 문맹 대중은 이미지를 통해 지식을 습득했다. 이들은 반복적인 공연 관람 '看戲'를 통해 『삼국지』와 같은 역사지식에 친숙하다. 스토리를 담고 있는 소설/희곡을 소재로 다루는 연화는 공연에서 봤던 똑같은 장면을 재현한다. 문맹 대중은 경극京劇이나 천극川劇 배우들의 얼굴분장이나 의상 그리고 그들의 포즈를 보고 연화에 담긴 스토리를 안다. 예를 들어 「이규탈어李逵奪魚」에서 대중은 강직하고 엄숙한 성격을 상징적으로 표현하는 검은 색으로 얼굴을 분장한 것과 그의 손에 들려 있는 생선을 보고 중앙에 서 있는 인물이 바로 『수호지』에 나오는 리규라는 것과 이 연화가 전달하려는 메시지가 무엇인지를 안다.

공연 관람을 통해 『삼국지연의』에 나오는 역사지식에 친숙한 대중에게 무대 관습—배역의 의상과 검보, 상징물, 배역의 포즈—을 그대로 옮겨놓은 『삼국지연의』「장판파」와 같은 소설/희곡 연화는 텍스트에 의존하지 않고 대중에게 강력한 유교적 메시지를 전달한다. 공연 관람을 통해 중국의 대중은 아이콘에 친숙하다. 청대 하남河南 개봉開封에서 생산된 「장판파」 연화를 보는 문맹 대중은 오른손에 검을 들고 한 아이를 가슴에 품고 등 뒤에 용 깃발을 꽂고 있는 사람은 바

로 목숨을 걸고 적진에 뛰어들어
주군 유비의 아들 아두阿斗를 구
출하는 조운趙雲임을 단번에 알
아본다. 연화에는 관습적으로 나
타나는 코드가 있다. 이 그림에
서 검, 가슴에 품은 아이 그리고
용 깃발은 조운을 나타내기 위한
코드들이다. 중국의 대중은 이러
한 코드를 읽어낼 수 있는 비주
얼 리터러시, 즉 시각적 문해력
을 갖고 있다. 그들은 「장판파」
연화 속에 나타난 코드들을 결합

〈그림 6〉「장판파」. 청대 하남 개봉.
채색인쇄. 36×25cm

하여 그가 하후은夏侯恩으로부터 조조曹操의 청강보검靑釭寶劍을 빼
앗고 유비의 아들 아두를 구출한 조운임을 인식한다. 그들은 '장판파'
전투에서의 조운 이미지에서 충성과 의리 같은 유교적인 메시지를
읽게 된다. 조운은 중국인들의 전통적인 유교 이념의 모범적인 실천
—유비와 그의 아들에게 변함없는 충성과 자기희생 그리고 의리—을
보여준다. 문맹 대중은 연화 이미지를 봄으로써 유교 이념의 덕목인
충효와 인의예지를 일깨운다.

소설/희곡 연화는 보는 이가 쉽게 알아볼 수 있는 무대복장/臉譜를
한 캐릭터로 묘사된다. 반복적인 공연 관람을 통해 역사 이야기에 친
숙한 대중에게 연화 이미지로 스토리텔링을 환기시켜주고 그 속에
내포된 유교적 가치 및 메시지를 재확인시킴으로써 연화는 텍스트에
의존하지 않고 유교적 가치가 중추를 이루는 중국문화를 하향 전파·확

산시킬 수 있는 매우 중요한 교육매체였다. 그래서 연화의 '무언無言' 의 스토리텔링은 「성유」의 메시지를 보다 효과적으로 전파할 수 있는 시각적 교육매체라고 할 수 있다.

소설/희곡 연화는 대문에 붙이는 문신門神과는 달리 실내장식으로 애용되었다. 그 기능 또한 인테리어 장식과 더불어 기복祈福과 금기를 위한 문신과는 달리 교육적 목적을 갖고 있었다. 대가족으로 구성되어 있는 농민들이 자식들에게 기본적인 '식자識字' 교육을 할 필요가 있었고 연화가 그 역할을 담당했다. 연화 출판자들이 겨냥하는 고객은 교육 수준이 낮은 농민과 여성들이었다.

천진 양류청, 소주蘇州 도화오桃花塢, 산동山東 유방濰坊 양가부楊家埠 그리고 사천 면죽은 중국 4대 연화 생산지이다. 이들은 광범위한 유통망을 갖고 있었다. 예를 들어 면죽 연화는 사천뿐만 아니라 운남雲南, 귀주貴州, 서강西康, 섬서陝西, 감숙甘肅, 호북湖北, 호남湖南, 청해青海, 서장西藏 심지어 운남과 청해, 서장을 거쳐 동남아 각국 (베트남 서호촌西湖村 판화)으로 수출됐다. 면죽 연화 제작자들은 '복희회伏羲會'라는 연화 길드를 조직했다. 이 길드에 가입한 연화 전문가들은 900여 명, 작업장은 300여 개소에 달했으며 이들이 매년 생산했던 문신 두방斗方은 천만 장에 이르렀다.

면죽은 청나라 건륭제와 가경제嘉慶帝(재위 1796~1820년) 때 희곡 공연이 성행했다. 천극 공연 관람을 좋아하는 면죽 서민들의 취향이 면죽 연화에도 반영되어 건륭제 때부터 민국民國 초기까지, 특히 광서제光緒帝(재위 1875~1908년) 때 소설/희곡 연화가 성행했다.

소설/희곡 레퍼토리를 주제로 한 연화는 두방斗方(신년에 써 붙이는 마름모꼴 전사각형의 서화), 중당中堂(거실의 정면 중앙에 거는 폭이 넓고 긴 족자), 조병條屛(두 폭 이상으로 된 폭이 좁고 긴 족자) 등의 형태로 대청, 거실, 복도 등을 장식하기 위해 벽에 붙였다. 「연환계連環計」, 「금창양가장金槍楊家將」, 「정충전精忠傳」, 「목계영대파천문진穆桂英大破天門陣」, 「백사전白蛇傳」, 「공성계」 등과 같은 '충효인의忠孝仁義', '선악유보善惡有報'의 메시지를 전달할 수 있는 희곡 레퍼토리와 소설 이야기는 아동과 여성 그리고 문해력이 없는 대중에게 매우 적합한 계몽 교재였다. 전형적인 인물이나 사건을 통해 '위인처세爲人處世'의 원칙이나 도덕규범 등을 강술할 수 있다. 충효나 권선징악과 같은 유교적 윤리도덕을 계몽할 수 있는 소설/희곡 레퍼토리는 가정의 화목과 사회 안정에 매우 유익하다. 고대에 글자를 해독할 수 없었던 사람들은 희곡과 평서評書 그리고 그림을 통해 견문을 넓혔다. 그들은 자녀들에게 글을 가르치는 대신에 연화를 보여주며 그 속에 묘사된 인물이나 사건에 관한 이야기를 들려줌으로써 아이들이 선악과 시비를 구별하게 가르쳤다.

무대 공연과 함께 연화는 동일한 주제의 반복을 통해 유교 이념을 문맹 대중에게 고취시킬 수 있었다. 청대 특히 건륭제 때에 이르러 유교 사상과 가치관이 사회 모든 계층에 보편화되었다. 여기에는 연화의 힘이 크다고 본다.

연화는 1660년대부터 1860년까지 성행했다. 특히 건륭제(재위 1736~1795년) 때에는 전성기를 이루었다. 연화가 성행하기 시작한 1660년대는 청나라 강희제(재위 1662~1722년)의 치세가 시작되던 시기이며 강희제가 「성유」를 공포했던 1670년과 시기적으로 맞물린다. 또한 연화가 성행했던 1660년대부터 1860년까지는 경극과 같은 희곡 공연이 번영을 누리던 시기이기도 하다. 이민족 지배자로서 중국 통치를 공고히 하기 위해 청나라 황제들은 '화치'를 선택했다. 무력 대신 유교 도덕의 힘으로 백성을 교화해 보겠다는 생각이었다. 강희제와 옹정제가 「성유」와 「광훈」을 공포하고 엘리트 관료들이 '성유'를 쉽게 설명한 책들을 내놓았지만 문해력이 없는 대다수의 일반 대중들에게는 교육적 효과를 발휘할 수 없었다.

보는 것으로 세계를 인식했던 이 시기 문맹 대중에게 연화는 시각적인 아이콘을 통해 세계에 대한 모든 지식정보를 제공했다. 그들은 연화에서 제공하는 시각적 정보를 통해 세계와 만났다. 그들에게 연화는 「성유」를 쉽게 풀이한 『성유합률직해』나 『성유상해』와 같은 해석본이나 도해본보다 더 강력하게 「성유」를 보급하고 교육시켰던 시각매체였다고 볼 수 있다. 다시 말해, 연화는 문맹 대중에게 '화치'를 실현하기 위한 가장 적합한 교육매체였다.

연화는 텍스트보다 이미지가 우위를 점하기 시작한 시기, 목판인쇄술의 발달로 이미지의 대량 생산과 유통이 가능해진 시기에 성행했다. 1660년대부터 1860년까지의 시기는 일본의 에도시대(1603~1868년)와 맞물린다. 17세기 후반부터 19세기 후반까지는 양국 모두 국가 정체성이 형성되던 시기라고 볼 수 있다. 이 시기에 일본은 중국의 경우와 마찬가지로 목판인쇄를 통해 문화지식과 이미지가 대량으로 생산되어 유통되었다. 일본의 저명한 학자인 모토리 노리나가本居宣長(1730~1801년)는 중국의 '카라 고코로唐心'와 차별화되는 일본의 정신인 야마토 고코로大和心에 관해 탐구했다. 그는 고대의 고전 궁정문학에서 표현된 인간 감정의 '자연스러운' 흐름을 중국의 이성적 논리에 대비되는 일본 정서의 핵심으로 파악했다. 17세기 후반부터 19세기 후반까지 중국과 일본에서 성행했던 연화와 우키요에浮世繪는 당시 양국의 문화정체성을 형성하는 데 중요한 역할을 담당한 시각적 교육매체라고 할 수 있다.

정체성은 각 사회 간의 차별화된 이데올로기를 통해 형성된다. 서로 다른 사회집단은 세계를 매우 다른 방법으로 기호화함으로 시각이미지는 매우 다양하게 해석될 수 있다. 일본이 중국 연화를 수용하여 그들의 '뜬 구름 같은 세상浮世'에 대한 감성을 시각적으로 표출한 것이 그 좋은 예이다. 연화 수용자의 재생산인 셈이다.

Ⅲ

양주청곡揚州淸曲의 연행양상

정유선

1. 양주청곡의 연행양상
2. 양주청곡의 연행특징

양주청곡揚州淸曲은 명대 중엽 양주揚州에서 형성된 이후 양주를 비롯한 강소성江蘇省 소주蘇州, 남경南京, 진강鎭江 일대에 유행했던 공연예술이다. 이 기예는 지금까지도 명청대에 유행했던 493종의 전통곡목과 116종 이상의 곡패를 보유하고 있다.[1] 이 때문에 양주청곡은 오늘날 명청대 음악과 희곡 및 설창예술 연구에 중요한 부분을 차지하고 있다. 이에 중국 강소성 지방정부는 양주청곡의 중요성을 인정하여 2005년 중국 국가무형문화유산에 등록하였고, 세계무형문화유산에도 등록하기 위해 여러 차례 시도하기도 하였다.

여기에서 양주청곡을 주목해야 할 또 하나의 중요한 이유는 청대 중국 전역의 희곡과 설창예술 형성에 지대한 영향을 끼쳤다는 점이

---

1) 韋人 韋明鏵의 『揚州曲藝史話』, 中國曲藝出版社, 1985. 135쪽 참조

다.2) 양주청곡의 영향을 받은 대표적인 설창예술와 희곡은 다음과
같다.

<blockquote>
설창예술: 감숙甘肅의 진안소곡秦安小曲, 강서江西의 구강청음九
江淸音, 강서청음江西淸音, 강소江蘇의 서주금서徐州琴
書, 공주남북사贛州南北詞, 광동남음廣東南音, 광동廣東
의 소조연창小調演唱, 광서계림廣西桂林의 광서문장廣
西文場, 귀주문금貴州文琴, 남경백국南京白局, 동북東北
의 이인전二人轉, 북경北京의 시조소곡時調小曲, 사천청
음四川淸音, 산동금서山東琴書, 산동청음山東淸音, 섬서
陝西의 유림소곡楡林小曲, 안휘청음安徽淸音, 요녕遼寧
의 곤고적곡昆高笛曲, 운남양금雲南揚琴, 하남河南의 대
조곡자大調曲子, 호남湖南의 기양소조祁陽小調, 호남湖
南의 상덕사현常德絲弦, 호북소곡湖北小曲, 호북湖北의
낭양소곡囊陽小曲, 호북湖北의 은시양금恩施揚琴, 호북
湖北의 이천소곡利川小曲 등3)
희   곡: 양극揚劇, 장구방자章丘榜子, 운남화등희雲南花燈戲, 항
극杭劇, 홍산조洪山調, 월극粤劇, 문장희文場戲 등
</blockquote>

양주는 청대 상품경제의 발달로 중국 거대 상업자본이 집중되었던
곳으로서, 여러 계층의 문화적 소비가 상업과 결합된 당시 최고의 문화
소비도시였다. 이 시기 양주에서는 이와 같은 경제·문화적인 배경으로
공연예술의 트렌드를 선도하며 전국 공연예술의 중심이 되었다.4)

양주청곡은 명청시기 경제와 문화를 주도하던 강소일대에서 배태,
형성, 유행되어 당시 이 지역의 특성을 정확하게 반영하고 있다. 양주
청곡은 소규모의 간편한 연행으로 인해 다양한 장소에서 다양한 향

---

2) 韋人, 『揚州淸曲』曲論卷, 廣陵書社, 2006. 1962쪽 참조

3) 鄭有善, 「中國說唱藝術硏究槪況」(2), 『中國小說論叢會報』第61號, 2005.6

4) 鄭有善, 「淸代 揚州 書場의 문화적 의미」, 『中國小說論叢』, 25집, 2007.3 참조

유층을 접할 수 있고, 가창歌唱만으로 연행하기 때문에 소비자의 요구나 유행에 민감하게 반영하여 빠른 속도로 새로운 곡조로 교체되므로 당시 향유자의 음악적 취향을 잘 나타내고 있다. 그러므로 양주청곡은 명청시기 양주 지역 더 나아가는 강남지역의 경제·문화적 산물라고도 할 수 있다.

따라서 본고에서는 양주청곡의 연행양상을 살펴보고 양주청곡의 연행특징을 파악하여 명청시기 강남지역의 공연문화를 살펴보는 데 목적을 둔다.

1. 양주청곡의 연행양상

현재 우리가 감상할 수 있는 양주청곡은 대사나 연기, 분장 없이 기예인의 가창歌唱만으로 연창하는 공연예술이다.

이 기예의 전통연행방식은 1, 2명에서 8, 9명까지의 기예인이 비

〈사진 1〉 양주청곡 연행 장면

파琵琶, 삼현三弦, 월금月琴, 사호四胡, 이호二胡, 양금揚琴, 단판檀板, 설자碟子, 주배酒杯 등의 악기를 하나씩 들고 앉아 직접 반주하며 노래를 부른다. 이 기예가 무대에서 공연을 하게 된 후로는 대부분 기예인 다섯 명이 각각 비파, 삼현, 월금, 사호, 이호, 양금을 들고 앉아서 반주하며 노래를 부르는 방식을 띠었다.

오늘날 공연예술 가운데 청곡淸曲이라는 기예명이 붙은 곡종은 양주청곡이 유일하다. 양주청곡은 명 중엽에 형성되어 청초에 완성된

기예로 지금까지 공연되고 있기는 하지만, 정작 '양주청곡'이라는 기예명은 1940년 양주 소곡小曲 기예인들이 양주 교장敎場 남수로南首老 천룡다사泉龍茶社의 대외공연에서 과거 기존의 소곡 및 소창과 차별화시키기 위해 정식으로 '양주청곡'이라는 명칭을 팻말에 내걸고 공연하기 시작하면서부터 생겨났다.5) 당시에는 양주의 옛 이름을 따서 광릉청곡光陵淸曲 혹은 유양청곡維揚淸曲이라고도 하였다. 그 이후부터 양주청곡은 지금과 같은 연행형태를 지닌 공연예술을 지칭하게 되었다.

당시 양주 소곡 예인들이 이러한 공연예술에 청곡이라는 기예명을 붙인 취지를 정리하면 다음과 같다. 첫째, 문인과 사회인사 등과 같은 수준 높은 이들이 통속가곡을 연구하고, 생업을 위한 활동이 아닌 비영리로 여가를 즐기기 위해 조직을 결성하여 연창하기 때문이다. 둘째, 공연형식이 연기를 하지 않고 노래만 부르는 청창淸唱6)을 하기 때문이다. 셋째, 청곡예인은 길거리에서 소창이나 소곡을 불러 삶을 도모하는 비루한 예인들과 달리 품위 있고 격조 있는 예인이라는 의미를 부여하기 위해서 이다.7)

위와 같은 양주청곡의 명칭이 붙은 시기와 배경 때문에 '청곡'이라는 용어가 고대부터 현재까지 기예명은 물론 보통명사로도 사용되었음에도8) 불구하고 전통시기 각종 문헌에 '양주청곡'이란 기예명을

---

5) 陳澄, 「淺論揚州淸曲」, 『江蘇敎育學院學報』, 2005.7 참조.

6) 鄭有善, 「說唱伎藝 '小唱'의 起源과 演出」, 『中國文學硏究』 23집, 2001.12 주 36번 참조.

7) 陳澄의 앞의 논문, 蔣星煜의 「關于揚州淸曲」(위인, 앞의 책), 章鳴의 「揚州淸曲採訪報告」(위인, 앞의 책) 참조.

8) 고대에는 청곡의 의미를 크게 두 가지로 정리할 수 있다. 첫째, 청곡은 현악기로 연주하는 음악을 일컫는다[王筠의 『三艶婦詩』: "小婦獨無事, 當軒理淸曲", 張率의 『白貯歌九首』: "列坐華筵紛羽爵, 淸曲未終月將落." 虞茂의 『長安秋』: "玉人當歌理淸曲, 婕好恩情斷還續"(郭茂倩, 『樂府詩集』, 中華書局, 1979. 재인용) 紀昀의 文淵閣四庫全書本『欽定續文獻通考』卷110 「銅鈸杖敲」條: "今之單彈琴者, 猶度

찾아볼 수 없었으며, 현재 중국 전역에 공연되고 있는 설창기예 가운데 청곡이라는 기예명이 '양주청곡'에만 유일하게 붙어 있는 것이다.

1) 양주청곡의 연행범주

양주청곡은 현재 청곡이라는 기예명을 붙인 이유와 상관없이 설창예술이라는 연행범주 외에 광범위한 연행범주를 지니고 있다. 양주청곡은 말 그대로 양주지역에서 형성되고 청창되는 모든 가곡歌曲을 의미한다. 난랍성蘭拉成은 청곡의 범주를 다음과 같이 언급하고 있다.

> 청곡은 청창에서 얻은 명칭으로 무릇 청창의 방법으로 연창하는 곡은 모두 청곡이라 부를 수 있으며, 산곡散曲과 극곡劇曲을 포함한다. 산곡의 연창방법은 단지 한 가지 종류뿐으로, 그것은 바로 청창이다. 때문에 산곡은 모두 청곡에 속한다. 극곡은 단지 청창의 방법으로 연창을 할 때만 비로소 청곡이라 부를 수 있다. …… 대사와 연기를 없애고 청창만으로 완전한 고사를 연행하면 그것이 바로 극곡이다.9)

난랍성蘭拉成은 고대 문헌과 여러 연구자들의 주장을 정리하여 청곡에 민간가곡인 산곡10)과 극곡을 포함시켜 정의를 내렸다. 여기에서 난랍성蘭拉成이 언급하고 있는 극곡은 양주청곡에 세 가지 형태로 편입되어 곡조와 내용 및 형식을 풍부하게 하였다. 하나는

淸曲也."]둘째, 청곡은 고상하고 우아한 음악을 의미한다.[文淵閣四庫全書本『樂書』卷164「樂圖論」: "凡樂以聲徐者爲本身, 疾者爲解. 自古奏樂曲, 終更無他變. 隋煬帝以淸曲雅淡, 每曲終多有解曲." 文淵閣四庫全書本『文獻通考』卷134: "唐之燕樂淸曲有銅鈸相和之樂, 今浮屠氏淸曲用之, 盖出于夷音也. 然有正與和, 其大小淸濁之辨與?" 文淵閣四庫全書本『樂律全書』卷13: "如歌徵羽淸曲, 亦必會宮商而成聲, 其大致則徵羽也, 五音之妙盡於此矣."]

9) "淸曲由淸唱而得名, 凡淸唱之法演唱的曲子都可以稱爲淸曲, 它包含了散曲與劇曲. 散曲的演唱只有一種方法, 那就是淸唱, 所以, 凡散曲都屬于淸曲; 劇曲只有在用淸唱之法演唱時才可以叫做淸曲, …. 用它們來演完整的故事, 幷攙之以賓白、動作, 它就是劇曲."(蘭拉成, 「散曲, 小曲與淸曲」, 『寶鷄文理學院學報』, 2008.4 참조)

10) 정진탁 역시 『中國俗文學史』에서 산곡을 원대이후 유행하던 민간가곡의 총칭으로 정의하고, 산곡은 청창을 하므로 청곡이라 부를 수 있으므로, 원대 이후 산곡을 청곡이라 부를 수 있다고 하였다.

극곡 자체의 원래 형태대로, 둘은 극곡을 이루는 투곡 중 한 척隻의 곡패를 뽑아 연창하는 가곡의 형태로, 셋은 기존의 설창형식으로 편입되었다. 이를 바탕으로 필자는 양주청곡의 연행범주를 형식과 내용에 따라 다음과 같이 분류하였다.

첫째, 양주청곡은 청창하는 가창예술歌唱藝術이다. 위에서도 인용한 바와 같이 청곡은 청창하여 붙여진 이름이다. 이와 같은 맥락에서 『중국음악사전中國音樂詞典』「양주청곡揚州淸曲」 조條에는 양주청곡을 더욱 구체적으로 설명하고 있다.

> 곡예의 일종으로 옛날에는 소창 또는 소곡이라 불렀다. … 그것은 명청 양대에 각지에 떠돌아다니는 시조, 소곡 그리고 본지의 민가와 소조를 기초로 하여 본지의 언어와 긴밀히 결합하여 발전시켜 만들어졌다.[11]

위의 정의에 따르면 양주청곡은 소창, 소곡, 시조, 민가, 소조 등의 곡종을 포함하고 있다. 이외에 여러 학자들이 고증에 따르면 가요歌謠, 남음南音, 청음淸音, 청창淸唱, 양주조揚州調, 양주가揚州歌 등의 곡종도 양주청곡에 포함된다.[12]

둘째, 양주청곡은 가창으로 고사를 연창하는 설창예술이다. 여기서 말하는 설창예술은 서사성을 띤 가창예술을 포함하는 확장된 의미의 설창예술로서 양주청곡의 고유한 연행범주이다. 오늘날 볼 수 있는 설창예술로서의 양주청곡의 내용은 사회생활 반영, 민간고사, 역사고사, 고전소설, 우화, 신화, 골계 등 매우 다양하다. 그래서 이를 양주육서揚州六書라고도 한다.[13]

---

11) "曲藝的一種. 舊稱小唱或小曲.……它是以明淸兩代流轉各地的時調、小曲和本地的民歌·小調爲基礎, 緊密結合本地語言發展而成."(中國藝術硏究院音樂硏究所 편, 『中國音樂詞典』, 人民音樂出版社, 1985)

12) 위인, 앞의 책, 1592~1676쪽 참조.

13) 韋人·韋明鏵, 앞의 책, 참조. 揚州竹枝詞 二十首: 小立河邊看釣魚, 笙歌余響送徐徐. 回頭問道誰家院, 新起張園唱'六書'.

이렇듯 양주청곡이 다양한 내용과 곡패를 지니게 된 원인으로는 극곡의 유입을 꼽을 수 있다. 극곡은 희곡을 절록하여 과科와 백白을 제외하고 가창歌唱만으로 공연하는 연행예술演行藝術을 말한다. 명청 시기 곤곡예인들은 공연장소와 청중의 취향에 맞게 대희大戲의 곤곡을 단막극 형식의 절자희折子戲나 과백科白을 빼고 창唱만을 공연하거나 청곡의 형식으로 개조하여 공연하기도 하였다.14) 극곡은 후자에 속하는 연행예술로, 명대 호문환胡文煥은 『군음류선群音類選』에서 이를 '청강淸腔'이라고도 하였다. 호문환이 사용한 '청강'의 개념은 바로 청곡과 같은 의미이다. 이어李漁 역시 『한정우기閒情偶寄』「연습演習」에서 청곡을 희곡과 상대적인 개념으로 파악하고 있다.

대개 희곡을 공연하는 데 있어 청곡을 부르는 것과 같이 하면 음악을 아는 몇 명의 귀만 즐겁게 할 뿐이지 좌석을 가득 메운 손님들의 눈은 즐겁게 할 수 없다.15)

이 같은 형식이 생긴 이후 왕경산王景山, 모칠牟七, 유록관劉祿觀 등과 같은 곤곡예인들은 청곡예인으로 전업을 하여 서장과 구란, 연회장 등에서 공연을 하였으며, 또 기존의 소창예인이 이를 배워 공연을 하기도 하였다.

따라서 양주청곡은 기존의 설창예술에 곤곡과 같은 희곡의 노래와 창사唱詞를 흡수하여 음악과 내용, 가창 기교 등에 있어 세련되고 수준이 제고되었다.16)

---

14) 鄭有善의 「說唱伎藝 '小唱'의 起源과 演出」, 張旭初의 『吳騷合編』, 이두의 『양주화방록』 참조.

15) 盖演古戲, 如唱淸曲, 只可悅知音數人之耳, 不能娛滿座賓朋之目)

16) 鄭有善의 「淸代 揚州 書場의 문화적 의미」 참조.

2) 양주청곡의 연행양상

본 절에서는 명청시기 각종 문헌에 보이는 양주청곡 관련 자료와 위인韋人이 편저한『양주청곡揚州淸曲』곡사권曲詞卷17)에 수록된 양주청곡 창본唱本을 연구대상으로 삼아 양주청곡의 연행양상을 고찰하기로 한다. 필자는 연구대상 양주청곡 작품의 체제와 곡패 및 내용에 따라 연행양상을 가곡류歌曲類와 설창류說唱類로 나누어 살펴보았다.

(1) 가곡류

가곡류에 속하는 양주청곡으로 양주지역에서 형성되었거나 청창되는 가곡이 여기에 해당되며, 연행방식은 하나의 곡패와 唱詞를 반복 없이 연창한다.

가곡류에 해당되는 곡종은 양주에서 전통시기부터 연행되었던 가창예술 소령小令, 양주소창揚州小唱, 양주소곡揚州小曲, 양주소조揚州小調, 소북소조蘇北小調, 양주조揚州調, 양주가요揚州歌謠, 양주가揚州歌, 양주민가揚州民歌, 양주시가揚州時調, 양주남음揚州南音, 양주청음揚州淸音, 양주청창揚州淸唱 등이다.

현재 양주청곡에서 사용되는 곡패는 116척隻가량 되는데, 이는 분류하면 다음과 같다.

첫째, 원대부터 전해져 내려오는 곡종으로 남곡南曲과 북곡北曲을 모두 포함하고 있다.18) 여기에 해당되는 곡패로 문헌상에서 [쇄남지

---

17) 이 책에는 양주청곡의 唱詞 477곡을 單曲 346곡, 小套曲 49곡, 大套曲 79곡으로 분류하여 수록하고 있다(韋人,『揚州淸曲』曲詞卷, 廣陵書社, 2006).

18) 청곡의 형성에 관해 청대 胡彦穎은『樂府傳聲』서문에서 "自元以來, 有北曲, 有南曲, 而善歌者首推三吳. 南曲習于南耳, 故視北曲尤爲盛行, 然明之中葉以後, 于南曲刻意求工, 別爲'淸曲', 漸非元人之歸."라고 말하고 있다.

鎖南枝], [방장대傍妝臺], [산파양山坡羊], [사해아耍孩兒], [주운비駐雲
飛], [취태평醉太平], [뇨오경鬧五更], [기생초寄生草], [나강원羅江怨],
[곡황천哭皇天], [간하엽干荷葉], [분홍련粉紅蓮], [동성가桐城歌], [은
교사銀絞絲], [타조간打棗竿], [괘지아挂枝兒]19), [은뉴사銀紐絲], [사대
경四大景], [도반장倒扳槳], [길상초吉祥草], [도화람倒花籃], [벽파옥劈
破玉], [여조黎調], [첩락금전疊落金錢], [도춘래到春來], [목란화木蘭
花], [만강홍滿江紅], [상강랑湘江浪], [소랑아小郎兒], [목어木魚], [포도
布刀]20), [첩락疊落], [초인아俏人兒], [연화락蓮花落], [앙가秧歌], [구
련환九連環], [탄오경歎五更], [탄십성歎十聲], [첩단교疊斷橋], [광호조
廣湖調], [무선화無鮮花], [왕대랑王大娘], [신수령新水令], [청강인淸江
引]21) 등을 볼 수 있다.

둘째, 외래에서 유입해 온 설창 곡종의 곡패이다. 여기에 해당되는
곡종의 곡패는 소창의 [전전화剪靛花], [망조網調], [경타자京舵子],
[기자조起字調], [마두조馬頭調], [남경조南京調]22)과 복건福建의 남음
南音23)에 영향을 받아 형성된 양주남음揚州南音의 곡패인 [타재판打
齋板], [사창외紗窓外], [소소어아小小魚兒], [화고花鼓], [간상看相], [타

---

19) 沈德符의 『萬曆野獲編』卷25 ： 元人小令, 行于燕趙後, 浸淫日盛. 自宣正至成弘後, 中原又行[瑣南
枝][傍妝台][山坡羊]之屬. … 自玆以後, 又有[耍孩兒][駐雲飛][醉太平]諸曲 … .嘉隆間(1522-1572)乃興
[鬧五更][寄生草][羅江怨][哭皇天][干荷葉][粉紅蓮][桐城歌][銀絞絲]之屬, 自兩淮以至江南,漸與詞曲
相遠,不過寫淫媒情態, 略具抑揚而已. 比年以來, 又有[打棗竿][挂枝兒]二曲, 其腔調約略相似, 則不問
南北, 不問男女, 不問老幼良賤, 人人習之, 亦人人喜聽之, 以至刊布成帙, 擧世傳誦, 沁人心腑-其譜不
知從何來-眞可駭嘆!

20) 李斗, 『揚州畵舫錄』卷11.

21) 毛奇齡의 『西河詞話』: 唐宋舊樂器甚夥, 然移時創沒此, 亦不過唐宋間所造而獨得盛行, 亦屬異事. 先
教諭曰, 當時傳其事者, 多萬曆間詞客, 題詠大抵[新水令]起至[淸江引]. 止共八十六曲, 名賞聲集, 至
今淸曲家能歌之.

22) 『양주화방록』 卷11.

23) 陳洧, 「南音淸曲, 北國神畯」,『陽關』, 2001.2 참조.

곤피打棍皮], [미타사弥陀寺]등이다. 이외에도 [남사南詞], [남사탄황조南詞彈簧調] 등이 있다.

셋째, 양주 본토에서 형성된 토종 곡종의 곡패이다. 여기에 해당되는 곡종은 양주소조揚州小調, 소북소조蘇北小調, 양주조揚州調, 양주가요揚州歌謠, 양주가揚州歌, 양주민가揚州民歌 등으로, 이들 곡종의 곡패는 문헌상에서 [만강홍滿江紅], [상강랑湘江浪]24), [옥미침玉美針], [과과조侉侉調], [곡소랑哭小郎], [양류청楊柳靑], [양자조揚子調], [옥구조玉溝調], [락금전落金錢], [역진조歷津調], [북하조北河調], [차곡岔曲], [평차平岔], [단차單岔], [수차數岔], [평차대희平岔帶戲], [변관조邊關調], [선화조鮮花調]25) 등을 볼 수 있다.

이 외에 청중엽 이후에 사용했던 [파양波揚], [연평軟平], [연첩여남파軟疊黎南波], [남조南調], [황리조黃鸝調], [노팔판老八板], [노강원蘆江怨], [회황려조回黃驪調], [수판數板], [춘조春調], [보항補缸], [설옹람관雪擁藍關], [철백구綴白裘] 등이 있다.

(2) 설창류

설창류에 해당하는 양주청곡은 고사를 연창하는 연행방식으로 서사성을 띠고 있다. 설창류에 속하는 양주청곡의 극목을 제재와 내용에 따라 정리하면 다음과 같다.26)

---

24) 『양주화방록』 권11.

25) 이 곡패는 [洪武茉莉花鮮花調]와 청 건륭 39년 揚州戱曲演出脚本[綴白裘]叢書「花鼓」중에 그 가사가 처음 보인다. 현재 잘 알려진 노래 모리화는 지금까지 전해지고 있는 [鮮花調]곡패에 茉莉花 歌詞를 붙인 양주청곡의 곡조와 가사가 매우 비슷하다.

26) 위인의 앞의 책 曲詞卷에 실린 작품을 기본 텍스트로 삼아 정리하였다.

① 역사고사

삼국계열三國系列:「화용도華容道」「단도부회單刀赴會」「공성계空城計」「온주참화웅溫酒斬華雄」「화소적벽火燒赤壁」「전마초戰馬超」「관우입상關羽立狀」「초선차전草船借箭」「차동풍借東風」「손부인제강孫夫人祭江」「소교곡주랑小喬哭周郎」「무향후자탄武鄕侯自嘆」「곡조묘哭祖廟」「정계定計」「증관贈冠」「설연設筵」「기의起疑」「격여激呂」「자탁刺卓」「무송타호武松打虎」「반금련희숙潘金蓮戱叔」「무송살수武松殺嫂」「석교매신惜姣賣身」「삼랑차차三郎借茶」「유당하서劉唐下書」「송강뇨원宋江鬧院」「좌루살석坐樓殺惜」「활착삼랑活捉三郎」

② 소설

서상기계열西廂記系列:「장생도분장張生跳粉墙」「앵앵체간鶯鶯遞簡」「장생사앵앵張生思鶯鶯」「고문홍낭拷問紅娘」「앵앵송별鶯鶯送別」

홍루몽계열紅樓夢系列:「대옥장화黛玉葬花」「소상야우瀟湘夜雨」「대옥비추黛玉悲秋」「청문보구晴雯補裘」「대옥임종黛玉臨終」「자견곡영紫鵑哭靈」「보옥곡영寶玉哭靈」「노정상설蘆亭賞雪」「이홍축수怡紅祝壽」「야방이홍夜訪怡紅」「장화자련葬花自憐」「보대담선寶黛談禪」「빈경절립顰卿絶粒」「청문별원晴雯別園」「소상관청우瀟湘館聽雨」「소상금원瀟湘琴怨」「대옥분고黛玉焚稿」「대옥사세黛玉辭世」「우이저사세尤二姐辭世」「소상읍옥瀟湘泣玉」「보옥도선寶玉逃禪」

화계녀계열花魁女系列:「유사권장劉四勸妝」「유랑표원油郎嫖院」「화괴종량花魁從良」27)

<hr>

27) 『今古奇觀』에 실린 「賣油郎獨占花魁女」의 이야기를 내용으로 하며, 현재는 양주청곡뿐 아니라, 黃梅戱로도 연행되고 있다.

③ 민간고사

양축계열梁祝系列: 「송축送祝」 「방우訪友」 「병귀病歸」 「조효弔孝」
「화접化蝶」

진설매계열秦雪梅系列: 「상회相會」 「조효弔孝」28)

백사전계열白蛇傳系列: 「수만금산水漫金山」 「단교상회斷橋相會」

맹강녀계열孟姜女系列: 「경몽驚夢」 「출관出關」 「심부尋夫」 「곡성哭城」

조오낭계열趙五娘系列: 「영량우겁領糧遇劫」 「흘강조의吃糠遭疑」 「묘
용상로描容上路」 「소송하서掃松下書」 「암당상회庵堂相會」

위에 정리해 나열한 삼국계열三國系列, 수호계열水滸系列, 서상기
계열西廂記系列, 홍루몽계열紅樓夢系列, 화괴녀계열花魁女系列, 양축
계열梁祝系列, 양축계열梁祝系列, 진설매계열秦雪梅系列, 백사전계열
白蛇傳系列에 속하는 극목들은 대부분 명청시기부터 현재 공연되고
있는 각 지역의 희곡 극목과 일치한다.29) 이로써 현재 남아 있는 설
창류 양주청곡은 앞서 고찰한 바와 같이 기존의 전통설창예술에 명
청시기 이후의 희곡의 극곡이 편입되어 연행되고 있음을 알 수 있다.

연행체제는 적게는 1척隻에서 많게는 15척隻의 곡패를 사용하여
하나의 이야기를 가곡만으로 이끌어갔다. 한 예로 양축계열의 작품
가운데 양산백梁山伯이 서원을 떠나며 축영대祝英臺와 이별하는 내
용을 연창하는 「송축送祝」을 들어본다. 이 작품은 모두 곡패 10척隻
으로 이루어졌으며, 곡패 배열은 다음과 같다.

___

28) 客家 전통곡 『萬事由天』에서 따온 극목으로 명대 태사 秦雪梅와 관련된 내용이다.

29) 黃鈞 등의 편저한 『京劇文化詞典』(漢語大詞典出版社, 2001), 『中國大百科全書』「戱曲曲藝」卷과 「音
樂舞蹈」卷(中國大百科全書出版社, 1983), 『中國曲學大辭典』(浙江敎育出版社, 1997) 참조

[쌍호접雙蝴蝶] - [소장대梳妝臺] - [대륙판大陸板] - [양류청楊柳靑] -
[쾌판快板] - [보항補缸] - [소장대梳妝臺] - [곡소랑哭小郞] - [쾌판快
板] - [경타자京舵子]

위에서 보이는 바와 같이 곡패는 이야기의 내용과 단락의 분위기
에 맞게 배치하며 같은 곡패를 여러 번 중복하여 사용할 수 있다. 이
같은 상황을 가장 잘 보여주는 예로, 축영대가 동문수학하며 정들었
던 양산백을 보내는 아쉬움과 이별의 슬픔을 애달게 표현하고 있는
장면에 구슬픈 곡조인 [곡소랑哭小郞] 곡패를 사용하고 있는 것을 들
수 있다.30)

설창류에 해당하는 양주청곡의 연창은 한 사람이 하나의 고사를
연행하면서 여러 역할을 하기도 하지만, 등장인물의 수에 따라 각각
역할을 나누어 연행하기도 한다. 예를 들어 청말 「삼국」고사 연창의
대가였던 양주청곡 예인 옹삼태야翁三太爺은 혼자서 「삼국」고사 한
대목을 연창하는 데도 며칠이 걸렸으며, 평생 한 번도 완창하지 못
하였다고 한다.31) 또 위에서 예를 들었던 「송축送祝」 같은 경우는 이
작품에 등장하는 인물이 양산백과 축영대 두 명이므로, 두 명의 예인
이 자신이 맡은 부분의 노래만을 연창하며 스토리를 전개해 나간다.

이상의 내용을 정리하면, 양주청곡은 청창을 하는 모든 가곡, 희곡
의 연기와 대사를 제외하고 청창을 하는 극곡, 그리고 가창만으로 고
사를 연행하는 기존의 설창예술 형식 등을 모두 포함하고 있다. 따라

---

30) 祝英臺[哭小郞] 昨日間在書房有我咅伴,梁兄哎! 今夜間身獨宿冷冷淸淸. 莫睡到日上三竿, 梁兄早起,
梁兄哎! 黃昏后晩風凉多加衣衿. 三餐飯, 茶和水, 無人照應, 梁兄哎! 也只好自調停各事關心. 同窓兄
弟要和睦, 你恭我敬, 梁兄哎! 情換情義換義彼此相視. 有千言和萬語, 説它不盡, 梁兄哎! 又難舍又難
分萬箭鑽心. 我家中小妹妹終身許你, 梁兄哎! 莫忘却佳期日緊記在心. 倘若是來遲了怕被人家聘去,
梁兄哎! 那時節休怪我英臺無情.

31) 王萬靑, 「揚州淸曲演唱藝術經驗」(위인, 앞의 책, 曲論卷) 참조.

서 양주청곡의 연행범주를 설창예술만으로 한정시키기에는 다소 무리가 있다고 본다.

2. 양주청곡의 연행특징

양주는 수당隋唐 이래 상업 자본과 문화의 결합을 통해 중국 근현대 경제·문화의 핵심지역으로서, 동아시아 국가 간의 문화 교류는 물론 서구와의 소통에 있어서도 관문 역할을 하였다. 수隋나라 때 양주로 개명하였고 운하를 만들어 경항대운하京杭大運河를 개통시켜 교통의 요지가 되었다. 당唐나라때에는 동아시아, 아랍과의 해상교역의 거점이었으며, 쌀, 소금 등 물산의 집결지로서 크게 번창하여 사천과 더불어 화중華中의 대도시가 되었다. 당나라 말기 병란으로 황폐하였지만, 양행밀楊行密이 이곳을 수도로 정하고 오나라를 세우면서 다시 강소 연안의 회남염淮南鹽과 강남의 쌀 비단 등 물자교역의 중심지가 되었다. 명청 시기에는 회남염의 거래이익금이 북방 군대의 보급에 쓰이면서 산시山西, 신안新安 등지의 상인들이 이곳으로 모여 당시 번영하였으며, 학자, 문인들에 의해 문화도 함께 발달하였다.

또한 양주일대는 한국과의 문화교류가 활발하였던 곳이기도 하다. 한국 중세문화의 기초를 개척했던 최치원崔致遠의 률수溧水와 양주揚州, 지장보살地藏菩薩로 화현化現하여 중국 4대 불교 성지의 하나를 개산開山한 신라인 김교각金喬覺의 구화산九華山, 한중 해상로의 길목에 위치하여 중국 불교를 학습하고 서적을 비롯한 선진문물의 교역 시장 보타산普陀山, 청대淸代 서화의 소장가로서 예술인의 후견인 역할을 했던 조선인 염상鹽商 안기安岐의 양주 일대, 한의 역대 산문을『여한십가문초麗韓十家文鈔』로 총정리하고 출판업으로 명성이 높았던 구한말 문장가 김택영金澤榮의 남통南通 등이 모두 이 지역에 해당한다.

양주청곡이 형성되던 명대 중엽은 비교적 긴 시간동안의 안정으로 인해 생산력이 점차 증가하여 융경隆慶·만력萬曆 연간부터 상품경제 등이 발전되어 자본주의 생산의 맹아가 싹트기 시작하였던 상황이며, 양주청곡의 전성기였던 청대 중기는 양주의 경제와 문화가 최고봉에 이른 시기였다.

이 같은 원인으로 우선 자연·지리적 환경을 들 수 있다. 이곳은 예로부터 '어미지향魚米之鄕'이라 불리며 넓은 평야와 풍부한 수자원으로 수상 교통의 발달을 촉진하여 항주에서 북경으로 이어지는 경항대운하를 비롯하여 혈관처럼 연결되어 있는 크고 작은 물길이 발달되었다. 이 물길로 풍부한 물자가 소통되었고 이에 따라 상업 자본이 축적되기 시작하였다. 상업 자본의 축적은 물의 도시를 형성하게 되었는데, 이것이 이른바 '수향水鄕'이다. 수향은 양주와 같은 큰 도시를 형성하기도 하지만, 물자가 집산되는 대도시 주변 물길을 따라 고진古鎭들을 배태시켜 상업도시군을 형성하였다.

두 번째 원인은 상업자본의 축적과 인문적 요소를 들 수 있다. 명대 이후 출판업의 발달과 성행, 양주팔괴揚州八怪와 같은 인재의 집산, 원림園林과 수향 경관, 명대 이래 절파浙派·오파吳派·양주화파揚州畵派·상해화파上海畵派로 이어지는 회화예술, 지역 출신들에 의해 독특한 방언을 기초로 창작된 문학과 공연예술 등이 모두 수향 문화의 배경 속에서 나왔다고 할 수 있다. 특히 양주는 예로부터 공연예술이 발달하여 청대에 이르러는 북경과 더불어 북방과 남방 양대

희곡활동의 중심지였을 정도였다. 이러한 인문적 요소는 이를 소비할 수 있는 시민, 부상富商, 문인과 같은 여러 계층의 경제조건과 심미취향에 따라 자연스럽게 생겨난 산물이라 할 수 있다.

이와 같은 양주의 지리적·인문적 배경으로 인해 양주청곡은 주목할 만한 두 가지의 연행특징을 지니게 되었다.

1) 수향문화의 반영

양주는 예로부터 상업자본과 사람들이 집중되던 곳으로, 문화 역시 인문·지리적 특성과 자본이 결합되어 양주의 수향문화를 이루었다. 정섭鄭燮은 양주의 이런 풍물을 그의 시 「양주揚州」에 잘 그려내고 있다.

> 놀잇배는 봄을 싣고 새벽안개를 헤쳐 나가고,
> 성안 가득 풍류소리에 부자들은 돈을 뿌려대네.
> 딸 키우는 집마다 노래 먼저 가르치고,
> 꽃 심은 마을마다 밭에 씨를 헤아려 뿌리네.
> 비가 지나가도 수제隋堤는 조금도 젖질 않고,
> 바람에 날리는 붉은 소맷자락은 선녀가 날아오르는 듯하네.
> 시인은 이미 오래전부터 센 머리에 맘 아파하고,
> 따스하고 향기로운 술 내음에 처연함을 더 하네.32)

위의 시는 양주를 다음과 같이 묘사하고 있다. 양주에선 새벽부터 놀잇배를 띄워 풍류를 즐기고 부자들은 여기에 아낌없이 돈을 써 댄다. 일반 양주사람들은 돈을 벌 요량으로 딸에게는 노래를 가르치고 밭에는 꽃을 심는다. 양주에 구경 온 사람이 많아33) 수나라 때 만든

---

32) "畵舫乘春破曉煙, 滿城絲管拂楡錢. 千家養女先敎曲, 十里栽花算種田. 雨過隋堤原不濕, 風吹紅袖欲登仙. 詞人久已傷頭白, 酒暖香溫倍怡然"(『鄭板橋文集』, 安徽人民出版社, 2002)

운하의 뚝방에 비가 와도 그들이 받고 있는 울긋불긋한 우산으로 제방 길이 젖을 틈이 없음을 나타내고 있다.34) 정섭은 바로 양주를 수향, 유흥, 자본이라는 키워드로 읽어 내고 있다. 이 세 단어는 양주문화의 핵심이며, 수향문화의 핵심으로 양주청곡 역시 이러한 문화의 일부이다.

양주청곡 연행을 직업으로 하는 기예인은 주로 청루, 주루, 구란, 희원, 야외희대, 가관歌館, 다원, 서장과 같은 전용 무대에서 공연하였으며, 때때로 황족, 저명인사, 부자들의 길흉사로 불려가 개인 저택에서 공연을 하기도 하였다.

또한 그들은 양주의 풍경이 아름다운 곳에 찾아 가서 그곳에 놀러 온 행락객들을 상대로 기예를 팔기도 하였다. 그중 가장 많이 공연되었던 곳은 수서호瘦西湖 등과 같은 물위였다. 기예인들은 이곳에 배를 띄워 놓고 양주청곡을 부르며 손님을 끌어 들였다. 이러한 상황을 비집경費執卿은 「양주몽향사揚州夢香詞」에서 볼 수 있다.

창선에서는 노래로 사람을 잘 끌어 들이는데, 지나가는 사람들의 혼을 쏙 빼 놓는다.35)

이러한 배를 창선唱船36)혹은 가선歌船이라고 한다. 이두는 『양주

---

33) 厲秀芳, 「眞州竹枝詞」: "(十月)初十日, 在嘉慶年間爲萬壽節, 每常萬壽, 第天寧寺山門內, 製署照壁前, 前三后四, 演戲而已. 若大萬壽, 則鼓樓橋至南門魚市大馬頭, 陳家灣至灣兒口, 三條街道, 鋪面大者, 張供作樂, 余亦懸燈, 一路輝光, 聯絡不斷, 望如琉璃世界." 嘉慶『重修揚州府志』卷六十: "官府公事張筵陳列方丈, 山珍海錯之味羅致遠方, 伶优雜劇歌舞吹彈各獻伎于堂廡之下. … 若士庶尋常聚會, 亦必征歌演劇卜夜燒燈."

34) 朱宗宙, 「淸代揚州鹽商與戲曲」, 『鹽業史硏究』, 1999.참조.

35) "唱船贈板最勾人, 過客盡鎖魂."

36) 費執卿이 「揚州夢香詞」본문에 달아 놓은 自註에 唱船을 "游船列歌吹曰: '唱船', 游人咸傍聽曲焉." 라고 해석했다. 董耻夫 역시 「揚州竹枝詞」에서 '保障河中晩唱船.'라고 하였다.

화방록』에서 가선의 형태와 가선에서 공연되어지는 기예에 대해 자
세히 묘사하고 있다.

> 가선에는 높은 지붕이 적합하며, 좌선 앞에 위치한다. 가선은 역행
> 하고 좌선은 순행하며, 노래 부르는 사람은 배에 탄 사람과 서로
> 잘 어울려야 한다. 노래는 청창이 위고 십번고十番鼓가 그 다음이
> 다. 라고鑼鼓, 마상당馬上撞, 소곡小曲, 탄황攤簧, 대백對白, 평화評
> 話와 같은 종류는 모두 제승지구濟勝之具이다.37)

　위 문장에서 이두가 말하는 청창淸唱은 곤곡崑曲의 청창淸唱이며,
소곡小曲은 바로 양주청곡을 말한다. 즉, 가선에서는 행락객들을 위
해 곤곡의 청창과 양주청곡뿐 아니라 십번고十番鼓, 라고鑼鼓, 마상당
馬上撞, 탄황攤簧, 대백對白, 평화評話 등 다양한 기예가 연행되었다.
　양주청곡이 가장 성행하던 청대 중기와 후기에는 이를 공연하던
예인의 수 역시 증가했다. 이러한 이유로는 기본적으로 기존 양주청
곡 예인과 기녀들에다 양주청곡으로 전업한 곤곡예인이 합세하였기
때문이다. 여기에 청대에 들어서
양주의 기녀가 진회秦淮의 기녀
와 견줄 정도로 질적으로 양적으
로 성황을 이루며38) 양주청곡 공
연에도　영향을　미쳤다.　따라서
이들 예인들은 경쟁이 심해져 어
슴푸레 해가 뜨는 새벽부터 손님

〈사진 2〉 가선歌船에서 양주청곡을 공연
하는 모습

---

37) "歌船宜于高棚, 在座船前. 歌船逆行, 座船順行, 使船中人得與歌者相款洽. 歌以淸唱爲上, 十番鼓次
之, 若鑼鼓, 馬上撞, 小曲, 攤簧, 對白, 評話之類, 又皆濟勝之具也."

38) 楊海·徐君, 『妓女史』, 上海文藝出版社, 1995 76-82쪽 참조

맞을 준비를 하며 호객행위를 했었던 것으로 보인다. 정섭은 「화아우 산인홍교수계和雅雨山人紅橋修禊」에서 이 같은 상황을 나타내고 있다.

> 풀잎 끝은 뜨는 해에 이슬방울 빛나는데 유람선에선 벌써 박판[39]
> 소리 들리네.[40]

민간예인이나 유랑예인 역시 교장의 공터, 길거리, 골목 외에도 나룻배를 타고 그곳에서 숙식을 하며 수향의 물길을 따라 발 닿는 대로 가서 양주청곡과 같은 기예를 팔아 생계를 잇기도 하였다.

위와 같은 연행형태들은 오늘날까지도 양주를 비롯한 수향 일대에서 성행하고 있다.

수향의 예인들은 수향의 아름다움에서 느끼는 섬세함과 감성을 바탕으로 부드러운 곡조로 이루어진 양주청곡과 같은 기예를 창작하여 그들의 삶의 영위하였다. 동시에 양주를 비롯한 수향지역 사람들은 지리적, 경제적 환경을 이용하여 아름다운 호수 위에 가선歌船을 띄워 눈으로는 주변의 풍광을 감상하고, 귀로는 예인들의 노랫가락을 즐기고, 입으로는 갖은 산해진미를 먹으며 사람이 누릴 수 있는 오각五覺의 즐거움을 모두 향유하였다.[41]

2) 연행의 고급화

양주의 인문지리적 환경과 경제 기반은 양주청곡의 창작주체와 창작과정에 새로운 패러다임을 형성하여 양주청곡의 연행을 점차 고급

---

39) 鄭有善의 「說唱伎藝 '小唱'의 起源과 演出」주 39번 참조

40) "草頭初日露華明, 已有游船歌板聲."

41) 周愛東, 李維冰 等, 『揚州食貨』 蘇州大學出版社, 2001

화시켰다.

양주청곡을 고급화 시킨 여러 원인 가운데 곤곡예인들의 양주청곡 연행으로의 유입은 앞서 언급하였기 때문에 본 절에서는 이를 제외하고 논의를 전개하도록 한다.

명청대 양주는 비교적 오랜 동안의 평화와 안정으로 상품경제가 발전하여 상인계층과 시민계층이 두터워졌으며 염상과 같은 거상巨商도 등장하게 되었다.42)

일반 상인, 시민계층들은 경제적 여유로 인해 경제조건과 심미취향에 맞는 새롭고 참신한 문화오락형식의 출현에 대한 필요성과 욕구가 커지게 되었다. 때문에 이들은 전문기예인의 기예 가운데 자신들의 구미에 맞는 공연상품을 골라 향유하기도 하고, 스스로 마음 맞는 사람들끼리 모여 직접 연행을 하면서 즐기기도 하였다.43) 또 염상들은 자신이 축적한 부를 이용하여 좀더 적극적으로 문화상품을 만들고 향유하였다. 그들 가운데는 정치적 필요에 따라 혹은 정말 음악에 심취하여 기존의 방식에서 탈피하여 새로운 방식으로 성색聲色을 즐기는 이도 있었으며, 문화적 과시와 허식을 위해 음악을 듣는 이도 있었다. 이처럼 각기 다른 이유로, 자신의 문화적 욕구를 채우기 위해 막대한 돈을 들여 문인들에게 자신들의 취향에 맞게 공연예술을 창작하도록 하였다. 그들은 양주청곡 창작에도 역시 백금을 마다하지 않고 자신이 원하는 내용을 제재로 삼아 노래를 짓게 하였거나44) 자

---

42) "彼時鹽業集中在淮揚, 全國金融幾可操縱"(許承堯, 『歙縣志』卷一)과 "……, 百萬以下者皆謂之小商."(『淸朝野史大觀』(四), 上海書店, 1981)

43) 수많은 수공업자(이발사, 목공, 기와공 등), 점원, 시민, 과거에 급제하지 못한 문인들 등 비교적 생활이 안정되고 문화수준이 높은 이들로 자발적으로 어떤 지정된 한 장소에 모여 악기를 연주하고 노래를 부르면 기예를 연마하고 음악을 편곡하고 가사를 썼다.

44) 沈德符, 『顧曲雜言』, 「南北散套」: 近代南詞散套盛行者, 如張伯起燈兒下, 乃依幽憁下舊腔, 贈一變

신이 마음에 드는 양주청곡예인을 집에 들여 후원하기도 하였다.45) 때문에 염상의 의뢰를 받은 창작자들은 경제적 보상을 받는 대신 의뢰인의 구미에 맞게 음악과 가사를 창작하였다.

또한 문학수양이 있는 지식인 가운데에서도 양주청곡을 창작하는 이들도 있었다. 대표적인 인물로 정섭과 서영태徐靈台를 들 수 있다.

정섭은 지금까지도 인구에 회자되어 널리 유행하고 있는 「도정道情」 10수首를 지었다. 도정 10수는 소위 ‘산곡황관체散曲黃冠體’라고 부르긴 하지만, 정섭은 스스로 이를 ‘소창小唱’이라는 이름을 달았다. 소창은 바로 청곡이다. 또 왕위강王偉康은 양주청곡에서 상용하고 있는 [황앵아黃鶯兒]로 지은 「풍風」, 「화花」, 「설雪」, 「월月」 네 작품을46), 그리고 명광明光은 「노어옹老漁翁」, 「앵앵송별鶯鶯送別」, 「청화천기晴和天氣」, 「잔장미정殘妝未整」 등을47) 정섭의 청곡작품으로 추정하고 있으나 그 근거가 명확지 않다.

정섭은 양주청곡과 같은 통속적인 기예를 창작하여 여러 계층에 유행시켰다. 그는 유랑流浪하며 노래를 파는 가동歌童의 생활에 대해 관심을 가졌으며, 직접 예인들에게 양주청곡의 곡조와 가사를 개조해주고 연행케 했다.48) 이로 보아 그가 「도정」에 청곡에서 상용되는 곡패[사해아耍孩兒]를 사용한 것은 결코 우연이 아니다. 따라서 정섭은 양주청곡 창본을 창작하고 편곡하여 저속한 청곡의 노래가사와 음악

童, 卽席取辦宜. 其用韻之雜, 如梁少白「貂裘染」, 乃一揚州鹽客眷舊院妓楊小環, 求其題詠. 曲成, 以百金爲授.)

45) 『양주화방록』권5와 明光의 앞의 논문 참조.

46) 「『揚州畵舫錄』與揚州淸曲」, 『東南文化』, 2006.6.

47) 明光, 앞의 논문 참조

48) 정섭, 「도정」: 盡風流, 小乞兒, 數蓮花, 唱竹枝; 千門打鼓沿街市. 橋邊日出犹酣睡, 山外斜陽已早歸, 殘杯令炙饒滋味. 醉倒在回廊古廟, 一凭他雨打風吹,… 撮幾句盲詞瞎話, 交還他鐵板歌喉.

에 예술성을 가미하여 고급화시켜 양주청곡을 아속공상雅俗共賞할 수 있게 하였다. 그의 이러한 예술 활동은 비단 양주청곡에 그치지 않고 그의 시, 그림, 글의 풍격과도 거의 일치한다.

정섭과 동시대의 사람 강소江蘇 오강吳江 사람(1693~1772년)은 정섭의 영향을 받아 39수로 이루어진 『회계도정洄溪道情』 한 권을 지었다.[49] 그러나 서영태徐靈台의 도정은 정섭의 그것과 달리 문인의 창작답게 문사와 제재에 있어 이미 아화雅化되었다.

위에서 살펴본 바와 같이 양주청곡은 수향 양주라는 인문지리적 환경을 토대로 형성된 연행예술이다. 본 연구에서는 양주청곡의 연행 창작과정과 연행양상을 통해 명청대 공연문화를 고찰해 보았다. 지금까지의 논의를 정리하면 다음과 같다.

첫째, 양주청곡의 연행범주는 가창으로 고사를 연창하는 설창예술에서 양주지역에서 형성되고 청창되고 있는 가창예술과 희곡을 청창하는 극곡에 이르기까지 모두 포함한다.

둘째, 양주청곡이 가장 성행을 하던 청 중엽 이후부터 점차 전통사대부가 중국의 중심문화를 주도하지 않고, 경제력 헤게모니를 쥔 부가 축적된 집단에 의해 문화가 움직이는 현상이 나타난다.

셋째, 청대 중엽 이후 문화주체들이 양주청곡과 같은 통속문화의 창작과 유통에 참여하여 문화패턴을 '통속문화의 고급화, 고급문화의 통속화' 경향으로 변모시켜 놓았다. 이러한 현상은 비단 양주청곡뿐 아니라 당시 강남지역 문화전반에 나타난다.

---

49) 于天池·鄭有善, 「以元人宋儒之理·小議「洄溪道情」」,『蕪湖師專學報』, 2000.6.

현재 학계 중국문화 연구자들의 현대 설창예술에 대한 관심이 적어 상대적으로 관련 연구 성과가 적고 자료 정리 역시 체계적이지 못하다. 따라서 본 논문은 현재 연행되고 있는 설창예술을 곡종별로 여러 문헌에 산재되어 있는 관련 자료를 정리하고 고증하여 설창예술 연구의 기초를 마련하는 작업이다.

심우영

대만 국립정치대학교 문학박사
상명대학교 중국어문학과 교수·천안캠퍼스 부총장
한중문화정보연구소 소장

『태산, 시의 숲을 거닐다』
『명청대 정원문화 누가 만들었을까』(공저)
외 다수

김종박

대만 중국문화대학교 문학박사상
명대학교 역사콘텐츠학과 명예교수

『영화로 보는 중국사』
외 다수

김동욱

성균관대학교 문학박사
상명대학교 한국어문학과 교수

『고려 후기 사대부 문학의 연구』
외 다수

이행령

경희대학교 이학박사
상명대학교 환경조경학과 교수

『전통문화환경에 새겨진 의미와 가치』(공저)
외 다수

임태홍

일본 동경대학교 문학박사
성균관대학교 연구교수

『50인으로 읽는 중국사상』(역서)
외 다수

이은상

단국대학교 문학박사
상명대학교 연구교수

『이미지로 읽는 양쯔강의 르네상스』
외 다수

정유선

중국 북경사범대학 문학박사
상명대학교 교육대학원 교수

『중국경극의상』(역서)
외 다수

구천과 부차가 살던 땅

오월문화기행

초 판 인 쇄 | 2012년 8월 24일
초 판 발 행 | 2012년 8월 24일

엮 은 이 | 상명대학교 한중문화정보연구소
펴 낸 이 | 채종준
펴 낸 곳 | 한국학술정보㈜
주   소 | 경기도 파주시 문발동 파주출판문화정보산업단지 513-5
전   화 | 031) 908-3181(대표)
팩   스 | 031) 908-3189
홈 페 이 지 | http://ebook.kstudy.com
E - m a i l | 출판사업부 publish@kstudy.com
등   록 | 제일산-115호(2000. 6. 19)

ISBN   978-89-268-3761-0 93820 (Paper Book)
          978-89-268-3762-7 95820 (e-Book)